suhrkamp taschenbuch 740

Stanisław Lem, geboren am 12. 9. 1921 in Lwów, lebt heute in Kraków. Lem, der während des Krieges der Widerstandsbewegung angehörte, arbeitete bis zur Befreiung Polens als Autoschlosser. Nach dem Krieg studierte er Medizin in Kraków. Nach dem Staatsexamen war er als Assistent für Probleme der angewandten Psychologie am *Konserwatorium Naukoznawcze* tätig. Privat beschäftigte er sich mit Problemen der Kybernetik, der Mathematik und übersetzte wissenschaftliche Publikationen. 1955 wurde Lem mit dem Goldenen Verdienstkreuz, 1959 mit dem Offizierskreuz der *Polonia Restituta* ausgezeichnet und erhielt 1973 den Großen Staatspreis für Literatur der VRP. Stanisław Lem ist Gründer der polnischen astronautischen Gesellschaft und war Mitglied der polnischen Gesellschaft für Kybernetik. Seit Januar 1973 liest Lem als Dozent am Lehrstuhl für polnische Literatur an der Universität Kraków. Wichtige Veröffentlichungen: *Der Unbesiegbare* (1969), *Solaris* (1972), *Die vollkommene Leere* (1973), *Sterntagebücher* (1973), *Robotermärchen* (1973), *Das Hohe Schloß* (1974), *Der futurologische Kongreß* (1974), *Transfer* (1974), *Die Untersuchung* (1975), *Das Hospital der Verklärung* (1975), *Summa technologiae* (1976), *Imaginäre Größe* (1976), *Der Schnupfen* (1977), *Phantastik und Futurologie I* (1977), *Mondnacht.* Hör- und Fernsehspiele (1977), *Die Maske. Herr F.* Zwei Erzählungen (1977), *Golem XIV und andere Prosa* (1978), *Der phantastische Lem* (1980), *Phantastik und Futurologie II* (1980), *Essays* (1981), *Die Stimme des Herrn* (1981), *Provokation* (1981), *Dialoge* (1981), *Mehr phantastische Erzählungen* (1981).

Weltraumpiloten gibt es in der Science-fiction wie Sand am Meer; aber keinen wie Lems Piloten Pirx, einen liebenswürdigen, nachdenklichen, ein wenig zögernden, aber unerschrockenen Burschen, der alle Probleme, denen er sich im Weltraum gegenübersieht, mit jungenhaftem Charme angeht. Und Probleme gibt es immer um ihn, denn er scheint das Seltsame wie ein Magnet anzuziehen.

Im Piloten Pirx hat Lem einen seiner sympathischsten Helden geschaffen, einen Zauderer, dessen Schwächen gerade seine Stärken sind – und die der ganzen menschlichen Gattung.

Mit den beiden Bänden *Die Jagd* (st 302) und *Terminus* liegt nun der komplette Pilot Pirx im Taschenbuch vor.

Stanisław Lem
Terminus
und andere Geschichten des Piloten Pirx

Phantastische Bibliothek
Band 61

Suhrkamp

Redaktion und Beratung: Franz Rottensteiner
Titel der polnischen Originalausgabe: *Opowieści o pilocie Pirxie*
Krakau: Wydawnictwo Literackie 1968
Aus dem Polnischen übersetzt von Caesar Rymarowicz
Diese Taschenbuchausgabe bringt eine Auswahl der Erzählungen
aus Stanisław Lem, *Pilot Pirx,* Frankfurt am Main 1978

suhrkamp taschenbuch 740
Erste Auflage 1981

Suhrkamp Taschenbuch Verlag, Frankfurt am Main
Druck: Ebner Ulm · Printed in Germany
Umschlag nach Entwürfen von
Willy Fleckhaus und Rolf Staudt

Inhalt

Test

»Kadett Pirx!«

Eselswieses Stimme riß ihn aus seinen Träumen. Er hatte sich gerade vorgestellt, in dem Uhrtäschchen seiner alten Zivilhose unten im Schrank stecke noch ein Zweikronenstück. Eine klingende silberne Münze, längst vergessen. Vor einer Weile war er noch sicher gewesen, daß da nichts war, höchstens eine alte Postquittung, aber nach und nach nahm die Idee Gestalt an, daß die Münze dort sein konnte. Als Eselswiese ihn beim Namen rief, stand es für ihn fest, daß er das runde Geldstück deutlich zwischen den Fingern fühlte und sah, wie es sich in der kleinen Tasche abzeichnete. Ich könnte ins Kino gehen und würde dann immer noch eine halbe Krone übrigbehalten, dachte er. Oder nur zur Wochenschau, dann blieben mir sogar anderthalb Kronen. Wenn ich eine Krone zurücklege, kann ich für den Rest den Automaten spielen lassen. Wer weiß, vielleicht spuckt er mir pausenlos Kleingeld in die hingehaltene Hand – so viel, daß ich es kaum in den Taschen unterbringen kann . . . Ich würde nur immer die Hand hinhalten, nur immer hinhalten . . . Hatte nicht Smiga so etwas erlebt? Pirx beugte sich schon unter der Last des unverhofften Gewinns, da wurde er von Eselswiese unsanft geweckt.

Der Dozent verschränkte die Hände auf dem Rücken, verlagerte sein Gewicht auf das gesunde Bein und fragte: »Was täten Sie, Kadett, wenn Sie bei einem Patrouillenflug auf das Schiff eines fremden Planeten stießen?«

Pirx öffnete den Mund, als wollte er die darin enthaltene Antwort vertreiben. Er sah aus wie der letzte Mensch – der letzte Mensch auf Erden, der zu erklären wüßte, was er zu tun hat, wenn er Raketen von fremden Planeten begegnet.

»Ich würde näher heranfliegen«, sagte er mit dumpfer,

merkwürdig rauher Stimme. Die Lehrgangsteilnehmer wurden still. Sie witterten eine willkommene Abwechslung.

»Sehr gut«, sagte Eselswiese väterlich, »aber was weiter?«

»Ich würde stoppen«, platzte Kadett Pirx heraus, denn er fühlte, daß er im Niemandsland umhertappte, weit vor der vordersten Linie seiner Kenntnisse. Fieberhaft durchsuchte er sein leeres Hirn nach Paragraphen für das Verhalten im Raum. Irgendwann muß ich mal was darüber gelesen haben, dachte er. Bescheiden senkte er den Blick und sah, daß Smiga ihm etwas vorsagen wollte – er bewegte dabei nur die Lippen. Pirx begriff und wiederholte laut, bevor ihm der Sinn der Worte klar wurde: »Ich würde mich ihnen vorstellen.«

Das Auditorium brüllte wie ein Mann. Eselswiese kämpfte eine Sekunde mit sich, lachte dann auch, wurde aber gleich wieder ernst.

»Kadett, Sie kommen morgen mit dem Navigationsbuch zu mir. Kadett Boerst!«

Pirx setzte sich auf den Stuhl, als sei der aus noch nicht völlig erstarrtem Glas. Er nahm es Smiga nicht einmal sehr übel – so war er eben, er ließ sich keine Gelegenheit entgehen. Von dem, was Boerst sagte, hörte er kein Wort – er zeichnete Kurven auf der Tabelle, und Eselswiese kommentierte die Antworten des Elektronenkalkulators auf seine Art, so daß der Antwortende den Faden verlor. Die Vorschrift ließ die Hilfe eines Kalkulators zu, Eselswiese hatte in dieser Sache jedoch seine eigene Auffassung. »Der Kalkulator ist auch nur ein Mensch«, pflegte er zu sagen. »Er kann entzweigehen.« Pirx konnte ihm das nicht einmal übelnehmen, er nahm nie etwas übel. Fast nie. Fünf Minuten später weilte er in Gedanken schon wieder ganz woanders, er stand in der Dyerhoffstraße vor einem Schaufenster und sah sich Gaspistolen an, die nicht nur für

Gaspatronen, sondern auch für scharfe Munition oder Blindpatronen geeignet waren. Eine Pistole mit hundert Schuß kostete sechs Kronen ... Pirx war nicht mehr anwesend, er war in der Dyerhoffstraße und starrte ins Schaufenster ...

Als das Klingelzeichen ertönte, verließ er ruhig und gemessen den Saal, nicht lärmend und stampfend, wie der erste beste. Schließlich waren sie keine Kinder! Nahezu die Hälfte bewegte sich in die Messe – es gab zwar nichts zu essen um diese Zeit, aber es gab etwas zu sehen: die neue Serviererin, von der es hieß, sie sei schön. Pirx ging langsam zwischen den Glasschränken hindurch, die mit Sternglobeh vollgestellt waren, und mit jedem Schritt bröckelte ein Stück von der Hoffnung ab, daß sich das Zweikronenstück in der Tasche anfinden könnte. Unten, auf der letzten Stufe, wußte er, daß dort noch nie ein Geldstück gewesen war.

Am Ausgang standen Boerst, Payartz und Smiga. Payartz war ein halbes Jahr sein Tischnachbar gewesen, im Kosmodäsie-Unterricht. Er hatte ihm alle Atlanten mit Tusche beschmiert.

»Du hast morgen deinen Versuchsflug«, sagte Boerst.

»In Ordnung«, erwiderte Pirx phlegmatisch. So leicht ließ er sich nicht foppen.

»Du glaubst es nicht? Lies!« Boerst klopfte mit dem Finger an die Scheibe des Aushanges.

Pirx wollte weitergehen, aber sein Kopf schien sich von selbst zu drehen. Nur drei Namen waren auf der Liste, und ganz oben, tatsächlich, da stand es: Kadett Pirx. Unübersehbar!

Einen Augenblick verschwamm alles um ihn herum. Dann hörte er wie aus der Ferne seine Stimme: »Na und? Ich hab doch gesagt: in Ordnung.«

Er ging an ihnen vorüber und lenkte seine Schritte durch

die kleine, von Blumenbeeten gesäumte Allee. In diesem Jahr wuchs dort eine Menge Vergißmeinnicht, man hatte sie sinnigerweise in Form einer landenden Rakete gepflanzt. Pirx sah nichts von alledem, weder die Blumenrabatten, die Stege und die Vergißmeinnicht noch den Chef, der eilig aus dem Seitenflügel des Institus trat. Um ein Haar wäre Pirx im Portal mit ihm zusammengestoßen. Er salutierte.

»Hallo, Pirx!« sagte Eselswiese. »Sie fliegen morgen. Ich wünsche Ihnen einen guten Start! Vielleicht haben Sie Glück, Kadett, und begegnen denen von den anderen Planeten!«

Das Internat, hinter hohen Trauerweiden, lag am anderen Ende des Parks an einem Teich. Sein Seitenflügel, von Steinsäulen gestützt, ragte über dem Wasser auf. Irgend jemand hatte das Gerücht aufgebracht, daß die Säulen vom Mond stammten. Das war natürlich ein Hirngespinst, aber schon die ersten Schüler hatten voller Ehrfurcht ihre Initialen und Daten in den Stein geritzt. Auch Pirx' Name stand dort irgendwo, er hatte ihn vor vier Jahren mit großem Eifer eingraviert.

In seinem Zimmer – es war so klein, daß er es mit niemandem zu teilen brauchte – zögerte er ein wenig. Sollte er den Schrank öffnen oder nicht? Er wußte genau, wo die alte Hose lag. Man durfte eigentlich kein Zivilzeug haben, vielleicht hatte er sie gerade deshalb aufgehoben. Im Grunde hatte sie für ihn keinen Wert. Er kniff die Augen zu, kauerte vor dem Schrank nieder, steckte die Hand durch die offene Tür und befühlte die Tasche. Na bitte – er hatte es doch gewußt. Sie war leer.

Pirx stand in der Kombination, die noch nicht aufgeblasen war, auf dem stählernen Brückenpodest dicht unter dem Hallendach und hielt sich mit der Armbeuge an der Leine fest, die als Geländer gespannt war. Er hatte keine

Hand frei. In der einen hielt er das Navigationsbuch, in der anderen den Schmolch, eine Spickkladde, die ihm Smiga geliehen hatte. Es hieß, der ganze Lehrgang sei mit ihr geflogen. Niemand wußte zu sagen, wie sie immer wieder zurückkehrte, denn nach dem Versuchsflug verließ man das Institut und ging nach Norden, zur Basis, wo die Paukerei für das Schlußexamen begann. Wie dem auch sei – sie kam jedenfalls immer wieder zurück. Wer weiß, vielleicht wurde sie mit dem Fallschirm abgeworfen. Es war ja nur ein Scherz.

Prix stand auf dem federnden Brett über einem vierzig Meter tiefen Abgrund und verkürzte sich die Zeit, indem er überlegte, ob man ihn wohl »filzen« würde, was leider hin und wieder vorkam. Die Kadetten nahmen zu den Versuchflügen die merkwürdigsten Dinge mit, auch solche, die streng verboten waren: flache Schnapsfläschchen, Kautabak, Mädchenfotos – von Spickkladden ganz zu schweigen. Prix hatte lange nach einer Stelle gesucht, wo er die Kladde verbergen konnte. Er hatte sie wohl an die fünfzehnmal versteckt – im Schuh unter der Ferse, zwischen beiden Socken, im Schaft, in der Innentasche der Kombination, in dem kleinen Sternatlas, den man mitnehmen durfte . . . Auch ein Brillenfutteral hätte sich gut geeignet, aber erstens hätte es riesengroß sein müssen, und zweitens trug er keine Brille. Als Brillenträger – das fiel ihm erst ein wenig später ein – hätte man ihn im Institut gar nicht aufgenommen.

Er stand also auf dem stählernen Podest und wartete auf den Chef und die beiden Instrukteure, die sich aus irgendeinem Grunde verspäteten. Es war bereits neunzehn Uhr siebenundzwanzig. Der Start war auf neunzehn Uhr vierzig angesetzt. Ein Stückchen Heftpflaster müßte man haben, dachte Pirx. Damit könnte man sich die Kladde unter den Arm kleben. Der kleine Yerkes soll das versucht haben.

Ich bin kitzlig! soll er geschrien haben, als der Instrukteur ihn berührte. Er hatte eben Glück ... Aber er, Pirx, sah nicht so aus, als wäre er kitzlig. Nein, nein, er machte sich keine Illusionen, und deshalb hielt er die Spickkladde ganz einfach in der Rechten. Erst jetzt fiel ihm ein, daß er diese Hand den beiden Instrukteuren und dem Chef zum Gruß reichen mußte. Sofort wechselte er die beiden Gegenstände aus, er nahm das Navigationsbuch in die rechte und die Kladde in die linke Hand. Durch diese Manipulation hatte er das stählerne Podest in Schwingungen versetzt, so daß es wie ein Sprungbrett schwankte. Plötzlich vernahm er Schritte auf der anderen Seite. Er hatte die drei nicht gleich bemerkt, denn es war dunkel unter der Hallendecke.

Wie bei solchen Anlässen üblich, waren alle in Uniform, geputzt und geschniegelt, vor allem der Chef. Er, der Kadett Pirx, trug eine Kombination, die aussah wie zwanzig Footballdresse zusammengenommen, obwohl sie noch gar nicht aufgeblasen war. Von beiden Seiten des hohen Kragens hingen die langen Enden des Interkoms und des äußeren Radiophons herab, am Hals baumelte eine Schlange, die in den Schlauch des Sauerstoffgeräts überging, und auf dem Rücken fühlte er den Druck der Reserveflasche. Ihm war unerträglich heiß in der zweifachen Schweißschutzwäsche, am meisten machte ihm aber die Einrichtung zu schaffen, die dazu diente, daß man während des Fluges zur Verrichtung der Notdurft nicht hinauszugehen braucht (übrigens wäre das in einer einstufigen Rakete, in der die Versuchsflüge unternommen wurden, gar nicht so einfach gewesen).

Auf einmal begann das ganze Gerüst zu schwanken. Jemand nahte von hinten – Boerst, in der gleichen Kombination; er salutierte stramm mit seinem großen Handschuh und blieb in dieser Haltung stehen, als ob er Pirx hinunterstoßen wollte.

Als die anderen vorangingen, fragte Pirx verwundert: »Was, du fliegst auch? Hast du denn auf der Liste gestanden?«

»Brendan ist erkrankt. Ich fliege für ihn«, erwiderte Boerst.

Pirx war ein wenig verlegen. Das war das einzige, aber wirklich das einzige, wodurch er wenigstens um einen Millimeter den sphärischen Regionen näher kam, in denen Boerst so lebte, als ob ihm das nicht die geringste Mühe bereitete. Boerst war der Begabteste des ganzen Lehrganges, und Pirx verzieh ihm das leicht, ja er empfand für dessen mathematisches Talent sogar eine gewisse Hochachtung, seit er erlebt hatte, wie tapfer er mit dem Elektronenkalkulator gekämpft und erst bei den Wurzeln vierten Grades an Tempo verloren hatte. Boerst war der Sohn begüterter Eltern, er hatte es überhaupt nicht nötig, von Zweikronenstücken zu träumen, die eventuell in alten Buxen verborgen waren. Aber er war nicht nur der Begabteste, er hatte auch glänzende Erfolge in der Leichtathletik aufzuweisen; er sprang wie der Teufel, tanzte ausgezeichnet und – es ließ sich nicht leugnen – er war eine stattliche Erscheinung, was man von Pirx nicht gerade behaupten konnte.

Sie schritten über das lange Podest zwischen den Gitterstützen des Daches, vorbei an hintereinander aufgestellten Raketen, bis die Helligkeit sie überflutete, denn dieser Teil des Daches war bereits in einer Breite von zweihundert Metern zurückgeschoben worden. Auf gewaltigen Betontrichtern, die ineinandergriffen und dazu dienten, das Feuer der Düse abzuleiten, standen zwei kegelförmige Kolosse nebeneinander – in Pirx' Augen waren es jedenfalls Kolosse. Jeder von ihnen war achtundvierzig Meter hoch und hatte unten, im Booster, einen Durchmesser von elf Metern.

Zu den Luken, die bereits abgeschraubt waren, führten kleine Gangways. Den Durchgang versperrten bleierne Gewichte, die in der Mitte aufgestellt waren, jedes mit einem roten Fähnchen an einem biegsamen Schaft. Pirx wußte, was nun kam: die Frage, ob er bereit sei, die ihm gestellte Aufgabe zu erfüllen. Er würde die Frage – das wäre das erstemal in seinem Leben – mit »ja« beantworten und das Fähnchen beiseite schieben. Plötzlich bedrängte ihn das Gefühl, daß er beim Entfernen des Fähnchens über das Seil stolpern und unweigerlich der Länge nach hinschlagen würde – solche Dinge kamen vor. Wenn das überhaupt jemandem passieren sollte – ihm bestimmt. Er hatte nie Glück, es kam ihm jedenfalls so vor. Die Dozenten waren da anderer Meinung. Er sei eben ein Trottel, sagten sie, ein Tölpel. Er denke immer an alles mögliche, nur nicht an das, woran er gerade zu denken habe. In der Tat, nichts fiel ihm so schwer wie das Reden, die Konversation. Zwar klaffte zwischen seinem Tun und seinem Denken, das sich in Worte kleidete, kein Abgrund, aber immerhin war dort ein Hindernis, das ihm das Leben schwermachte. Die Dozenten ahnten nicht, daß Pirx ein Träumer war. Niemand ahnte das. Man glaubte, er denke überhaupt nicht – und das stimmte nun wirklich nicht.

Er schielte zu Boerst hinüber und sah, daß der sich so hingestellt hatte, wie es das Reglement vorschrieb: einen Schritt von der Gangway entfernt, die zur Luke führte, in strammer Haltung, die Hände an den nicht aufgeblähten Gummireifen seiner Kombination.

Boerst sieht sogar in dieser eigenartigen Kluft gut aus, dachte Pirx. Sie kleidet ihn, obwohl sie wirkt, als habe man sie aus hundert Fußbällen zusammengesetzt . . . Boersts Kombination war tatsächlich noch nicht aufgeblasen, seine dagegen schien an einigen Stellen gefüllt zu sein. Wahrscheinlich konnte er sich deshalb so schlecht in ihr bewegen und war gezwungen, so breitbeinig dazustehen. Er stellte die Füße nebeneinander, so gut er es vermochte, aber die Absätze wollten einfach nicht zusammenrücken. Warum bekommt Boerst das fertig und ich nicht? fragte er sich. Schleierhaft! Ohne Boerst hätte er übrigens völlig vergessen, die vorschriftsmäßige Grundstellung einzunehmen: den Rücken der Rakete und das Gesicht den drei Uniformierten zugewandt. Die drei gingen zuerst auf Boerst zu. Vielleicht taten sie das nur deshalb, weil sein Name rein zufällig mit B begann. Und dennoch – ein absoluter Zufall wäre das nicht, das heißt ein Zufall schon, aber ein ungünstiger, wie immer. Er war zum Warten verurteilt, und das machte ihn nervös. Wenn ihm schon Unangenehmes bevorstand, dann sollte es lieber gleich geschehen.

Pirx hörte nur Bruchstücke von dem, was die drei mit Boerst besprachen. Boerst war gespannt wie eine Bogensehne, er antwortete schnell, so schnell, daß Pirx kein Wort verstand. Dann traten sie zu ihm, und als der Chef ihn anredete, fiel ihm plötzlich ein, daß eigentlich nicht zwei Mann fliegen sollten, sondern drei. Wo war der dritte? Zum Glück hatte er vernommen, was der Chef sagte, und so stieß er im letzten Augenblick hervor: »Kadett Pirx zum Start bereit.«

»Hm ... tja«, sagte der Chef. »Und der Kadett Pirx erklärt, daß er an Leib und Seele gesund ist ... hm ... in den Grenzen seiner Möglichkeiten?« Er liebte es, an die stereotypen Fragen solche Floskeln anzuhängen. Er konnte sich das gestatten, er war eben der Chef.

Pirx erwiderte, er sei gesund.

»Für die Dauer des Fluges ernenne ich den Kadetten zum Piloten ...«, sagte der Chef, leierte die sakramentale Formel herunter und fuhr dann fort: »Die Aufgabe: Senkrechter Start im Booster mit halber Kraft. Aufstieg in die Ellipse B 68. Auf der Ellipsenbahn Korrektur zur festen

Umlaufbahn mit einer Umlaufzeit von vier Stunden sechsundzwanzig Minuten. Warten, bis zwei direkte Verbindungsschiffe vom Typ JO 2 auf der Umlaufbahn sind. Wahrscheinliche Zone des Radarkontakts – Sektor II, Satellit PAL, mit möglicher zulässiger Abweichung von sechs Bogensekunden. Zur Abstimmung des Manövers phonischen Kontakt anknüpfen. Manöver: Heruntergehen von der festen Umlaufbahn mit einem Kurs von sechzig Grad vierundzwanzig Minuten nördlicher Breite, einhundertfünfzehn Grad drei Minuten elf Sekunden östlicher Länge. Anfangsbeschleunigung 2,2 g. Endbeschleunigung nach dreiundachtzig Minuten: null. Beide JO 2 in Dreierformation, ohne den Bereich der Phonie zu verlassen, zum Mond lotsen. In dessen Äquatorzone eine zeitweilige Umlaufbahn entsprechend den Angaben von LUNA PELENG erreichen, sich vergewissern, daß sich die beiden gelotsten Raumschiffe auf der Umlaufbahn befinden. Von dieser Umlaufbahn mit Kurs und Beschleunigung nach einem Gutdünken heruntergehen, um auf die feste Umlaufbahn im Bereich des Satelliten PAL zurückzukehren. Dort weitere Befehle abwarten.«

Die Kadetten erzählten sich, daß es demnächst anstelle der bisherigen Spickkladden elektronische Spicker geben werde, das heißt Mikrokerne von der Größe eines Kirschkerns, die man im Ohr oder unter der Zunge tragen könne. Mit denen wäre man fein heraus, denn sie würden einem alles vorsagen, immer und überall. Pirx glaubte nicht daran, er war der Meinung – und das nicht zu Unrecht –, daß man dann keine Kadetten mehr benötigen würde. Aber wie dem auch sei, vorläufig gab es so etwas nicht, und deshalb mußte er den ganzen Text der Aufgabe wiederholen. Das tat er auch, wobei er sich nur ein einziges Mal irrte, allerdings gründlich, denn er verwechselte die Minuten und Sekunden der Zeit mit denen der Länge und Breite. Was kommt nun?

fragte er sich, als er fertig war. Ihm war unerträglich warm in der Antischweißwäsche, die er unter der dicken Hülle der Kombination trug. Er wurde aufgefordert, den Wortlaut ein zweites Mal herzubeten. Er tat es, aber der Sinn wurde ihm nicht bewußt. Haben die mir aber eingeheizt! Das war das einzige, was er zu denken imstande war.

In der linken Hand hielt er die Spickkladde, in der rechten das Navigationsbuch, das er dem Chef reichte. Das mündliche Wiederholen der Aufgabe war reine Schikane, denn man bekam sie ja ohnehin schriftlich – sogar der erste Kurs war darin vorgezeichnet. Der Chef steckte das Kuvert mit der Aufgabe in das kleine Täschchen unter dem Umschlag. Dann gab er ihm das Buch zurück und fragte: »Pilot Pirx, sind Sie bereit?«

»Bin bereit!« antwortete Pirx. In diesem Augenblick hatte er nur noch einen Wunsch: im Steuerraum zu sitzen. Er sehnte sich danach, die Kombination aufknöpfen zu können, wenigstens am Hals.

Der Chef trat einen Schritt zurück. »Ins Projektil!« rief er mit seiner herrlich metallischen Stimme, die wie ein Glockenschlag den dumpfen Lärm in der riesigen Halle übertönte.

Pirx vollführte eine Kehrtwendung, ergriff das rote Fähnchen, stolperte über das Seil, fand im letzten Augenblick das Gleichgewicht wieder und tapste wie ein Golem über den schmalen Steg. Als er ihn halb überquert hatte, betrat Boerst – von hinten glich auch er einem Fußball – bereits seine Rakete.

Pirx steckte die Beine hinein, klammerte sich an die massive Verschalung der Luke, rutschte die elastische Rinne hinunter, ohne die Füße auf die Sprossen zu stellen – Sprossen sind nur für sterbende Piloten da, pflegte Eselswiese zu dozieren –, und ging daran, die Klappe zu schließen. Sie hatten das an »Phantom«-Geräten und an einer

Klappe trainiert, die aus einer richtigen Rakete stammte und mitten im Übungsraum befestigt war – hundertmal, tausendmal: linke Kurbel, rechte Kurbel, halb herum, Kontrolle der Abdichtungen, wieder eine halbe Drehung beider Kurbeln, Festdrücken, Dichtekontrolle unter Druck, Absicherung der Luke mit innerem Schutzdeckel, Vorschieben der Antimeteoritenschutzhülle, Verlassen des Einstiegschachts, Verschließen der Kabinentür, Andrükken, Kurbel, zweite Kurbel, Riegel – es konnte einem schlecht werden dabei.

Pirx glaubte, daß Boerst schon lange in seiner Glaskugel säße, während er erst den Anschlagring der Kammer festschraubte. Plötzlich fiel ihm ein, daß sie ja ohnehin nicht zusammen starten würden, es wurden sechsminütige Abstände eingehalten, er brauchte sich also gar nicht zu beeilen. Dennoch war es besser, sich auf seinen Platz zu setzen und das Radiophon einzuschalten – dadurch könnte er wenigstens die Befehle hören, die Boerst erhielt. Es war interessant zu wissen, welche Aufgabe er wohl zu lösen hätte.

Als Pirx die Außenklappe zudrückte, schaltete sich automatisch die Innenbeleuchtung ein. Er verriegelte alles, was es zu verriegeln gab, und stieg über die mit sehr rauhem, aber weichem Plastikstoff ausgelegten Stufen der kleinen Schräge zum Pilotensitz.

Weiß der Teufel, weshalb diese kleinen Einpersonenraketen so eingerichtet sind, daß der Pilot in einer großen Glaskugel von drei Meter Durchmesser sitzen muß, dachte Pirx. Sie war zwar durchsichtig, aber natürlich nicht aus Glas, sondern aus einem elastischen, federnden Material, das sehr hartem, grobem Gummi ähnelte. Diese Kapsel mit dem zerlegbaren Pilotensitz in der Mitte war in einen kegelförmigen Raum eingepaßt, den eigentlichen Steuerraum. Der Pilot konnte sich in seinem Zahnarztstuhl, wie man ihn nannte, nach allen Seiten drehen und durch die

Wände der Blase, in die er eingeschlossen war, alle Skalen, alle Zeiger und alle vorderen, hinteren und seitlichen Bildschirme sehen, dazu die Tafeln beider Rechenmaschinen und des Astrographen sowie das Allerheiligste – das Trajektometer. Dieses Gerät zeichnet mit einem dicken, stark leuchtenden Band auf der trüben, gewölbten Scheibe den Weg des Projektils und setzte ihn in Beziehung zu den Fixsternen in der Harelsbergerschen Projektion. Der Pilot mußte die Elemente ihrer Projektion auswendig kennen und imstande sein, sie in jeder Lage vom Apparat abzulesen, auch wenn er mit dem Kopf nach unten hing. Wenn er den Sitz eingenommen hatte, hielt er links und rechts die beiden Hauptgriffe des Reaktors und der Steuerdüsen für Abweichungen. Außerdem waren da noch drei Unfallgriffe, sechs Hebel für die einfache Steuerung, die Drehknüppel zum Starten und für den Freilauf sowie den Leistungsregler, für den Schub, für das Durchblasen der Düsen, und dicht über dem Fußboden das große Speichenrad der Klimaanlage, der Sauerstoffapparatur, der Griff der Brandsicherungsanlage, der Griff der Reaktorschleuder – für den Fall, daß eine unkontrollierte Kettenreaktion beginnen sollte –, ein Seil mit einer Schleife, das an der Decke des Schränkchens befestigt war, in dem sich die Thermosflaschen und das Essen befanden, und unter den Füßen die weich gepolsterten und mit Riemenschleifen versehenen Bremspedale und die Schleudersicherung. Wenn man die Sicherung betätigte – man mußte mit dem Fuß die Haube einschlagen und sie nach vorn stoßen –, wurde die Blase mit dem Sitz und dem Piloten und dem Ringband-Fallschirm hinausgeschleudert.

Außer dem Hauptzweck – Rettung des Piloten bei einer Havarie, die nicht zu beheben ist – gab es noch acht weitere wichtige Gründe für die Konstruktion der Blase. Unter günstigeren Umständen hätte Pirx all diese Gründe aufzählen können, obwohl sie ihn allesamt nicht überzeugten und die anderen Kadetten auch nicht.

Als er dann endlich saß, mußte er sich mühevoll krümmen, um alle Röhrchen, Kabel und Leitungen, die aus dem Gurt heraushingen, in die Enden zu stecken, die aus dem Sitz emporragten. Jedesmal wenn er sich vorbeugte, schnürte ihm die Kombination den Leib ab. Es war kein Wunder, daß er das kleine Kabel der Phonie mit dem Heizkabel verwechselte. Zum Glück hatten sie verschiedenfarbige Gewinde, aber der Irrtum wurde ihm erst bewußt, als er schon ganz in Schweiß gebadet war. Während die Luft rauschend in die Kombination strömte und sie in Sekundenschnelle ausfüllte, lehnte er sich seufzend zurück und legte mit beiden Händen die Schenkel- und Schulterriemen an.

Der rechte schnappte gleich ein, der linke wollte nicht. Sein Kragen, der wie ein Gummireifen aufgeblasen war, erlaubte ihm nicht, nach hinten zu schauen. So quälte er sich denn und tastete blindlings mit dem Karabinerhaken – gleichzeitig vernahm er gedämpfte Stimmen in den Hörern:

»Pilot Boerst auf AMU 18! Start nach Phonie im Moment Null!« Die Antwort kam wie aus der Pistole geschossen.

Pirx fluchte. Endlich – der Verschluß rastete ein. Pirx sank tief in den weichen Sessel, so müde, als sei er gerade von einem sehr langen interstellaren Flug zurückgekehrt.

»Dreiundzwanzig – zweiundzwanzig – einund . . .«, tönte es in den Hörern.

Einmal war es vorgekommen, daß bei Null zwei Lehrgangsteilnehmer zugleich starteten – der richtige und der andere, der noch gar nicht an der Reihe war. Die beiden Raketen schossen im Abstand von zweihundert Metern in die Höhe, es hätte nicht viel gefehlt, Sekundenbruchteile nur, und sie wären zusammengeprallt. So wenigstens wurde es erzählt. Seit diesem Vorfall wurde das Zündkabel erst im letzten Augenblick eingeschaltet, durch Fernsteuerung. Der Flugplatzkommandant tat das von seiner verglasten Navigationszentrale aus – das Zählen war also ein gewöhnlicher Bluff, aber das wußte niemand.

»Null!« tönte es in den Hörern. Pirx vernahm ein gedämpftes Brausen, sein Sitz erbebte, auf der durchsichtigen Hülle, die ihn umgab, zitterten Lichtreflexe. Er starrte zur Decke, auf den Astrographen, und las die Werte ab – Kühlung, Schubkraft der Haupt- und Hilfsdüsen, Neutronenstromdichte, Grad der Verunreinigung durch Isotope und noch achtzehn weitere Werte, von denen sich die Hälfte ausschließlich mit dem Zustand des Boosters befaßte. Das Beben wurde schwächer, die Wand des dumpfen Lärms glitt vorüber, schien oben zu zerfließen, als habe sich ein unsichtbarer Vorhang vor den Himmel gespannt. Auch das Brausen nahm ab, es hörte sich an wie fernes Donnergrollen. Dann wurde es still.

Etwas summte und zischte – Pirx fand nicht einmal Zeit, zu erschrecken. Die automatische Sicherung hatte die bisher blockierten Bildschirme eingeschaltet – sie waren von außen abgesichert, wenn jemand in der Nähe startete, damit die blendende Flamme des atomaren Rückstoßes die Objektive nicht beschädigte.

Sehr nützlich, diese automatischen Sicherungen! sagte sich Pirx. Er dachte an dies und das, bis ihm ein Schreck in die Glieder fuhr, ein Schreck, der ihm unter der glockigen Haube die Haare zu Berge stehen ließ. Herrgott, jetzt bin ich ja dran – gleich fliege ich! ging es ihm durch den Sinn.

Blitzschnell begann er die Hebel für den Start vorzubereiten, das heißt, sie der Reihe nach zu berühren und zu zählen: Eins, zwei, drei – wo ist der vierte? Der dort . . . Ja . . . und dann den Zeiger . . . Das Pedal . . . Nein, nicht das Pedal . . . Die Griffe! Erst den roten, dann den grünen, dann den für den Automaten ... So ... Oder kommt der grüne vor dem roten ...?

Pilot Pirx auf AMU 27! Seine eigene laute Stimme, die ihm durch die Kopfhörer geradewegs ins Ohr drang, riß ihn aus dem Dilemma. *Start nach Phonie im Moment Null!*

Er hätte beinahe »Pilot Boerst« gesagt, so sehr hatten sich ihm die Worte des anderen eingeprägt. »Idiot!« brüllte er sich selbst in der Stille an, die nun herrschte. Dann bellte der Automat: *Sechzehn – fünfzehn – vierzehn* ... Müssen eigentlich alle Automaten solche Feldwebelstimmen haben? fragte sich Pirx. Er schwitzte. Krampfhaft versuchte er, sich an etwas Wichtiges zu erinnern. Er wußte, daß dieses Etwas ausschlaggebend war, daß es über Leben und Tod entschied, aber es wollte ihm nicht einfallen.

... sechs – fünf – vier ...

Mit feuchten Fingern umklammerte er den Startgriff. Gut, daß er so rauh ist, dachte er. Ob alle so schwitzen? Wahrscheinlich ...

Null! schnarrte es im Hörer.

Seine Hand zog den Hebel von selbst, ganz von selbst, sie zog ihn bis zur Mitte und hielt ihn fest. Brüllendes Getöse ... Ihm war, als lege sich ihm eine elastische Presse um Kopf und Brust. Der Booster! vermochte er gerade noch zu denken, dann wurde es dunkel um ihn. All das dauerte nur wenige Augenblicke. Als es vorbei war, lastete noch immer der unnachgiebige Druck auf seinem Körper. Auf den Bildschirmen, zumindest auf denen, die ihm gegenüber angebracht waren, sah er eine weiße, brodelnde Masse, die ihn an Milch erinnerte, an Milch, die aus einer Million Töpfen überkocht.

Aha! sagte er sich. Jetzt stoße ich durch die Wolken ... Sein Gehirn arbeitete noch ein wenig träge, aber er war immerhin wieder imstande, ruhig und klar zu überlegen. Er kam sich mit der Zeit völlig unbeteiligt vor, ihm war, als sei er nur noch Zeuge dieser sonderbaren Szenerie. Komisch! dachte er. Da fläzt sich so ein Bursche im »Zahnarztstuhl« herum, rührt weder Hand noch Fuß, und dabei ... Die Wolken sind übrigens verschwunden, der Himmel ist blau ... Eigenartig, dieses Blau ... Wie mit Tusche gefälschtes Wäscheblau ... Sind das dort Sterne, oder sind es keine ...? Ja, Sterne ...

Überall bewegten sich Zeiger – über ihm, vor ihm, neben ihm. Jeder bewegte sich anders, jeder zeigte etwas anderes an. Pirx mußte sie alle verfolgen, und er hatte nur zwei Augen. In den Hörern ertönten in regelmäßigen Abständen kurze, pfeifende Signale; seine linke Hand zog von selbst – wieder ganz von selbst – an der Schleuder des Boosters. Gleich darauf wurde es etwas erträglicher. Die Geschwindigkeit betrug sieben Komma eins pro Sekunde, die Höhe zweihundertein Kilometer, die Beschleunigung eins Komma neun. Die Startkurve, die er mit auf den Weg bekommen hatte, war zu Ende. Nun heißt es entspannen, dachte Pirx, denn bald wird es eine Menge Arbeit geben!

Er machte es sich bequem, drückte auf die Lehne – dadurch hob sich die Stütze des Sessels – und erstarrte vor Schreck.

Wo ist die Spicke?! durchfuhr es ihn.

Die Spicke war wichtig, unsagbar wichtig, und er konnte sich nicht erinnern, wo er sie hingesteckt hatte. Er sah sich auf dem Fußboden um, als gäbe es nicht die Unmenge von Zeigern, die ihn von allen Seiten anblinzelten. Da! Die Spicke lag unter dem Sessel! Er bückte sich, aber die Gurte ließen begreiflicherweise nicht locker. Nun blieb ihm keine Zeit mehr, und mit dem Gefühl, auf der Spitze eines sehr hohen Turmes zu stehen und mit ihm in die Tiefe zu stürzen, schlug er das Navigationsbuch auf, das in der Tasche über dem Knie steckte, und zog die Aufgabe aus dem Umschlag. Zuerst begriff er gar nichts. Verflixt, wo ist die Umlaufbahn B 68? fragte er sich. Aha, die wird's wohl sein ... Er kontrollierte das Trajektometer und begann langsam zu wenden. Donnerwetter, es klappt sogar! dachte er staunend.

Als er die Ellipsenbahn erreicht hatte, präsentierte ihm der Kalkulator freundlich die Daten zur Korrektur. Pirx manövrierte, sprang aus der Umlaufbahn, bremste gar zu heftig, hatte zehn Sekunden lang minus 3 g, aber das machte ihm nichts aus. Physisch war er sehr widerstandsfähig. »Wäre dein Hirn so wie dein Bizeps«, hatte Eselswiese einmal gesagt, »dann könnte etwas aus dir werden!«

Mit Hilfe der Korrekturdaten ging Pirx auf die feste Umlaufbahn, übermittelte dem Kalkulator über Phonie die Daten – aber der Kalkulator gab keine Antwort, auf seinem Bildschirm oszillierten Leerlaufwellen. Pirx brüllte noch einmal die Daten, bis ihm einfiel, daß er vergessen hatte, umzuschalten. Er holte das Versäumte nach, und sogleich erschien auf der Mattscheibe eine flimmernde vertikale Linie, und alle Fensterchen zeigten übereinstimmend lauter Einsen. Ich bin auf der Umlaufbahn! dachte er erfreut. Die Umlaufbahn betrug allerdings nicht vier Stunden und sechsundzwanzig Minuten wie vorgeschrieben, sondern vier Stunden und neunundzwanzig Minuten. Ist diese Abweichung zulässig oder nicht? überlegte Pirx angestrengt. Ob ich die Gurte abknöpfe und in der Spicke nachschaue? Sie liegt unter dem Sessel ... Ach, weiß der Teufel, ob das überhaupt drin steht ... Plötzlich fiel ihm ein, was Professor Kaahl einmal gesagt hatte: »Die Umlaufbahnen sind mit einem Fehler von null Komma drei Prozent berechnet.« Den Daten nach, die ihm der Kalkulator übermittelte, bewegte er sich dicht an der Grenze des Zulässigen. Na also, das war's, sagte er sich und sah sich nun erst richtig um.

Der Schweredruck schwand. Er spürte es nur daran, daß

er sich sehr leicht vorkam, denn er war ja an den Sitz geschnallt, wie es sich gehörte. Auf dem vorderen Bildschirm sah er Sterne, nichts als Sterne, und am unteren Rand einen blendendweißen Saum. Auf dem seitlichen Schirm war alles schwarz. Sterne, Sterne. Und auf dem unteren? Aha! Aufmerksam betrachtete Pirx die Erde – er jagte in einer Höhe von siebenhundert bis zweitausendvierhundert Kilometer über sie hinweg. Sie war ungeheuer groß, füllte den ganzen Schirm aus.

Grönland! Das ist doch Grönland, oder . . .? Ehe er sich Gewißheit verschaffen konnte, überquerte er bereits Nordkanada und die Arktis. Rings um den Nordpol glänzte Schnee. Der Ozean hatte eine schwarz-lila Farbe, seine Oberfläche war gewölbt, aber glatt, sie schien aus Eisen gegossen zu sein. Die wenigen Wolken – merkwürdig, wie wenige es waren – wirkten, als habe jemand hier und da einen dünnen Brei über die erhabenen Stellen verspritzt.

Pirx warf einen Blick auf die Uhr. Er flog schon siebzehn Minuten.

Nun mußte er die Radiosignale des Satelliten PAL auffangen und beim Kreuzen seiner Zone auf die Radarschirme schauen. Wie hießen die beiden Schiffc doch gleich? RO? Nein, JO. Und die Nummern? Er warf einen Blick auf das Blatt mit der Aufgabe, steckte es zusammen mit dem Navigationsbuch in die Tasche und bewegte den Regulator der Kontrollkapsel auf der Brust. Nur ein Piepsen und Knacken war zu vernehmen. PAL? Welches Signal hatte er eigentlich? Morse – aha! Er hörte genauer hin und sah auf die Schirme. Langsam drehte sich die Erde unter ihm, die Sterne glitten rasch über die Schirme, aber von PAL war nach wie vor weder etwas zu hören noch zu sehen.

Plötzlich summte es.

PAL! dachte er, aber er verwarf den Gedanken sogleich. Unsinn! Diese Schlitten summen doch nicht . . . Also was?

Gar nichts summt! versuchte er sich einzureden. Oder ... Havarie?

Das schreckte ihn keineswegs. Was konnte es schon für eine Havarie sein, er flog doch mit abgeschaltetem Triebwerk! Zerfällt die Kiste etwa von selbst, oder was? Vielleicht ein Kurzschluß? Ach ja, das wird's sein! O Gott! Brandschutzbestimmung III a: »Brand im Weltraum auf Umlaufbahnen«, Paragraph ... Hol's der Teufel! Es summte und brummte in einem fort, das Piepsen der Signale war kaum noch zu hören.

Klingt fast so, als ob 'ne Fliege im Gras herumschwirrt, dachte er und sah von einer Uhr zur anderen.

Da entdeckte er sie.

Es war eine Riesenfliege – grünlich-schwarz, ekelhaft, eines dieser Biester, die offenbar dazu geschaffen sind, dem Menschen den Nerv zu töten, frech, aufdringlich, idiotisch, aber zugleich schlau und listig. Wie durch ein Wunder – wie sonst? – hatte sie sich in die Rakete geschmuggelt, und nun schwirrte sie außerhalb der gläsernen Kapsel umher und prallte dabei hin und wieder wie ein summendes Kügelchen gegen die leuchtenden Scheiben.

Als sich die Fliege dem Kalkulator näherte, begann es in den Kopfhörern so laut zu brummen wie ein viermotoriges Flugzeug, denn am oberen Rand des Kalkulators war ein Reservemikrofon angebracht. Es ließ sich außerhalb des Sitzes ohne Laryngophon erreichen, wenn die Kabel der Bordphonie getrennt waren. Wozu? Für alle Fälle. Es gab mehrere solcher Einrichtungen.

Pirx verfluchte das Mikrofon, wußte er doch, daß er Gefahr lief, die Signale des PAL zu überhören. Und nun begann die Fliege auch noch, nach allen Seiten Ausfälle zu machen. Unwillkürlich verfolgte er sie mit dem Blick, dann aber sagte er sich in aller Strenge, daß sie ihm gestohlen bleiben könne.

Schade, daß man hier nicht irgend so ein Zeug spritzen kann . . .

»Ruhe!«

Es klirrte so laut, daß er unwillkürlich eine Grimasse schnitt. Die Fliege kroch auf den Kalkulator. Es wurde still – jetzt putzte sie sich die Flügel. Ein scheußliches Vieh!

In den Hörern ertönte ein fernes, regelmäßiges Piepsen: kurz-lang-lang-kurz – kurz-lang – kurz-lang-kurz-kurz. PAL! entschlüsselte Pirx. So, jetzt heißt es die Augen aufsperren . . . Er hob den Sessel an – nun hatte er drei Bildschirme auf einmal vor Augen –, überprüfte erneut, wie sich der führende Phosphorstrahl des Radargeräts drehte, und wartete gespannt. Auf dem Radarschirm war nichts zu sehen, aber eine Stimme meldete sich.

A sieben Terraluna, A sieben Terraluna, Sektor III – Kurs einhundertdreizehn, PAL PELENG ruft – Bitte um Messung – Schalte auf Empfang.

Verflixt, wie soll ich jetzt bloß meine JOs hören! dachte Pirx besorgt.

Das Brummen in den Hörern verstummte plötzlich, und im gleichen Augenblick fiel von oben ein Schatten auf Pirx' Gesicht, als habe sich eine Fledermaus an der Lampe festgesetzt. Die Fliege! Sie kroch über die gläserne Kapsel, als ob sie ihr Inneres ergründen wollte.

Inzwischen war es im Äther »eng« geworden: Der Satellit PAL war aufgetaucht. Pirx konnte ihn bereits sehen, er glich einem Pfahl, es war ein achthundert Meter langer Aluminiumzylinder mit einer Observatoriumskugel am Heck. Er flog über ihm – ungefähr vierhundert Kilometer entfernt, vielleicht auch etwas mehr – und schickte sich an, ihn langsam zu überholen.

PAL PELENG an A sieben Terraluna, einhundertachtzig Komma vierzehn, einhundertsechs Komma sechs – Linear wachsende Abweichung – Ende.

ALBATROS vier Aresterra ruft PAL Hauptstation, PAL Hauptstation – Steige herab zum Tanken, Sektor II, steige herab zum Tanken, Sektor II – Fliege mit Reserve – Empfang.

A sieben Terraluna, PAL PELENG ruft . . .

Alles Weitere wurde vom Brummen der Fliege übertönt. Endlich schien sie sich ein wenig zu beruhigen.

Hauptstation an ALBATROS vier Aresterra – Tanken Quadrant sieben, Omega Hauptstation – Ende.

Die haben sich hier absichtlich versammelt, damit ich nichts höre, sagte sich Pirx. Die Antischweißwäsche klebte ihm am Körper. Die Fliege kreiste wütend über der Scheibe des Kalkulators, sie schien zu versuchen, den eigenen Schatten einzuholen.

ALBATROS vier Aresterra, ALBATROS vier Aresterra an PAL Hauptstation – Laufe Quadranten sieben an, laufe Quadranten sieben an – Bitte um Einlotsen durch Interkom – Ende.

Pirx hörte das Pfeifen des Interkoms, es wurde leiser und ging im Brummen unter, das wieder anschwoll. Er verstand nur die Worte: *JO zwei Terraluna, JO zwei Terraluna ruft AMU 27, AMU 27 – Empfang.* Interessant, meint der mich? Pirx zerrte vor Aufregung an den Gurten.

»AMU . . .«, wollte er sagen, aber seiner heiseren Kehle entrang sich kein Laut. In den Hörern brummte es. Die Fliege. Er schloß die Augen und begann zu sprechen: *AMU 27 an JO zwei Terraluna – Bin im Quadranten vier, Sektor PAL – Schalte Positionslichter ein – Empfang.* Er schaltete die Positionslichter ein – zwei rote an den Seiten, zwei grüne an der Spitze, ein blaues am Heck – und wartete. Außer der Fliege war nichts zu hören.

JO zwei bis Terraluna, JO zwei bis Terraluna, ich rufe . . .

Es summte.

Meint der mich? fragte er sich verzweifelt.

AMU 27 an JO zwei bis Terraluna – Bin im Quadranten vier, Randsektor PAL – Trage alle Positionslichter – Empfang.

Nun meldeten sich die beiden JO-Schiffe gleichzeitig. Er schaltete den Selektor ein, der die Reihenfolge bestimmte, aber es war sinnlos. Das Brummen verschluckte alles. Die Fliege, die Fliege! Ich werde mich hier noch aufhängen! dachte er. Es kam ihm gar nicht in den Sinn, daß dieser »Ausweg« infolge fehlender Schwerkraft unmöglich war.

Plötzlich entdeckte er auf dem Radarschirm die beiden Schiffe – sie folgten ihm in parallelen Kurven, nicht mehr als neun Kilometer voneinander entfernt, das heißt in unzulässigem Abstand. Als Lotse war er verpflichtet, ihnen zu befehlen, den vorgeschriebenen Abstand von vierzehn Kilometern einzuhalten. Er wollte sich noch einmal vergewissern, aber als er die genaue Lage der beiden Schatten auf dem Radarschirm zu untersuchen begann, ließ sich die Fliege auf der Scheibe nieder – ausgerechnet auf einem der Schatten. Wutentbrannt warf er das Navigationsbuch nach ihr – im Zustand der Schwerelosigkeit ein aussichtsloses Unterfangen. Das Buch prallte gegen die Kapselwand, fiel aber nicht nach unten, sondern nach oben. Es stieß gegen die Decke flog hin und her und blieb schließlich mitten in der Kapsel schweben. Auf die Fliege machte das nicht den geringsten Eindruck – sie kroch seelenruhig weiter über den Radarschirm.

AMU 27 Terraluna an JO zwei, JO zwei bis – Ich sehe euch – Ihr habt Bordnähe – Wechselt auf Parallelkurse über mit Korrektur null Komma null eins – Nach Durchführung des Manövers auf Empfang gehen – Ende.

Die beiden Schatten begannen sich langsam voneinander zu entfernen. Pirx wußte nicht, ob ihm die JO-Schiffe etwas übermittelten, denn in den Hörern brummte es ohrenbetäubend: Die Fliege kreiste nun unmittelbar um das Mikrofon des Kalkulators. Pirx hatte nichts mehr, womit er nach ihr werfen konnte. Über ihm schwebte das Navigationsbuch und raschelte sanft mit seinen Seiten.

PAL Hauptstation an AMU 27 Terraluna – Verlassen Sie den Randquadranten, verlassen Sie den Randquadranten – Empfange das Transsolare – Empfang.

Unverschämtheit, jetzt kommt mir auch noch das Transsolare in die Quere ... Was geht mich das an? Raumschiffe in Gruppenformation haben Vorrang! überlegte Pirx. Er begann zu schreien, sein ohnmächtiger Haß auf die Fliege entlud sich.

AMU 27 Terraluna an PAL Hauptstation – Gehe vom Quadranten nicht herunter, das Transsolare geht mich nichts an – Fliege in Dreierformation – AMU 27, JO zwei, JO zwei bis, Geschwader Terraluna, an der Spitze AMU 27 – Ende.

Das mit dem »nichts angehen« war unnötig! sagte er sich. Damit habe ich mir nur Strafpunkte eingehandelt ... Ach was, der Teufel soll sie holen! Und wer bekommt Strafpunkte für die Fliege? Auch wieder ich, was? So was kann aber auch nur mir passieren ... Eine Fliege im Raumschiff – eine Fliege! Smiga und Boerst werden platzen vor Lachen, wenn sie davon erfahren ... Ich sehe sie direkt vor mir ...! Es war das erstemal seit dem Start, daß er einen Gedanken an Boerst verschwendete, und auch jetzt blieb ihm keine Zeit, denn PAL – das war immer klarer zu erkennen – fiel immer mehr zurück. Nun flogen sie schon fünf Minuten zu dritt.

AMU 27 an JO zwei, JO zwei bis Terraluna – Zwanzig Uhr sieben – Das Manöver mit dem Einbiegen auf den Parabolkurs Terraluna beginnen wir um zwanzig Uhr zehn – Kurs einhundertelf ... Pirx las die Kurse vom Blatt ab. Die Schiffe antworteten. PAL war nun außer Sicht, man konnte ihn aber immer noch hören. Oder war es die Fliege? Auf einmal spaltete sich das Summen. Pirx rieb sich die

Augen – tatsächlich! Es war nicht mehr eine Fliege, es waren zwei! Wo in aller Welt war die zweite hergekommen? Die machen mich fertig, dachte er seelenruhig.

Seltsam . . . Die Erkenntnis, daß es sich nicht lohnte, zu kämpfen, hatte für Pirx etwas Angenehmes. Sie machen mich fertig, so oder so . . ., sagte er sich. Aber diese Resignation währte höchstens eine Sekunde. Ein Blick auf die Uhr trieb ihn zum Handeln. Der von ihm selbst bestimmte Zeitpunkt für den Beginn des Manövers war herangerückt, und er hatte noch nicht mal die Hände an den Hebeln.

Die Plackerei der tausendfachen Übungen tat offenbar das Ihre. Blindlings ergriff er beide Knüppel, betastete den linken, dann den rechten, während er auf das Trajektometer starrte. Das Triebwerk dröhnte dumpf, ging über in ein Zischen. Er stöhnte auf – irgend etwas hatte ihn an der Stirn getroffen, dicht unter dem Schirm des Helms. Das Navigationsbuch! Es schwebte vor seinen Augen, nahm ihm die Sicht, er konnte es nicht abstreifen, denn er hatte keine Hand frei. In den Hörern summte und brodelte es, das Liebesleben der Fliegen auf dem Kalkulator war in vollem Gange. Einen Revolver müßte man haben, dachte er und fühlte, wie ihm das Navigationsbuch infolge der wachsenden Beschleunigung die Nase plattdrückte. Rasend vor Wut warf er den Kopf hin und her – er mußte das Trajektometer sehen! Das Buch, es wog annähernd drei Kilo, schlug krachend auf den Boden – immerhin betrug die Beschleunigung fast 4 g. Er bremste ein wenig, um sie in den Grenzen zu halten, die das Manöver erforderte. Als er die Beschleunigung bis auf 2 g gedrosselt hatte, rastete er die Riegel an den Hebeln ein. Den Fliegen scheint die Beschleunigung nichts auszumachen – nichts, aber auch gar nichts, dachte er. Ihnen bekommt das offensichtlich glänzend . . . Und so soll ich nun dreiundachtzig Minuten fliegen . . .! Er warf einen Blick auf den Radarschirm: Beide

JO-Schiffe folgten ihm in einem Abstand, der auf etwa siebzig Kilometer angewachsen war. Kein Wunder, er war ja mehrere Sekunden mit 4 g geflogen und dadurch so weit vorgeschnellt. Macht nichts, dachte Pirx.

Solange er mit Beschleunigung flog, hatte er ein wenig Muße. 2 g – das war gar nichts. Insgesamt wog er jetzt einhundertzweiundvierzig Kilogramm. Im Laborkarussell hatte er manchmal eine halbe Stunde lang 4 g aushalten müssen.

Andererseits, versteht sich, waren auch diese 2 g nicht gerade angenehm. Hände, Beine – alles schien sich in Eisen verwandelt zu haben. Das Licht blendete ihn, er konnte nicht einmal den Kopf bewegen.

Noch einmal überprüfte er die Lage der beiden Schiffe, die ihm folgten. Was mag Boerst wohl jetzt tun? fragte er sich. Er stellte sich das Gesicht des anderen vor, dieses Filmgesicht. Der hatte aber auch ein Kinn! Und dann die gerade Nase und die grauen, schillernden Augen ... Eine Spicke hatte der bestimmt nicht nötig ... Na ja, vorläufig brauche ich sie auch nicht ... Das Summen in den Hörern wurde leiser. Beide Fliegen krochen an der Decke der Kapsel entlang, ihre Schatten streiften sein Gesicht, er zuckte zusammen, als er das merkte, und sah auf. An den Enden ihrer schwarzen Beine hatten sie teigartige Erweiterungen, ihre Flügel glänzten metallisch im Lichte der Lampen. Ekelhaft.

ELAN acht Aresterra ruft im Dreieck Terraluna – Sechzehnter Quadrant, Kurs einhundertelf Komma sechs – Ihr habt mit mir konvergierenden Kurs – Elf Minuten, zweiunddreißig Sekunden – Bitte eigenen Kurs ändern – Schalte auf Empfang.

Das hat noch gefehlt! stöhnte er. Was muß sich dieser Narr einmischen! Sieht er nicht, daß ich in Formation fliege?

AMU 27 an der Spitze des Dreiecks Terraluna JO zwei, JO zwei bis ruft ELAN acht Aresterra – Fliege in Formation, kann Kurs nicht ändern, führe du das Ausweichmanöver durch – Ende.

Während er das sagte, forschte er auf dem Radarschirm nach diesem Unverfrorenen. Da war er. Kaum anderthalbtausend Kilometer entfernt!

ELAN acht an AMU 27 Terraluna – Habe defektes gravimetrisches System – Beginnt unverzüglich Ausweichmanöver – Schnittpunkt der Kurse vierundzwanzig null acht, Quadrant Luna vier, Randzone – Gehe auf Empfang.

AMU 27 an ELAN acht Aresterra, JO zwei, JO zwei bis Terraluna – Führe Ausweichmanöver durch, zwanzig Uhr neununddreißig – Umkehrmanöver gleichzeitig hinter dem führenden Schiff bei optischer Entfernung, nördliche Abweichung Sektor Luna eins null Komma sechs – Schalte Triebwerke mit geringer Schubkraft ein – Empfang.

Während er das sagte, schaltete er die beiden unteren Düsen für die Wendemanöver ein. Beide JO-Schiffe antworteten sofort, sie drehten ab. Die Sterne glitten über die Bildschirme. ELAN dankte, er befand sich auf dem Flug zur Hauptstation Luna. Pirx hatte plötzlich Schneid, er wünschte ihm eine glückliche Landung, das gehörte zum guten Ton, vor allem, wenn jemand einen Schaden hatte. Eine Weile beobachtete er die Positionslichter des tausend Kilometer entfernten Raumkörpers, dann rief er wieder seine JO-Schiffe und begann, den alten Kurs anzusteuern – aussichtslos! Bekanntlich ist es kinderleicht, vom Kurs abzugehen, aber nahezu unmöglich, das gleiche Stück Parabel wiederzufinden. Die Beschleunigung veränderte sich. Der Kalkulator speicherte die neuen Daten so rasch, daß Pirx nicht Schritt halten konnte. Zu allem Überfluß krochen nun beide Fliegen auf dem Kalkulator herum, bevor sie sich auf dem Radargerät niederließen, wo sie einander munter weiterjagten. Ihre Schatten huschten nur so über den Schirm. Woher nehmen die Bister nur die Vitalität? fragte sich Pirx.

Nach zwanzig Minuten war es endlich geschafft – Pirx flog wieder auf dem ursprünglichen Kurs. Boerst hat bestimmt eine Route, die so leer und sauber ist, als hätte man sie mit einem Staubsauger gereinigt, dachte er. Und wenn nicht – den kann ja sowieso nichts erschüttern. Boerst erledigt alles im Vorbeigehen ...

Er schaltete den Automaten zur Verringerung der Beschleunigung ein, um auf der dreiundachtzigsten Minute die Beschleunigung null zu haben, wie es in der Instruktion vorgesehen war. Plötzlich erblickte er etwas – ihm wurde eiskalt unter der nassen Antischweißwäsche: Der weiße Deckel über der Schalttafel war im Begriff, aus den Klemmen zu rutschen, er glitt Millimeter um Millimeter tiefer. Offenbar war er ein wenig locker eingehängt, und beim Rütteln des Schiffes während der Wendemanöver – er war in der Tat ziemlich unsanft mit der Rakete umgegangen – hatten die Druckriegel nachgelassen. Die Beschleunigung betrug immer noch 1,7 g. Der Deckel rutschte langsam tiefer, als ob jemand mit einem unsichtbaren Faden an ihm zerrte – bis er schließlich absprang und herunterfiel. Er schlug von außen gegen die durchsichtige Kapselwand, glitt daran herunter und blieb am Boden liegen. Die vier kupfernen Hochspannungsleitungen und die Sicherungen blitzten auf.

Warum hatte ich bloß solche Angst? dachte Pirx. Der Deckel ist heruntergefallen, na und? Mit oder ohne Dekkel, ist das nicht einerlei?

Aber er war besorgt – das hätte nicht passieren dürfen. Wenn der Deckel von der Sicherung herunterfallen kann, dann kann auch das Heck abbrechen, sagte er sich.

Er wußte, daß er nur noch siebenundzwanzig Flugminuten mit Beschleunigung vor sich hatte, und er befürchtete, daß der Deckel schwerelos werden und umherfliegen könnte, wenn er die Triebwerke abschaltete. Konnte er etwas Schlimmes anrichten? Wohl kaum. Er war nicht schwer genug. Nicht einmal eine Scheibe würde er einschlagen. Ach was ...

Er suchte die Fliegen – sie jagten einander, kreisten summend in der Kapsel umher, bis sie sich schließlich unter den Sicherungen niederließen, so daß er sie aus den Augen verlor.

Im Radaroskop erblickte er seine beiden JO-Schiffe – sie hielten Kurs. Der vordere Schirm zeigte die Mondscheibe, sie war so groß, daß sie den halben Schirm ausfüllte. Damals, bei den selenographischen Übungen im Tycho-Krater, hatte Boerst mit Hilfe eines gewöhnlichen tragbaren Theodoliten ... Ach, verflixt, was der nicht alles konnte! Hatte er nicht auch versucht, die Luna-Hauptstation am äußeren Abhang des Archimedes wiederzufinden? Sie war fast gänzlich im Felsen vergraben und kaum zu erkennen gewesen, nur die glatte Landebahn mit den Signallichtern war zu sehen, aber nur, wenn sie in der Zone der Nacht lag, doch jetzt schien dort die Sonne. Die Station selbst ruhte zwar in einem Schattenstreifen, den der Krater warf, aber der Kontrast zu der gleißenden Scheibe ringsherum war so stark, daß sich die schwächlichen Flämmchen der Signallichter überhaupt nicht abhoben.

Der Mond sah aus, als hätte noch nie der Fuß eines Menschen auf ihm gestanden – von den Mondalpen fielen überlange Schatten auf die Ebene des »Meeres der Regen«. Pirx erinnerte sich an seinen ersten Mondflug, damals war die ganze Gruppe dabei, als gewöhnliche Passagiere. Eselswiese hatte ihn gebeten, nachzuprüfen, ob Sterne siebenter Größe vom Mond aus noch sichtbar seien, und er, dumm wie er damals war, hatte sich mit dem größten Eifer an diese Aufgabe gemacht! Ihm war völlig entfallen, daß vom Mond aus tagsüber überhaupt keine Sterne zu sehen sind – der Blick ist durch das Sonnenlicht, das sich am Boden widerspiegelt, viel zu sehr geblendet. Eselswiese hatte ihn noch lange mit diesen Sternen gehänselt.

Die Mondscheibe auf den Schirmen wurde immer größer. Bald würde sie die Reste des schwarzen Himmels völlig verdrängt haben, zumindest auf dem vorderen Schirm.

Sonderbar, das Summen war verstummt. Pirx sah zur Seite – und erstarrte.

Auf der erhabenen Fläche der Sicherung saß eine der beiden Fliegen und putzte sich die Flügel, die andere machte ihr währenddessen den Hof. Ein paar Millimeter weiter glänzte das nächste Kabel. Die Isolierung endete ein wenig höher – alle vier Kabel lagen frei. Jedes von ihnen war beinahe so stark wie ein Bleistift. Da die Spannung nicht allzu hoch war – tausend Volt –, gab es zwischen den Kabeln nur geringe Abstände – jeweils nur sieben Millimeter. Pirx wußte zufällig, daß es genau sieben Millimeter waren. Sie hatten einmal die gesamte elektrische Installation auseinandergenommen, und er hatte sich vom Assistenten Unverschämtheiten anhören müssen, weil er die Abstände zwischen den Leitungen nicht kannte.

Die eine Fliege hatte inzwischen vom Liebesspiel abgelassen und kroch jetzt auf der bloßen Leitung entlang. Das schadete ihr nicht, aber wenn es sie gelüstete, auf die zweite zu kriechen . . . Offenbar verspürte sie gerade diese Lust, denn nun brummte sie und setzte sich ganz außen auf die Kupferader – so, als ob es in dem ganzen Steuerraum keinen anderen Platz gegeben hätte. Pirx überlegte fieberhaft. Wenn sie nun die Vorderbeine auf die erste und die Hinterbeine auf die zweite Leitung stellt, dann . . . Ja, was eigentlich? Im schlimmsten Fall würde es einen Kurzschluß geben, aber die Fliege war wohl doch nicht groß genug, um einen Kurzschluß zu verursachen. Und wenn, dann wäre es auch nicht so gefährlich. Die automatische Sicherung würde den Strom abschalten, die Fliege würde verbrennen, der Automat würde den Strom erneut einschalten, und alles wäre wieder in Ordnung. Und was die Fliege betraf, so hätte er endlich Ruhe.

Wie hypnotisiert starrte er auf das Hochspannungsschränkchen. Er wünschte sich nicht, daß das Vieh es versuchte. Ein Kurzschluß war zwar eine Lappalie, aber daraus konnte wer weiß was entstehen. Wozu das Risiko . . .

Ein Blick auf die Uhr: Es standen nur noch acht Minuten mit allmählich schwächer werdendem Schub bevor. Gleich würde damit Schluß sein. Pirx starrte auf das Zifferblatt – da blitzte es auf, und die Lichter verloschen. Das Ganze dauerte kaum eine Drittelsekunde. Die Fliege! sagte er sich und hielt den Atem an. Wird der Automat den Strom einsch . . . Er tat es.

Die Lichter flammten wieder auf, aber sie brannten seltsam schwach und orangenrot, und gleich darauf sprang die Sicherung ein zweites Mal heraus. Dunkelheit. Der Automat schaltete ein – das Licht verlöschte. Ein – aus, ein – aus – so ging es in einem fort. Was war los? Im regelmäßig aufblitzenden Lampenschein erkannte Pirx nur mit Mühe die Ursache: Von der Fliege – das Biest hatte sich zwischen zwei Leitungen gezwängt – war ein kleiner Rest übriggeblieben, ein verkohlter Stumpf, der die beiden Kabel weiter miteinander verband.

Man kann nicht behaupten, daß Pirx sehr erschrocken war. Zugegeben, er war erregt, aber hatte er sich denn seit dem Start überhaupt schon beruhigt? Die Uhr war kaum zu sehen. Die Zifferblätter hatten ihre eigene Beleuchtung – auch das Radargerät. Der Strom war noch so stark, daß sich die Lichter und die Reserveleitungen noch nicht einschalteten, aber er war wiederum nicht so stark, daß es hell wurde. Noch vier Minuten – dann würden sich die Triebwerke ausschalten.

Darum brauchte er sich nicht zu kümmern – der Automat des Reduktors würde das von selbst besorgen. Aber wie – Pirx lief es kalt über den Rücken –, wie konnte er bei Kurzschluß funktionieren?

War das überhaupt dieselbe Leitung? Er war sich nicht sicher, bis ihm einfiel, daß es die Hauptsicherungen für die ganze Rakete und für sämtliche Leitungen waren. Die Atomsäule jedoch mußte ein eigenes Netz haben . . .

Die Säule schon, aber nicht der Apparat. Er hatte ihn ja vorhin selbst eingestellt. Man müßte ihn also abschalten . . . Oder nicht? Vielleicht würde es dennoch gehen . . .

Die Konstrukteure hatten mit allem gerechnet, nur nicht damit, daß eine Fliege in den Steuerraum gelangen, daß der Deckel herunterfallen und ein Kurzschluß entstehen könnte.

Die Lichter flackerten ununterbrochen. Ich muß irgend etwas tun! sagte sich Pirx. Aber was? Ganz einfach – man brauchte nur den Hauptschalter umzuwerfen, der hinter dem Sitz unter dem Fußboden angebracht war. Der würde die Hauptleitungen ausschalten und die Notleitungen betätigen. Dann wäre alles in Ordnung . . . Eigentlich ist sie gar nicht so schlecht konstruiert, die Rakete . . . Man hat doch so manches bedacht und für die nötige Sicherheit gesorgt.

Er hätte gern gewußt, ob auch Boerst gleich darauf gekommen wäre. Ja, wahrscheinlich, das war zu befürchten. Vielleicht sogar . . . Himmel, nur noch zwei Minuten! Das Manöver ist nicht mehr zu schaffen . . . Er sprang auf, er hatte die anderen auf den Tod vergessen!

Eine Weile überlegte er mit geschlossenen Augen.

AMU 27, Leitrakete Terraluna an JO zwei, JO zwei bis

– Habe Kurzschluß im Steuerraum – Führe Einbiegemanöver auf zeitweilig feste Umlaufbahn über dem Sonnenäquator des Mondes mit Verspätung von ... unbestimmter Dauer durch – Vollendet das Manöver selbst in der festgesetzten Frist – Empfang.

JO bis an führenden AMU 27 Terraluna – Führe Komplexmanöver mit JO zwei durch, um über Äquatorzone auf zeitweilig feste Umlaufbahn zu gelangen – Hast neunzehn Minuten Zeit bis zur Scheibe – Erfolg, Erfolg – Ende.

Pirx hatte kaum zugehört. Er löste das Kabel der Radiophonie, die Sauerstoffschlange und das zweite kleine Kabel – die Gurte hatte er bereits aufgeknöpft. Als er aufstand, flammte der Automat des Reduktors rubinrot auf; die ganze Kapsel tauchte aus der Finsternis empor, dann versank sie wieder in dem trüben, orangeroten Licht der verminderten Spannung. Die Triebwerke schalteten sich nicht aus. Das rote Licht starrte ihn aus dem Halbdunkel an, als wollte es ihn um Rat fragen. Er hörte einen Brummton in regelmäßigen Abständen – das Warnsignal. Der Reduktor konnte die Triebwerke nicht automatisch abschalten

Pirx sprang taumelnd hinter den Sitz. Der Schalthebel steckte in einer Kasssette, die in den Fußboden eingelassen war – sie war verschlossen. Verschlossen, jawohl. Er zerrte an dem Deckel, aber er ließ nicht locker. Wo ist der Schlüssel? überlegte er.

Der Schlüssel war nicht zu finden. Pirx rüttelte noch einmal an dem Deckel – vergebens. Er sprang auf und starrte blind vor sich hin. Der Mond auf den vorderen Schirmen war nicht mehr silbern, sondern weiß, ein gigantischer Mond, weiß wie Bergschnee. Die gezackten Schatten der Krater huschten über die Scheibe. Der Radarhöhenmesser meldete sich – arbeitete er schon lange? Er tickte regelmäßig, kleine grüne Ziffern sprangen aus dem Halbdunkel: einundzwanzigtausend Kilometer Entfernung.

Das Licht flackerte ununterbrochen, die Sicherung schaltete regelmäßig den Strom aus. Auch wenn es erlosch, wurde es nicht völlig dunkel – der gespenstische Schein des Mondes füllte die Kapsel aus. Nur wenn die trüben Lampen aufblitzten, schien das Mondlicht schwächer zu werden.

Das Schiff flog geradeaus, ständig geradeaus, die Geschwindigkeit erhöhte sich bei der restlichen Beschleunigung von 0,2 g noch immer, und gleichzeitig wuchs die Anziehungskraft des Mondes. Was tun? Was tun? fragte sich Pirx verzweifelt. Er sprang noch einmal zu der Kassette, stieß mit dem Fuß gegen den Deckel, aber der Stahl gab nicht nach.

Moment! O Gott, wie konnte er nur so dumm sein! Er mußte – ja, natürlich – er mußte auf die andere Seite der Kapsel! Und das war möglich! Am Ausgang, wo die Kapsel mit dem immer schmaler werdenden Tunnel in den Trichter überging, der an der Klappe endete, befand sich ein besonderer, rotlackierter Hebel unter dem Schild NUR BEI HAVARIE DES SYSTEMS. Man brauchte den Hebel nur umzulegen, und die Kapsel würde sich fast um einen Meter heben und ihm erlauben, unter ihrem Rand auf die andere Seite hinüberzukriechen! Dort könnte er mit einem Stück Isolierung die Leitungen reinigen und . . .

Mit einem Satz war er am roten Hebel. Idiot! dachte er, packte den stählernen Griff und zerrte daran, bis es in seinen Schultergelenken knackte. Der Griff, ein ölglänzender stählerner Stab, sprang in seiner ganzen Länge heraus – aber die Wanne zitterte nicht einmal. Verdutzt starrte er sie an. Im Hintergrund sah er die Bildschirme, die im Mondlicht schimmerten. Hoch über ihm flackerten noch immer die Lampen. Obwohl der Griff bereits völlig herausgezogen war, packte ihn Pirx erneut . . . Nichts.

Den Schlüssel! Den Schlüssel von der Kassette des

Schalters! Pirx warf sich flach auf den Boden, sah unter den Sessel, aber dort lag nur die Spicke ...

Die Lichter flackerten unaufhörlich, die Sicherung schaltete regelmäßig den Strom aus. Jedesmal wenn sie verlöschten, wirkte ringsherum alles gespenstisch, als sei es aus den Knochen eines Skeletts geschnitzt.

Das Ende! dachte er. Sollte er sich mit der Kapsel hinausschleudern – mit dem Sitz in der Schutzhülle hinauskatapultieren? Nein, das ging nicht, der Fallschirm würde nicht bremsen, denn der Mond hatte ja keine Atmosphäre ... Hilfe! wollte er schreien, aber es war niemand da, den er hätte rufen können – er war allein. Was tun? Es muß doch irgendeinen Ausweg geben ...

Noch einmal riß er an dem Hebel – fast wäre ihm die Hand aus dem Gelenk gesprungen. Er wollte weinen vor Verzweiflung. Dumm, sehr dumm ... Wo steckte bloß der Schlüssel ... Warum klemmte der Mechanismus ... Der Höhenmesser – er erfaßte alle Instrumente mit einem Blick – zeigte neuneinhalbtausend Kilometer. Der gezackte Kamm des Timocharis hob sich deutlich von dem glühenden Hintergrund ab. Pirx glaubte bereits die Stelle zu sehen, an der sich sein Schiff in den mit Pumex bedeckten Felsen bohren würde. Ein Donnerschlag, ein Blitzen, und dann ...

Plötzlich, gerade als die Lichter aufflammten, fiel sein verzweifelt hin und her irrender Blick auf die vierfache Reihe von Kupferadern. Ganz deutlich war dort das schwarze Klümpchen zu sehen, das die Kabel miteinander verband – der Rest der verbrannten Fliege. Mit gestrecktem Hals, wie ein Torwart bei einer Parade sprang er nach vorn. Der Schlag war entsetzlich, die Erschütterung raubte ihm fast das Bewußtsein. Die Kapselwand schleuderte ihn zurück wie einen aufgeblasenen Autoreifen, er fiel zu Boden. Die Wand zitterte nicht einmal. Keuchend richtet er sich auf, mit blutendem Mund, bereit, sich erneut auf die Wand zu stürzen.

Er blickte nach unten.

Der Hebel für begrenzte Steuerung . . . Er war für starke Beschleunigung von kurzer Dauer gedacht, in der Größenordnung 10 g, jedoch nur für den Bruchteil einer Sekunde. Der Hebel arbeitete direkt, auf mechanischem Wege. Bei Schäden gab er einen vorübergehenden Schub.

Aber damit ließ sich die Beschleunigung nur noch erhöhen – das bedeutete also, daß er noch schneller auf die Mondscheibe zurasen würde . . . Nein – im Gegenteil, der Schub würde bremsen! Aber er wäre zu kurz, das Bremsen mußte ununterbrochen verlaufen. Sollte denn die begrenzte Steuerung zu nichts nutze sein?

Er warf sich auf den Hebel, ergriff ihn ihm Fallen, zerrte daran und hatte ohne den amortisierenden Schutz des Sitzes das Empfinden, als risse es ihm alle Knochen aus dem Leib – so hart schlug er auf den Boden. Noch einmal zog er an dem Hebel – der gleiche furchtbare Ruck! Sein Kopf prallte auf den Boden, und hätte der nicht einen weichen Belag gehabt, er wäre daran zerschmettert.

Die Sicherung summte, das Flimmern hörte auf, normaler, ruhiger Lampenschein füllte den Steuerraum.

Der doppelte Stoß der Beschleunigung durch die begrenzte Steuerung hatte das kleine Kohlestückchen, das zwischen den Leitungen steckte, gelöst. Der Kurzschluß war beseitigt. Pirx spürte salzigen Blutgeschmack im Mund. Er schnellte wie ein Taucher vom Sprungbrett nach vorn, aber er landete nicht, wie beabsichtigt, auf seinem Sitz, sondern schoß über die Lehne hinweg und prallte mit fürchterlicher Wucht gegen die Decke.

Im gleichen Augenblick, als er zum Sprung ansetzte, hatte der bereits tätige Automat des Reduktors die Triebwerke ausgeschaltet. Der Rest der Schwerkraft war verschwunden. Das Raumschiff bewegte sich jetzt nur noch durch den eigenen Schwung wie ein Stein den Felsenruinen des Timocharis entgegen.

Pirx war von der Decke zurückgeprallt. Der blutige Speichel, den er ausgespien hatte, schwebte neben ihm wie silbrig-rote Bläschen im Raum. Pirx wand sich verzweifelt, streckte die Hände nach der Sessellehne aus, holte den ganzen Tascheninhalt hervor und warf ihn hinter sich.

Mit diesem Rückstoß glitt er langsam voran, schwebte immer tiefer. Seine Finger, die so ausgestreckt waren, daß die Sehnen zu reißen drohten, schabten mit den Nägeln über das Nickelrohr, krallten sich fest und ließen nicht locker. Er duckte sich, zog den Kopf ein wie ein Akrobat, der auf einem Geländer einen Handstand machen will, erwischte einen Gurt, rutschte daran herunter, wickelte ihn um den Leib, den Karabinerhaken nahm er zwischen die Zähne – er hielt. Nun die Hände auf die Griffe und die Beine auf die Pedale!

Ein Blick auf den Höhenmesser: achtzehnhundert Kilometer bis zur Mondoberfläche. Würde er es schaffen, rechtzeitig zu bremsen? Ausgeschlossen, bei fünfundvierzig Kilometern pro Sekunde! Er mußte abbiegen – aus dem Sturzflug einen Ausfall machen –, nur so war es zu schaffen!

Er schaltete die Düsen für das Wendemanöver ein – 2 g, 3 g, 4 g! Wenig! Sehr wenig!

Pirx gab volle Zugkraft für das Wendemanöver. Die Scheibe auf dem Bildschirm, die wie Quecksilber leuchtete und bisher festgemauert zu sein schien, erbebte und begann immer rascher zu sinken. Der Sitz gab unter der wachsenden Körperlast quietschende Geräusche von sich. Das Raumschiff beschrieb dicht über der Oberfläche des Mondes einen Bogen mit großem Radius – der Radius mußte so groß sein, denn das Schiff flog mit ungeheurer Geschwindigkeit. Der Griff war nicht mehr weiter zu bewegen. Pirx wurde mit furchtbarer Gewalt gegen die schwammartige Lehne gepreßt, ihm ging die Luft aus, denn die Kombination war nicht mit dem Sauerstoffkompressor verbunden. Er fühlte, wie sich seine Rippen bogen, graue Flecke tanzten vor seinen Augen. Den Blick auf den Radarhöhenmesser gerichtet, wartete er auf das Blackout. Im Fensterchen zeigten sich kleine Zahlen, eine Zeile löste die andere ab: 990 – 900 – 840 – 760 Kilometer . . .

Obwohl Pirx wußte, daß er mit voller Kraft flog, versuchte er den Griff noch weiter zu drücken. Er führte eine Wendung aus, auf engstem Raum, verlor aber trotz alledem an Höhe. Die Zahlen wurden kleiner, obschon langsamer als vorhin. Das Schiff lag immer noch im sinkenden Teil des großen Bogens. Pirx starrte unverwandt auf das Trajektometer.

Wie immer, wenn sich das Raumschiff in der Gefahrenzone eines Himmelskörpers befand, zeigte die Scheibe des Geräts nicht nur die Flugkurve des Projektils und ihre mutmaßliche, schwach angedeutete Verlängerung, sondern auch das erhabene Profil des Mondes, über dem sich das ganze Manöver abspielte.

Beide Kurven – die des Fluges und die der Mondoberfläche – liefen fast zusammen. Ob sie sich schnitten?

Nein. Aber der Bauch dieses Bogens war eine Asymptote. Es stand nicht fest, ob das Schiff dicht über der Scheibe durchschlüpfen – oder aufprallen würde. Das Trajektometer arbeitete mit einer Fehlerabweichung von sieben bis acht Kilometern, und Pirx konnte nicht voraussagen, ob die Kurve drei Kilometer über den Felsen verlaufen würde – oder . . .

Ihm wurde schwarz vor Augen – die 5 g taten ihre Wirkung. Das Bewußtsein verlor er nicht. Er lag da, blind, umspannte die Hebel, fühlte dabei, wie die Amortisatoren des Sitzes allmählich nachgaben. Er glaubte nicht, daß er verloren war. Irgendwie konnte er nicht daran glauben. Er war nicht imstande, die Lippen zu bewegen, also zählte er nur in Gedanken: einundzwanzig – zweiundzwanzig – dreiundzwanzig – vierundzwanzig ...

Bei fünfzig konnte er sich der Vorstellung nicht erwehren, das sei nun schon der Zusammenstoß – wenn überhaupt, so müßte er nun erfolgen. Trotzdem ließ er die Hebel nicht los. Er wurde schwächer und schwächer ... ein Gefühl der Enge in der Brust, ein Läuten in den Ohren, Blut in der Kehle und in den Augen Schwärze, blutige Schwärze ...

Die Finger lösten sich von selbst – langsam schob sich der Griff zurück. Pirx hörte nichts, sah nichts. Allmählich wurde es grau um ihn, das Atmen fiel ihm leichter. Er wollte die Augen aufreißen, aber sie waren – sie waren die ganze Zeit über geöffnet gewesen. Nun brannten sie wie Feuer, die Lider waren trocken.

Er setzte sich auf.

Der Schweremesser zeigte 2 g an. Auf dem vorderen Bildschirm war nichts zu sehen, nichts als Sternenhimmel. Vom Mond keine Spur. Wo war der Mond geblieben?

Er lag unten – unter ihm. Pirx hatte den waghalsigen Sturzflug abgefangen, das Schiff war in die Höhe geschossen und entfernte sich nun mit allmählich nachlassender Geschwindigkeit vom Erdtrabanten. In welcher Höhe war er über der Scheibe durchgerutscht? Sicherlich hatte der Höhenmesser das registriert, aber Pirx verspürte keine Lust, ihn nach Daten zu befragen. Nun erst fiel ihm auf, daß das Alarmsignal verstummt war, das die ganze Zeit hindurch gebrummt hatte. Weshalb sie nur so einen Brummton gewählt haben! fragte sich Pirx. Sie hätten lieber eine Kirchenglocke an die Decke hängen sollen. Wenn schon Friedhof, dann auch richtig, mit allem Drum und Dran. Ein leises Summen ertönte – die zweite Fliege! Das Biest lebte! Sie kreiste über der Kapsel. Pirx verspürte einen ekelhaften Geschmack im Mund – er war rauh und schmeckte nach Leder –, das Ende des Sicherheitsgurtes! Er hatte es die ganze Zeit über zwischen den Zähnen gehabt und völlig vergessen.

Er schnallte den Gurt fest, legte die Hände auf die Hebel – die Rakete mußte auf die richtige Umlaufbahn gebracht werden. Von den beiden JO-Schiffen würde er keine Spur mehr finden, das war ihm klar, aber er mußte ans Ziel gelangen und sich bei Navigationsluna melden. Oder etwa bei Luna Hauptstation, weil er eine Havarie hatte? Weiß der Teufel! Also wieder still sitzen? Ausgeschlossen! Sie werden das Blut bemerken, wenn ich wieder unten bin ... Sogar an der Decke sind rote Spritzer ... Übrigens, der Registrator hat sicherlich alles, was geschehen ist, auf Band festgehalten – alles, die Tücken der Sicherung und den Kampf mit dem Notgriff. Nicht übel, diese AMUs, das muß man schon sagen ... Aber man muß Humor haben, wenn man jemandem solch einen Sarg zumutet ...

Melden, melden – aber bei wem? Er beugte sich vor, lockerte dabei den Schultergurt und griff nach der Spicke, die unter dem Sitz lag. Warum soll ich eigentlich nicht einen Blick hineinwerfen? Vielleicht nützt sie mir wenigstens jetzt irgendwie ...

Da hörte er etwas knacken – ganz so, als ginge eine Tür auf. Hinter ihm gab es keine Tür, das wußte er genau, übrigens konnte er sich nicht umdrehen, denn die Gurte hielten ihn an den Sessel gefesselt. Ein Lichtstreifen fiel auf die Schirme, die Sterne darauf verblaßten, und Pirx vernahm die gedämpfte Stimme des Chefs.

»Pilot Pirx!«

Er wollte aufspringen, aber die Gurte hielten ihn fest. Er fiel zurück, glaubte wahnsinnig zu sein. Im Gang zwischen der Wand des Steuerraums und der gläsernen Hülle erschien der Chef. Er stand vor ihm in seiner ganzen Uniform, sah ihn mit grauen Augen an – und lächelte. Pirx wußte nicht, wie ihm geschah.

Die gläserne Kapsel hob sich. Pirx begann instinktiv die Gurte zu lösen und stand auf. Die Schirme hiner dem Rücken des Chefs waren plötzlich wie weggeblasen.

»Recht so, Pilot Pirx«, sagte der Chef. »Bemerkenswert.«

Pirx wußte immer noch nicht, wie ihm geschah. Er stand stumm vor seinem Chef und machte etwas schrecklich Unvorschriftsmäßiges – er streckte den Kopf zur Seite, soweit der halb aufgeblasene Kragen das zuließ.

Der ganze Gang mit der Klappe war beiseite geschoben – als sei die Rakete an dieser Stelle auseinandergebrochen. Pirx erkannte im Abendlicht die Gangway der Halle, die Menschen, die darauf standen, die Seile, die Gitter . . . Er starrte den Chef mit halboffenem Mund an.

»Komm, Junge«, sagte der. Langsam streckte er ihm die Hand entgegen. Pirx ergriff sie und fühlte, daß der Händedruck sich verstärkte. »Ich drücke dir im Namen aller meine Anerkennung aus, und in meinem eigenen Namen bitte ich dich um Verzeihung. Das . . . muß so sein. Jetzt komm mit. Kannst dich bei mir waschen.«

Er ging auf den Ausgang zu. Pirx folgte ihm, stakste schwer und unbeholfen. Draußen war es kühl, ein schwacher Wind wehte, er fiel in die Halle durch den Teil der Decke, der weggeschoben war. Beide Projektile standen an der gleichen Stelle wie zuvor – nur ein paar dicke Kabel, die in einem Bogen über dem freien Raum hingen, führten zu ihren Spitzen. Vorher waren diese Kabel nicht dagewesen.

Der Instrukteur, der auf der Gangway stand, sagte irgend etwas zu ihm. Er verstand es nicht, durch die Haube könnte er schlecht hören.

»Wie?« fragte er mechanisch.

»Die Luft! Laß die Luft aus der Kombination!«

»Ach so, die Luft . . .«

Er drückte auf das Ventil – es zischte. Er stand auf der Plattform. An den Seilen der Barriere warteten zwei Leute in weißen Kitteln. Seine Rakete sah aus, als habe sie einen gespaltenen Schnabel. Eine merkwürdige Schwäche überkam ihn – Verwunderung, Enttäuschung, die sich immer deutlicher in Ärger verwandelten.

Sie öffneten die Klappe des zweiten Projektils. Der Chef stand auf der Gangway, weißbekittelte Menschen unterhielten sich mit ihm. Aus dem Innern der Rakete drang ein schwaches Knacken.

Ein braunes, taumelndes Bündel Mensch stürzte heraus, der Kopf ohne Helm pendelte wie ein verschwimmender Fleck hin und her.

Die Beine unter ihm knickten ein.

Dieser Mensch dort, Boerst, war mit dem Mond zusammengestoßen.

Der bedingte Reflex

Es geschah im vierten Jahr, kurz vor den Ferien. Pirx, der alle praktischen Übungen hinter sich hatte, stand nun vor weiteren Bewährungsproben: Es galt, mehrere Flüge auf Simulatoren zu bestehen, danach zwei echte Raumstarts und schließlich einen sogenannten »Kreis selbständig« – einen Mondflug mit Landung und Rückkehr. Er kam sich bereits vor wie ein »alter Hase«, der auf den Planeten zu Hause ist, wie ein ausgefuchster Weltraumfahrer, der sich nur in seinem abgetragenen Skaphander wohl fühlt, wie ein kühner Retter, der mit dem beschwörenden Ruf »Achtung, ein Meteoritenschwarm!« und einem blitzschnellen Wendemanöver das Raumschiff, sich selbst und die weniger aufmerksamen Gefährten vor dem Untergang bewahrt. Wenigstens stellte er sich das so vor, aber zu seinem Bedauern mußte er beim Rasieren immer wieder aufs neue konstatieren, daß man ihm die vielen schweren Erlebnisse so gar nicht ansah. Keines seiner Abenteuer hatte ihm bisher auch nur ein einziges graues Haar eingebracht – nicht einmal das schauderhafte Mißgeschick mit dem Harrelsbergerschen Apparat, der ihm bei der Landung auf dem Sinus Medii unter den Händen explodiert war. Ach was! Pirx erkannte betrübt, daß es sinnlos war, in dieser Hinsicht irgendwelchen Illusionen nachzuhängen – der Traum von den graumelierten Schläfen wollte sich nicht erfüllen. Wenn sich doch wenigstens um die Augen ein paar Fältchen bilden würden, die auf den ersten Blick erkennen ließen, wie mühevoll er, Pirx, nach Kurssternen Ausschau hielt! Aber nicht einmal das war ihm vergönnt, er blieb glatt und pausbäckig wie eh und je. So schabte er sich denn mit der stumpfen Klinge das Kinn, schämte sich seines vollen Gesichts und dachte sich immer gefährlichere Situationen aus, die er samt und sonders meisterte.

Matters, der diesen Kummer kannte oder zumindest ahnte, riet Pirx, sich einen Schnurrbart wachsen zu lassen. Ob er es ehrlich meinte, ließ sich kaum feststellen – Pirx jedenfalls machte die Probe aufs Exempel. Er hielt sich eines Morgens einen schwarzen Schnürsenkel an die Oberlippe, sah in den Spiegel – und fuhr entsetzt zurück: Er blickte in eine Visage, die noch idiotischer wirkte als vorher. Von Stund' an begann er an Matters zu zweifeln, obwohl gar nicht erwiesen war, daß er es böse gemeint hatte. Matters' hübsche Schwester konnte man erst recht keine Böswilligkeit nachsagen, und dennoch hatte es Pirx den Rest gegeben, als sie einmal zu ihm sagte, er sehe »sehr, sehr rechtschaffen« aus. In dem Lokal, in dem sie tanzten, geschah zwar nichts von dem, was Pirx befürchtet hatte. Nur einmal verwechselte er einen Tanz, aber seine Partnerin war taktvoll genug, das mit Schweigen zu übergehen. Als er schließlich merkte, daß die übrigen Paare etwas ganz anderes tanzten, korrigierte er sich und gab sich Mühe, ernst und würdig dreinzuschauen, denn er wußte, daß sich die Menschen auf der Straße umdrehten, wenn er grinste. Abends brachte er sie nach Hause. Von der letzten Haltestelle hatten sie noch ein gutes Stück zu laufen. Pirx zermarterte sich das Hirn, er wollte irgend etwas tun, um ihr zu beweisen, daß er gar nicht so »sehr, sehr rechtschaffen« sei, aber ihm fiel nichts Passendes ein. Da er so intensiv nachdachte, blieb er stumm wie ein Fisch, und je länger er schwieg, desto peinlicher erschien ihm die Situation. In seinem Kopf herrschte eine Leere, die sich nur insoweit vom kosmischen Vakuum unterschied, als sie von verzweifeltem Bemühen ausgefüllt war. Im letzten Augenblick kamen ihm mehrere Einfälle auf einmal, sie durchfuhren ihn wie Meteore. Er wollte sich mit ihr verabreden, wollte sie küssen, wollte – er hatte das irgendwo gelesen – ihre Hände drücken, zärtlich, gefühlvoll, zugleich aber leidenschaftlich und sinnlich ... Aber daraus wurde nichts. Er küßte sie nicht, verabredete sich nicht mit ihr, reichte ihr auch nicht die Hand ... Ach, wenn es wenigstens dabei geblieben wäre! Als sie ihm nämlich mit ihrer angenehm kehligen Stimme »Gute Nacht« wünschte, sich abwandte und die Türklinke ergriff, erwachte in ihm der Teufel. Möglich, daß er ihre Ironie spürte, möglich, daß er sich diese Ironie nur einbildete – jedenfalls ... Als sie sich umwandte, gelassen, selbstbewußt und königlich, wie es sich bei hübschen Mädchen von selbst versteht ...

... nun gut, als sie sich umwandte, hatte er ihr diesen Klaps aufs Gesäß gegeben, einen recht derben Klaps, nebenbei bemerkt. Was dann kam, ging rasend schnell. Sie stieß einen kleinen Schrei aus vor Überraschung, und er, er machte kehrt und nahm Reißaus, als sei ihm jemand auf den Fersen. Tags darauf pirschte er sich an Matters heran wie an eine Zeitzünderbombe, aber der Freund wußte überhaupt nichts von dem Vorfall.

Pirx hätte nicht sagen können, wie es dazu gekommen war. Er hatte sich halt nichts dabei gedacht – das war ihm leider schon immer leichtgefallen. Aber handelte so ein »rechtschaffener Mann«?

Er war sich nicht ganz sicher, aber er befürchtete, daß es wohl an dem sein müsse. Nach der Geschichte mit Matters' Schwester – er mied das Mädchen fortan wie der Teufel das Weihwasser – hörte er auf, Grimassen vor dem Spiegel zu schneiden. Es war ihm peinlich, wenn er daran dachte, wie er mit zwei Spiegeln herumhantiert hatte, um sein Profil zu begutachten. Über die Lächerlichkeit solch äffischer Grimassen war er sich im klaren, andererseits hatte er aber gar nicht nach Schönheit gesucht, sondern nach Charakter – nach Charakter, jawohl! Er las nämlich Conrad, und wenn er mit vor Eifer geröteten Wangen an das große Schweigen der Milchstraße dachte, an einsame Tapferkeit – da drängte sich ihm jedesmal die gleiche Frage auf: Kann man sich einen Helden der ewigen Nacht, einen kühnen Einzelgänger mit solch einem Gesicht vorstellen? Kann man das? Die Zweifel blieben, aber mit dem Grimassenschneiden machte er ein für allemal Schluß und bewies sich selbst damit, wie hart und unerschütterlich sein Wille sein konnte.

All diese Sorgen verblaßten jedoch, als die Prüfung bei Professor Merinus heranrückte, der auch Merynos genannt wurde. Angst vor Merynos hatte er nicht, er war überhaupt erst dreimal zum Gebäude des Instituts für Astrognosie gegangen, im Gegensatz zu den anderen Studenten, die sich vor den Saaltüren drängten und den Prüflingen auflauerten. Sie taten dies nicht, um ihre Kameraden zu beglückwünschen, sondern um zu erfahren, welche neuen tückischen Fragen sich der »bösartige Hammel« ausgedacht habe – auch so wurde der grausame Professor genannt. Dieser Greis, der noch nie im Leben den Fuß auf den Mond gesetzt oder eine Rakete betreten hatte, wußte einfach alles. Er kannte kraft theoretischen Allwissens jeden Stein sämtlicher Krater des Meeres der Regen, kannte die Felsenrücken der Planetoiden und die unzugänglichsten Gefilde der Jupitermonde. Man erzählte sich, daß er umfassend über Meteore und Kometen informiert sei, deren Entdeckung bevorstehe – möglicherweise erst in tausend Jahren. Diese Fähigkeit verdankte er seiner Lieblingsbeschäftigung, der Perturbationsanalyse der himmlischen Körper. Gestützt auf sein umfassendes Wissen, reagierte er boshaft und geringschätzig auf die dürftigen Kenntnisse der Studenten.

Pirx aber fürchtete sich nicht vor Merynos, denn er glaubte, den Schlüssel zum Erfolg gefunden zu haben. Der

Alte, so wußte er, bediente sich einer eigenen Terminologie, die außer ihm niemand in den Fachschriften benutzte. Von seinem angeborenen Scharfsinn geleitet, bestellte sich Pirx in der Bibliothek alle wissenschaftlichen Aufsätze des Giganten und – nein, nein, daß er sie nicht las, versteht sich von selbst. Er blätterte sie nur durch, schrieb sich etwa zweihundert dieser Wortungetüme auf und lernte sie auswendig. Von nun an lebte er in der Überzeugung, daß er das Examen bestehen würde, und das bestätigte sich denn auch. Der Professor erbebte, als er den Stil der Antworten vernahm, er hob die buschigen Brauen und lauschte den Ausführungen des Prüflings wie dem Gesang einer Nachtigall. Die finsteren Wolken in seinem Gesicht lösten sich auf, er wirkte jünger als sonst, ihm war, als höre er seine eigene Stimme. Pirx, der diese Wandlung bemerkte, ging nun, beflügelt von seiner eigenen Unverschämtheit, aufs Ganze. Er hatte Erfolg. Merynos belohnte ihn mit einer großen runden Zwei und bedauerte sogar, ihm keine Eins geben zu können, weil er, Pirx, bei der letzten Frage völlig versagt hatte. Bei der Beantwortung dieser Frage war mit der Terminologie des Professors nicht viel anzufangen – es ging um die genaue Kenntnis eines Modells.

Wie dem auch sei, Pirx war es gelungen, Merynos zu bändigen – er hatte ihn einfach bei den Hörnern gepackt. Viel mehr Angst hatte er vor dem »Irrsinnigen Bad«, dem letzten Prüfungstest vor dem Diplomexamen. Gegen das »Irrsinnige Bad« war kein Kraut gewachsen. Pirx sah keinen anderen Weg, als zu Albert zu gehen. Albert fungierte nur nach außen hin als Pförtner am Institut für Astropsychologie, in Wirklichkeit war er die rechte Hand des Dozenten, und sein Wort galt mehr als die Meinungen aller Assistenten. Er hatte schon dem greisen Professor Balloe als Faktotum gedient, der vor einem Jahr zur Freude der Studenten und zum Leidwesen des Pförtners in Pension gegangen war. »Niemand hat mich so gut verstanden wie der Professor emeritus«, pflegte er zu sagen.

Das »Irrsinnige Bad« verlief ungefähr so: Albert führte den Kandidaten in einen kleinen Raum im Souterrain, fertigte eine Paraffinmaske seines Gesichts an und schob zwei Metallröhrchen in das Negativ der Nase. Das war alles – der Kandidat hatte nun nichts weiter zu tun, als in die erste Etage zu gehen, wo das Bad auf ihn wartete, das heißt, ein Bad war es natürlich nicht, die Studenten nannten die Dinge ja nie beim Namen. Der Kandidat oder der »Patient«, wie es im studentischen Jargon hieß, betrat ein geräumiges Zimmer, entkleidete sich und stieg in ein Wasserbassin. Das Wasser wurde erwärmt, und zwar so lange, bis der rücklings im Bassin liegende Prüfling die Hand hob. Was dann geschah, war unterschiedlich – für die einen hörte das Wasser bei neunundzwanzig Grad auf zu existieren, für die anderen erst bei zweiunddreißig. Sobald das Zeichen kam, wurde die Erwärmung des Wassers gestoppt, und einer der Assistenten setzte dem Kandidaten die Paraffinmaske auf. Dann wurde dem Wasser Salz beigemengt – gewöhnliches Kochsalz, kein Zyankali, wie die Absolventen des »Irrsinnigen Bades« allen Ernstes behaupteten. Man schüttete so lange Salz hinein, bis der »Patient« oder der »Ertrunkene« sich vom Boden löste und unter der Wasserfläche schwamm, ohne aufzutauchen. Das einzige, was aus dem Bassin hervorlugte, waren die Metallröhrchen – der Student konnte also frei atmen. Das war im Grunde alles. Das Ganze nannten die Wissenschaftler »Behinderung der afferenten Stimuli«. Der »Ertrunkene« schwamm, die Arme über der Brust gekreuzt, im Bassin. Schon nach kurzer Zeit spürte er nicht mehr, daß er im Wasser war. Er sah nichts, hörte nichts, hatte weder Geruchs- noch Tastsinn – er glich einer ägyptischen Mumie, und die Frage war nur, wie lange er das aushielt. Wie lange?

Eigentlich schien an dem Test nichts Besonderes zu sein, aber Pirx wußte, daß der Mensch in diesem Zustand die merkwürdigsten Dinge erlebte. Es hatte nicht viel Sinn, in den Lehrbüchern über experimentelle Psychologie zu blättern, denn die Erlebnisse der »Ertrunkenen« waren individuell sehr verschieden. Ein Drittel der Kandidaten brachte es übrigens noch nicht einmal auf drei Stunden, und nur wenige erreichten fünf oder sechs. Ausdauer war jedem zu empfehlen, denn den Besten winkten die interessantesten Ferienpraktika. Wer den ersten Platz hatte, erhielt ein Extrapraktikum, das mit den üblichen, meistens ein wenig langweiligen Aufenthalten auf Satellitenstationen nicht zu vergleichen war. Man wußte nie, wer sich als »Harter« erweisen würde, das »Bad« war eine schwere Belastungsprobe für die Konsistenz der Persönlichkeit.

Pirx überstand den Anfang ziemlich glatt, wenn man davon absah, daß er sein Gesicht völlig unnötig ins Wasser tauchte, noch bevor er die Maske trug. Er schluckte einen Viertelliter Wasser und konnte sich bei dieser Gelegenheit davon überzeugen, daß es einfach nur salzig war.

Als man ihm die Maske aufsetzte, begann es in seinen Ohren leise zu rauschen. Dunkelheit umfing ihn, das Wasser trug ihn leicht und reglos. Pirx hielt es für ratsam, ein wenig die Muskeln zu lockern. Er versuchte erst gar nicht, die Augen zu öffnen, wußte er doch, daß das unmöglich war – das Paraffin, das Wangen und Stirn umschloß, ließ keine Bewegung der Lider zu. Nach einer Weile begann ihn ein Juckreiz zu quälen. Er hätte sich gern die Nase und dann das rechte Auge gekratzt – aber da war die Maske. Von einem Jucken hatte er in den Berichten anderer »Ertrunkener« nichts gehört – offenbar war das sein ganz privater Beitrag zur experimentellen Psychologie. Er ruhte völlig gelähmt im Wasser, das seinen nackten Körper weder wärmte noch kühlte. Ihm war, als habe er aufgehört zu existieren.

Pirx hätte ohne weiteres die Beine oder wenigstens die Zehen bewegen können, um sich zu überzeugen, daß sie naß und glitschig waren, aber er tat es nicht: Über ihm, an der Decke, wachte das unbestechliche Auge der Kamera – für jede Bewegung gab es Strafpunkte. Er lauschte in sich hinein und vernahm seine eigenen Herztöne, sie waren schwach, sie schienen aus riesiger Entfernung zu kommen. Das Jucken hatte nachgelassen, es gab nichts, was ihn belästigte – er fühlte sich soweit ganz wohl. Albert hatte die Röhrchen so geschickt in der Maske befestigt, daß man sie nicht spürte. Pirx spürte überhaupt nichts, die Leere wurde allmählich beängstigend. Zunächst verlor er das Gefühl für die Lage seines Körpers, er wußte nicht, wie er die Hände und die Füße hielt, erinnerte sich lediglich daran. Dann begann er zu überlegen, wie lange er bereits unter der weißen Paraffinmaske lag. Er hatte nicht die geringste Vorstellung, wieviel Minuten – Viertelstunden? – vergangen waren. Und das passierte ihm, der ein so gutes Zeitgefühl besaß, der auch ohne Uhr fast auf die Minute sagen konnte, wie spät es war!

Während er noch darüber staunte, schwand sein eigenes Ich immer mehr dahin. Ihm war, als habe er keinen Leib, kein Gesicht – er begann sogar daran zu zweifeln, jemals existiert zu haben. Ein angenehmer Zustand war das nicht. Im Gegenteil, er war entsetzlich. Ihm schien, als löse sich sein Körper nach und nach im Wasser auf – andererseits war er sich gar nicht mehr bewußt, daß er im Wasser lag. Auch seine Herztöne waren versummt. Er lauschte gespannt – nichts. Dagegen begann die Stille, die ihn vollends ausfüllte, zu dröhnen. Ein dumpfes, unangenehmes Brummen umfing ihn, ein unausgesetztes Rauschen, er hätte sich am liebsten die Ohren zugestopft. Sicherlich ist schon allerhand Zeit verstrichen, sagte er sich. Ich könnte mir ruhig ein paar Strafpunkte einhandeln . . . Er wollte die

Hände bewegen – aber er hatte nichts, was er bewegen konnte. Hände waren nicht da. Er erschrak nicht einmal, er war nur verdutzt. »Verlust des Körpergefühls« nannte man das, Pirx hatte davon gelesen, aber daß diese Erscheinung so absolut sein würde, hätte er nicht gedacht.

Offenbar mußte das so sein . . . Hauptsache, er bewegte sich nicht . . . Wenn man eine gute Placierung erreichen will, muß man eben dies und jenes in Kauf nehmen . . . Eine Zeitlang war diese Maxime sein Halt. Wie lange? Er wußte es nicht.

Allmählich verschlimmerte sich seine Lage.

Es fing damit an, daß die Schwärze, die ihn umgab, die Finsternis, die er gleichsam selbst verkörperte, von schwachen Fünkchen, von flimmernden Kreisen erhellt wurde. Er rollte die Augäpfel hin und her, und es tröstete ihn, daß er wenigstens diese Bewegungen wahrnahm. Aber dieser Trost hielt nicht lange an – nach wenigen Versuchen waren auch die Augen seiner Gewalt entglitten . . .

Bei diesem Funkeln und Flimmern, Rauschen und Brummen handelte es sich um visuelle und akustische Phänomene – sie waren eine harmlose Einleitung, ein Kinderspiel gegenüber dem, was nun folgte.

Er zerfiel, das heißt . . . was da zerfiel, war nicht etwa der Körper. Von einem Körper konnte man ohnehin nicht mehr sprechen, er hatte schon vor Jahrhunderten zu leben aufgehört, er war Vorvergangenheit, war unwiderruflich verloren. Hatte es ihn überhaupt einmal gegeben?

Mitunter kommt es vor, daß einem die Hand abstirbt, weil sie schlecht durchblutet ist. Man kann sie mit der anderen, lebenden Hand berühren wie ein Stück Holz. Fast jeder kennt dieses merkwürdige, unangenehme Gefühl, das zum Glück rasch vergeht. Man selbst ist in diesem Zustand ganz normal, man wacht und lebt – nur ein paar Finger sind von Totenstarre erfaßt, sie muten an wie ein Gegenstand, der am übrigen Körper klebt. Pirx aber besaß nichts mehr, ihm war nichts geblieben außer der Angst.

Pirx zerfiel – er zerfiel nicht in irgendwelche andere Persönlichkeiten, sondern in Ängste. Wovor hatte er Angst? Er wußte es nicht. Er erlebte weder die Wirklichkeit, denn die gibt es nicht ohne Körper, noch den Traum – denn er träumte ja nicht. Er wußte, wo er war und was man mit ihm tat, und es hatte auch nichts mit Trunkenheit zu tun. Nein – es war etwas anderes, er hatte auch darüber etwas gelesen. Es nannte sich »Desorganisierung der Hirnrindentätigkeit, verursacht durch Beraubung des Hirns um seine afferenten Impulse«. Das klang nicht schlecht, aber ...

Er wähnte sich mal hier, mal dort, alles um ihn herum zerfloß, Richtungen, Berg, Tal, Seite ... Wo mag die Zimmerdecke sein? fragte er sich. Es gelang ihm nicht, sich zu erinnern. Er hatte keinen Orientierungssinn mehr, so wie er keinen Körper und keine Augen hatte.

Gleich, gleich ..., dachte er. Gleich werde ich wieder Ordnung schaffen. Raum ... Dimensionen ...

... Bedeutungslose Begriffe ... Pirx bemühte sich um einen Zeitbegriff. »Zeit, Zeit«, wiederholte er mechanisch, als kaue er ein Stück Papier. Ein Konglomerat ohne jeden Sinn ... Nicht er wiederholte das, sondern irgendein Niemand, ein Fremder, der in ihm war, der sich eingeschlichen hatte ... Nein, es war umgekehrt – er, Pirx, steckte in einem anderen, und dieser andere, dieser Jemand blähte sich auf, wuchs ins Unermeßliche, ins Grenzenlose. Er wandelte in unerfaßbaren Räumen, riesengroß wie ein Ballon ... Es war kein Mensch, es war ein Finger, ein gigantischer Finger ... Weiß der Himmel, wo er herkam ... Der Finger verselbständigte sich, es war bedrükkend. Erst blieb er starr, dann aber begann er sich zu krümmen, drohend und verrückt zugleich ... Pirx taumelte im Innern dieses abscheulichen, nichtsnützigen Gebildes hin und her, wurde von einer Seite auf die andere geworfen ...

Der Finger verschwand. Pirx drehte sich. Kreiste. Fiel wie ein Stein, wollte schreien. Um ihn herum war ein Flimmern – etwas Ovales, Gaffendes, Zerfließendes bedrängte ihn, und wenn er sich bemühte, diesem Spuk die Stirn zu bieten, kroch das flimmernde Etwas auf ihn zu, schien ihn sprengen zu wollen ... Er war nur noch ein dünnwandiger Behälter, der zu bersten drohte.

Und er barst ...

Er zerfiel in zahllose schwarze Schatten, die wie verkohlte Papierfetzen chaotisch umherflatterten. In diesem Schwanken und Flattern lag eine unbegreifliche Spannung, ein Krampf wie bei einer tödlichen Krankheit. Dieses Nichts, diese unempfindliche, erstarrte Wüste, die einst ein leistungsfähiger Körper gewesen war, schien sich durch Nebelschwaden zum letztenmal zu melden, schien ein letztes Lebenszeichen auszusenden, schien sich zu bemühen, einen andern Menschen zu erreichen, ihn zu sehen, zu berühren ... »Halt!« sagte eine Stimme in ihm. Sie klang erstaunlich nüchtern, aber zugleich fremd. Nein, er war das nicht mehr, es war ein anderer, der ihn ansprach – irgend jemand, der ihn bemitleidete ... Wen? Wo? Aber er hatte ihn doch gehört ... Nein, das war keine wirkliche Stimme ...

»Ruhig, ruhig ... Andere haben das auch schon erlebt. Davon stirbt man nicht ... Haltung, Haltung ...«

Die Worte drehten sich im Kreise, bis sie ihren Sinn verloren, bis alles wieder aus den Fugen ging und sich auflöste wie feuchtes graues Seidenpapier. Er schmolz wie ein Schneeberg in der Sonne, wurde hinweggespült, irgendwohin, ohne sich zu rühren.

Gleich gibt es mich nicht mehr ..., dachte er allen Ernstes, denn das war kein Traum mehr, das war wie der Tod. Nur eines wußte er noch: daß er nicht träumte. Von allen Seiten fiel es über ihn her – nein, nicht über ihn, über sie ... Er hatte sich vervielfältigt, er bestand aus vielen Wesen. Aus wie vielen? Er konnte sie nicht zählen ...

Was tue ich hier? fragte es in ihm. Wo bin ich? Im Ozean? Auf dem Mond? Ein Versuch ...?

Pirx glaubte nicht mehr an ein Experiment. Wie denn ..., dachte er. Etwas Paraffin, ein Bassin mit Salzwasser – und der Mensch hört auf zu existieren? Nein, Schluß damit ... Er kämpfte, ohne zu wissen, wogegen er sich auflehnte. Ihm war, als bemühe er sich, einen riesigen Stein aufzuheben, der ihn zu Boden drückte. Er war nicht einmal imstande, vor Anstrengung zu zittern. Im letzten Aufblitzen seines Bewußtseins sammelte er die Kraft, die ihm verblieben war, und stöhnte. Er hörte dieses Stöhnen, das gedämpft klang, wie aus weiter Ferne, wie das Funksignal von einem anderen Planeten.

Eine Sekunde lang war er nahe daran, aufzuwachen. Er versuchte, sich zu konzentrieren, mit dem Erfolg, daß er in die nächste Agonie versank, die noch schwärzer, noch tiefer war und alles hinwegschwemmte.

Schmerzen hatte er nicht. Ja, wenn ihm ein Schmerz im Leibe säße, dann wäre es anders! Ein Schmerz würde gewisse Grenzen abstecken, er würde an seinen Nerven zerren und ihm ermöglichen, sich selbst zu erkennen ... Aber das, was ihn festhielt, war eine schmerzlose Agonie, war tote, sich stauende Leere. Er spürte, wie die Luft in ihn drang, nicht in die Lunge, sondern ins Hirn, in ein Chaos zitternder, verkrampfter Gedanken. Stöhnen! dachte er. Nur einmal aufstöhnen, sich selbst hören ...

»Wenn jemand stöhnen will, braucht er nicht an die Sterne zu denken«, sagte die unbekannte nahe Stimme, die so fremd war.

Er überlegte. Er stöhnte nicht. Es gab ihn nicht mehr. Er wußte nicht, wer er war. Kalte, zähe Ströme durchdrangen ihn. Aber was am schlimmsten war – nicht einer der »Ertrunkenen« hatte auch nur andeutungsweise davon berichtet, nicht einer hatte erzählt, daß er porös wurde ... Er war ein Loch, ein Sieb, ein Labyrinth mit winkeligen Höhlen oder Gängen ...

Schließlich zerfiel auch das, nur die Angst blieb. Sie blieb selbst dann noch, als die Dunkelheit schwand, als ein Flimmern die Finsternis zerriß wie ein Schauder.

Dann wurde es schlimmer, viel schlimmer. Pirx konnte sich später nicht mehr an Einzelheiten erinnern, überdies gab es noch keine Bezeichnungen für derartige Erlebnisse – er war jedenfalls außerstande, darüber zu berichten. Die »Ertrunkenen« waren um eine scheußliche Erfahrung reicher, von der kein Laie etwas ahnte. Zu beneiden waren sie nicht.

Pirx kostete es aus bis zur Neige. Eine Zeitlang war er nicht da, dann wieder existierte er vervielfältigt, dann fraß ihm etwas das Hirn leer, dann geschahen gewisse verworrene, undefinierbare Ungeheuerlichkeiten ... Die Angst schweißte alles zusammen, sie überdauerte alles – Körper, Zeit und Raum. Pirx genoß sie bis zum Überdruß.

Als alles vorbei war, sagte Dr. Grotius: »Sie haben zum erstenmal in der hundertachtunddreißigsten Minute aufgestöhnt, zum zweitenmal in der zweihundertsiebenundzwanzigsten. Im ganzen drei Strafpunkte. Nicht zittern! Werfen Sie bitte ein Bein über das andere, ich untersuche jetzt die Reflexe ... Wie haben Sie nur so lange ausgehalten?«

Pirx saß auf einem vierfach zusammengefalteten Handtuch, er spürte, daß es rauh war, und das tat ihm gut. Er kam sich vor wie Lazarus. Nicht daß er so aussah, aber er fühlte sich, als sei er auferstanden, als sei er wiedergeboren. Sieben Stunden – die beste Placierung! In den letzten drei Stunden war er wohl tausendmal gestorben, aber er hatte nicht gestöhnt. Man zog ihn heraus, rieb ihn ab, massierte ihn, gab ihm eine Spritze, einen Schluck Kognak und führte ihn ins Untersuchungszimmer, wo Dr. Grotius wartete. Unterwegs warf er einen Blick in den Spiegel, noch immer völlig benommen, als sei er nach mehrmonatigem Fieber aufgestanden. Er wußte, daß alles vorüber war. Er schaute nicht deshalb in den Spiegel, weil er damit rechnete, ergrautes Haar zu sehen – nein, er tat es nur so im Vorbeigehen. Er erblickte sein breites Gesicht, drehte sich rasch wieder um und marschierte weiter, wobei seine nassen Fußspuren auf dem Parkett zurückblieben. Dr. Grotius versuchte lange, ihn zum Reden zu bringen. Sieben Stunden, das war schon etwas. Der Arzt betrachtete Pirx mit anderen Augen als vorher – es war nicht Wohlwollen, sondern eher Neugier – die Neugier eines Entomologen, der einen unbekannten Nachtfalter oder einen außergewöhnlichen Wurm entdeckt hat. Vielleicht sah er darin das Thema einer wissenschaftlichen Arbeit?

Pirx erwies sich – was leider festgestellt werden muß – als ein wenig dankbares Forschungsobjekt. Er saß da und blinzelte dümmlich. Alles war flach, zweidimensional; wenn er mit der Hand nach einem Gegenstand langte, griff er entweder zu weit oder zu kurz. Das war eine normale Erscheinung. Weniger normal war die Tatsache, daß der Prüfling keine der Fragen nach genaueren Einzelheiten beantwortete.

»Haben Sie dort gelegen?« entgegnete Pirx nur.

»Nein«, sagte Dr. Grotius erstaunt. »Wieso?«

»Dann machen Sie es mal«, schlug Pirx vor. »Sie sehen dann selbst, wie das ist.«

Am zweiten Tag war sein Befinden bereits so gut, daß er sogar Witze über das »Irrsinnige Bad« reißen konnte. Seitdem ging er ständig in das Hauptgebäude, wo im verglasten Schaukasten Listen mit dem Nachweis der Praktika aushingen. Aber er konnte seinen Namen nicht finden. Dann kam der Sonntag.

Und am Montag ließ ihn der Chef rufen.

Anfangs war Pirx gar nicht besorgt. Er rechnete zuerst mit seinem Gewissen ab. Darum, daß sie in Ostensos Rakete eine Maus versteckt hatten, konnte es sich nicht handeln – erstens war es schon lange her, und zweitens war die Maus klein gewesen. Nein, die ganze Sache war nicht der Rede wert. Dann gab es noch die Geschichte mit dem Wecker, der Maebius' Bett automatisch unter Strom setzte. Aber auch das war nur ein dummer Scherz gewesen. Mit zweiundzwanzig Jahren stellt man eben solche Dinge an, und der Chef war nicht kleinlich, wenn die Späße im Rahmen blieben. Sollte er von dem »Geist« erfahren haben? Der »Geist« war Pirx' eigener origineller Einfall, die Kollegen hatten ihm nur geholfen – schließlich hat man ja Freunde. Aber Barn hatte wirklich eine Abreibung verdient. Die Operation »Geist« verlief wie am Schnürchen. Pulver hatten sie in der Tüte, dreimal wurde rund um das Zimmer ein Steg damit gezogen, der unter dem Tisch endete. Vielleicht hatten sie tatsächlich zuviel von diesem Pulver dort ausgeschüttet. Der Pulversteg führte bis in den Korridor, durch eine Ritze unter der Tür, und schon war Barn »geschafft« – die ganze Woche hindurch wurde von nichts anderem als von Geistern geredet. Pirx war ja kein Schwachkopf, er hatte die Rollen gut verteilt: Einige seiner Kameraden erzählten gruselige Geschichten, die anderen mußten ungläubig zuhören, damit Barn die List nicht mehr zu schnell durchschaute. Barn beteiligte sich nicht an diesen metaphysischen Erörterungen, er spöttelte nur über die eifrigsten Anhänger des »Jenseits«, aber sein Spott sollte ihm vergehen. Es war ein unbeschreiblicher Anblick, als er gegen Mitternacht aus seinem Zimmer stürzte, brüllend wie ein Ochse, der von einem Tiger verfolgt wird. Die Flamme drang durch die Ritze unter der Tür, kreiste dreimal um das Zimmer und explodierte unter dem Tisch mit einem Knall, daß die Bücher herunterfielen. Aber Pirx hatte den Spaß zu weit getrieben, denn es fing an zu brennen. Ein paar Eimer Wasser löschten zwar das Feuer, ein Loch war jedoch eingebrannt, und außerdem stank es nach Kordit. In gewissem Sinne war es also ein Mißerfolg gewesen, denn Barn wollte auch nach der Aktion nicht an Geister glauben. Ja, es wird sich um die »Geist«-Affäre handeln, sagte sich Pirx, als er am frühen Morgen aufstand. Er zog sich ein sauberes Hemd an, warf für alle Fälle noch einen Blick in die Bücher und trat den schweren Gang an.

Das Arbeitszimmer des Chefs war prunkvoll ausgestattet – Pirx kam es wenigstens so vor. Die Wände waren mit Himmelskarten behängt; Sternbilder, gelb wie Honigtropfen, hoben sich leuchtend vom dunkelblauen Hintergrund ab. Auf dem Schreibtisch stand ein kleiner Mondglobus; überall Bücher, Diplome und ein zweiter riesiger Globus am Fenster. Dieser zweite war ein wahres Wunder; ein Knopfdruck genügte, und jede gewünschte Satellitenbahn flammte auf – nicht nur die neuen künstlichen Erdtrabanten waren berücksichtigt, sondern auch die ersten, historischen aus dem Jahre siebenundfünfzig.

An diesem Tage hatte Pirx jedoch kein Auge für den Globus. Der Chef schrieb, er bot Pirx einen Platz an und bat ihn um ein wenig Geduld. Endlich nahm er die Brille ab – er trug sie erst seit einem Jahr – und betrachtete den Studenten, als sähe er ihn zum erstenmal. Das war nun mal seine Art. Selbst ein Heiliger, der nichts auf dem Gewissen hatte, konnte unter diesem Blick die Ruhe verlieren. Pirx war kein Heiliger, er hielt es in seinem Sessel nicht aus. Mal lehnte er sich zurück, fläzte sich ungezwungen hin wie ein Millionär an Deck einer eigenen Jacht, dann wieder rutschte er nach vorn, auf die eigenen Fersen zu. Der Chef ertrug das Schweigen.

»Was gibt's Neues, mein Junge?« fragte er schließlich.

Wenn er mich duzt, steht die Sache nicht so schlecht, dachte Pirx. Er sagte, alles sei in bester Ordnung.

»Du hast gebadet?«

Pirx bejahte. Was soll das? fragte er sich. Das Mißtrauen verließ ihn nicht. Vielleicht, weil ich so rüde mit dem Assistenten umgesprungen bin . . .

»Es gibt da eine freie Stelle für das Praktikum, auf Mendelejew. Weißt du, wo das liegt?«

»Ja, das ist die astrophysikalische Station auf der ›anderen Seite‹«, erwiderte Pirx. Er war ein wenig enttäuscht, denn er hatte im stillen etwas anderes erhofft, und er hatte diese Hoffnung nie laut werden lassen, um ihre Verwirklichung nicht zu hintertreiben. Er hatte mit etwas anderem gerechnet – mit einem Flug. Es gab so viele Raketen, so viele Planeten, er aber sollte eine gewöhnliche stationäre Aufgabe auf der »anderen Seite« bekommen . . . Einst war es noch sehr modern, die entgegengesetzte, von der Erde aus unsichtbare Hälfte des Mondes als die »andere Seite« zu bezeichnen, aber inzwischen redeten ja alle so.

»Richtig. Weißt du, wie sie aussieht?« fragte der Chef. Er hatte einen sonderbaren Gesichtsausdruck, er schien etwas in petto zu haben. Pirx zögerte eine Weile, er wußte nicht, ob er lügen sollte.

»Nein«, sagte er.

»Wenn du die Aufgabe annimmst, bekommst du die gesamte Dokumentation.« Der Chef legte die Hand auf einen Stoß Papiere.

»Ich brauche nicht anzunehmen?« fragte Pirx mit unverhohlenem Eifer.

»Nein. Die Aufgabe ist gefährlich – das heißt, sie kann gefährlich werden . . .«

Er wollte noch etwas hinzufügen, unterließ es aber. Er hielt absichtlich inne, um sein Gegenüber genauer zu mustern. Pirx starrte ihn erstaunt an. Langsam, feierlich holte er Atem – und so blieb er denn sitzen, als habe er vergessen, weiterzuatmen. Er errötete wie eine Jungfer, der ein Prinz erschienen ist, und wartete auf weitere betörende Worte. Der Chef räusperte sich. »Nun ja«, sagte er ernüchtert. »Ich habe übertrieben. Auf jeden Fall irrst du dich.«

»Wie . . . Wie bitte?« stammelte Pirx.

»Ich behaupte, daß du nicht der einzige Mensch auf Erden bist, von dem alles abhängt . . . Die Menschheit erhofft sich von dir keine Rettung – vorläufig nicht.«

Pirx, rot wie eine Rübe, quälte sich, ohne zu wissen, was er mit seinen Händen anfangen sollte. Der Chef, dessen Methoden bekannt waren und der ihm eben noch eine himmlische Vision des Helden Pirx vorgeführt hatte – Pirx sah sich bereits nach vollbrachter Heldentat durch die auf dem Kosmodrom versammelte Menge hindurchschreiten, die voller Ehrfurcht flüsterte: »Das ist er! Das ist er!« –, schien sich plötzlich verwandelt zu haben. Er reduzierte die Ausmaße des Auftrags auf ein ganz gewöhnliches Praktikum und erklärte schließlich: »Die Mitarbeiter der Station rekrutieren sich aus Astronomen, die auf die ›andere Seite‹ gefahren werden, damit sie dort ihren Monat absitzen – weiter nichts. Die normale Arbeit verlangt dort nichts Außergewöhnliches. Deshalb wurden die Kandidaten gewöhnlichen Tests der ersten und zweiten Gruppe unterzogen. Jetzt, nach diesem Unfall, brauchen wir genauer geprüfte Menschen. Am geeignetsten wären natürlich Piloten, aber du siehst ja selber ein, daß man Piloten nicht in eine gewöhnliche Beobachtungsstation stecken kann . . .«

Pirx wußte es. Nicht nur der Mond, sondern das gesamte Sonnensystem verlangte Piloten, Astronauten, Navigatoren – es gab ihrer immer noch zuwenig. Was war das nur für ein Unfall, den der Chef erwähnt hatte? Sinnigerweise schwieg er sich darüber aus.

»Die Station ist sehr klein. Sie wurde ungeschickt angelegt, unterhalb des nördlichen Gipfels, anstatt auf dem Boden eines Kraters. Mit der Lokalisierung gab es Schwierigkeiten, anstelle der selenodäsischen Vermessung war das Prestige ausschlaggebend – du wirst später davon erfahren. Jedenfalls stürzte im vergangenen Jahr ein Teil der Mauer ein und zerstörte den einzigen Weg. Der Zugang ist jetzt ziemlich schwierig und nur tagsüber möglich. Man projektierte eine Seilbahn, die Arbeiten wurden jedoch abgebrochen, denn es liegt bereits die Disposition vor, im kommenden Jahr die Station tiefer zu verlegen. So ist die Station praktisch nachts von der Welt abgeschnitten. Die Funkverbindung bricht ab . . . Warum?« »Wie bitte?«

»Weshalb, frage ich, bricht die Funkverbindung ab?«

Das war der Chef, wie er leibte und lebte. Ein Auftrag, eine harmlose Unterhaltung hatten sich plötzlich in ein Examen verwandelt. Pirx schwitzte.

»Da der Mond weder eine Atmosphäre noch eine Ionosphäre besitzt, wird die Verbindung durch Ultrakurzwellen aufrechterhalten. Zu diesem Zweck wurden Ketten von Schaltstellen gebaut, die denen der Fernsehrelais gleichen.«

Der Chef hatte sich mit dem Ellenbogen auf den Schreibtisch gestützt und spielte mit dem Kugelschreiber. Er wollte Pirx zu verstehen geben, daß er unendliche Geduld habe und so lange zuhören wolle, bis sich ein Erfolg einstelle. Pirx ließ sich nämlich über Dinge aus, die jedes Kind kannte – er näherte sich Gefilden, in denen sein Wissen so manches zu wünschen übrigließ.

»Derartige Übermittlungslinien gibt es sowohl auf dieser als auch auf der ›anderen Seite‹«, sagte Pirx. Er geriet in Fahrt, denn nun segelte er auf heimischen Gewässern. »Auf dieser Seite sind es acht. Sie verbinden Luna-Hauptstation mit den Stationen Sinus Medii, Palus Somnii, Mare Imbrium . . .«

»Das kannst du weglassen«, unterbrach ihn der Chef großzügig. »Auch die Hypothesen über die Entstehung des Mondes. Ich höre ...«

Pirx blinzelte, »Empfangsstörungen entstehen, wenn die Kette der Übermittlungsstationen in die Zone des Terminators gerät ... Ja, wenn ein Teil der Übermittlungsstationen in die Zone des Terminators gerät ... Das heißt, wenn ein Teil der Übermittlungsstationen noch im Schatten ist, während über den anderen die Sonne aufgeht ...«

»Ich weiß, was ein Terminator ist. Du brauchst es nicht zu erklären«, sagte der Chef herzlich.

Pirx hustete, schneuzte sich. Das kann doch nicht ewig dauern ... »Da eine Atmosphäre fehlt, ruft die Korpuskularstrahlung der Sonne, wenn sie die Mondscheibe beschießt ... äh ... Störungen der Funkwellen hervor. Diese Strahlungen verhindern gerade ...« Er stockte.

»Die Störungen stören – ganz richtig!« versetzte der Chef.

»Aber worauf beruhen sie?«

»Das ist die sekundär erregte Strahlung, der Effekt von No ... No ...«

»No ...?«

»Nowiński!« platzte Pirx heraus. Nun war es ihm doch eingefallen. Aber auch das genügte nicht.

»Worauf beruht dieser Effekt?«

Genau das wußte Pirx nicht. Das heißt, er hatte es vergessen. Es war ihm zwar gelungen, die erworbenen Kenntnisse bis zur Schwelle des Prüfungssaales zu schleppen, so wie ein Jongleur eine Pyramide unwahrscheinlicher Gegenstände balanciert – aber das Examen war vorbei ... Er begann ein verzweifeltes Gefasel über Elektronen, über erzwungene Strahlung und Resonanz, ein Gefasel, das der Chef mit einem Kopfschütteln unterbrach.

»Nanu?« sagte der rücksichtslose Mensch. »Professor

Merinus hat dir doch eine Zwei gegeben ... Sollte er sich geirrt haben?« Der Sessel unter Pirx begann sich in einen Vulkan zu verwandeln.

»Ich möchte dem Kollegen Merinus keine Unannehmlichkeiten bereiten. Er braucht nichts davon zu erfahren ...«, Pirx atmete auf, »... aber ich werde Professor Laab bitten, daß er bei der Diplomprüfung ...«

Er unterbrach sich vieldeutig. Pirx erstarrte. Nicht die Worte erschreckten ihn, sondern etwas anderes. Die Hand des Chefs begann langsam die Papiere einzusammeln, die er mit seiner Mission empfangen sollte.

»Warum wird keine Kabelverbindung benutzt?« fragte der Chef, ohne ihn anzusehen.

»Wegen der Kosten. Ein konzentrisches Kabel verbindet vorläufig nur Luna-Hauptstation mit Archimedes. In den nächsten fünf Jahren ist eine Kabelnetzverbindung geplant«, sagte Pirx eifrig.

Der Chef griff finster das Thema auf.

»Nun ja. Praktisch ist Mendelejew in der Nacht von der Welt abgeschnitten. Bisher verlief dort die Arbeit normal. Im vergangenen Monat meldete sich die Station nach der üblichen Funkverkehrunterbrechung nicht auf die Anrufe von Ziolkowski. Die Besatzung auf Ziolkowski rückte im Morgengrauen aus und fand die Hauptklappe geöffnet vor, in der Kammer fand man einen Menschen. Die Kanadier hatten Dienst gehabt, Challiers und Savage. Savage lag in der Kammer. Er hatte eine geborstene Helmscheibe. Er war erstickt. Challiers wurde erst nach vierundzwanzig Stunden gefunden, auf dem Grunde der Schlucht unter dem Sonnentor. Er war durch einen Unfall umgekommen. Sonst herrschte Ordnung auf der Station, die Apparatur arbeitete, die Vorräte lagen unberührt da, ein Schaden konnte nicht aufgedeckt werden. Hast du darüber gelesen?«

»Ja«, antwortete Pirx. »Aber in den Zeitungen hat doch gestanden, daß es ein Unfall gewesen sei. Psychose ... doppelter Selbstmord durch einen Anfall von Wahnsinn ...«

»Unfug«, sagte der Chef. »Ich habe Savage gekannt. Von den Alpen her. Er kann sich nicht geändert haben. Wirklich nicht. In den Zeitungen standen Phantastereien. Du kannst den Bericht der gemischten Kommission durchlesen. Hör zu! Solche Jungs wie du sind im Prinzip mit der gleichen Genauigkeit untersucht wie die Piloten, aber sie haben noch keine Diplome, dürfen also nicht fliegen. Außerdem mußt du sowieso das Ferienpraktikum hinter dich bringen. Wenn du einverstanden bist, kannst du morgen fliegen.«

»Wer wird der andere sein?«

»Das weiß ich nicht. Irgendein Astrophysiker. Schließlich braucht man dort Astrophysiker. Ich fürchte zwar, daß er an dir keine Freude haben wird, aber vielleicht lernst du noch ein bißchen Astrographie dazu. Weißt du denn, um was es geht? Die Kommission ist zu der Überzeugung gelangt, daß es ein Unfall war – aber ein gewisser Schatten von Unklarheit ist geblieben. Es muß dort etwas Unbegreifliches geschehen sein. Bis jetzt ist man noch nicht dahintergekommen, und deshalb hätte man dort gern einen Mann mit der psychischen Qualifikation eines Piloten – einen wenigstens. Ich sah keinen Grund zur Ablehnung. Andererseits wird sich dort bestimmt nichts Besonderes ereignen. Eines ist klar: Du mußt Augen und Ohren aufsperren, aber das bedeutet nicht, daß wir dich als Detektiv hinschicken. Niemand rechnet damit, daß du zusätzlich Umstände aufdecken könntest, die jenen Unfall aufklären. Das ist nicht deine Aufgabe ... Ist dir schlecht?«

»Wie bitte? Nein«, erwiderte Pirx.

»Ich dachte. Meinst du, daß es dir gelingen wird, dich

vernünftig zu verhalten? Denn dir ist einiges leider schon zu Kopf gestiegen. Ich überlege . . .«

»Ich werde mich vernünftig verhalten«, sagte Pirx entschieden.

»Ich bezweifle es. Ich schicke dich hin, aber ich mache mir keine Illusionen. Wäre nicht dieser erste Platz . . .«

»Das Bad!« sagte Pirx mit Entdeckermiene.

Der Chef tat, als habe er nichts gehört. Er reichte ihm zuerst die Papiere und dann die Hand.

»Du startest morgen um acht. Nimm sowenig Sachen mit wie möglich. Im übrigen warst du schon mal dort, du kennst dich also aus. Hier ist der Flugschein und hier ein reservierter Platz für die Transgalaktik. Du fliegst bis Luna-Hauptstation. Von dort wird man dich weiterschleusen.«

Er sagte noch etwas. Ein paar freundliche Worte auf den Weg? Ein Abschiedswort? Pirx wußte es nicht. Er hörte nichts. Er konnte nichts hören, denn er war schon weit weg, auf der »anderen Seite«. In seinen Ohren hallte das Donnern der Triebwerke, in seinen Augen standen die toten weißen Flammen der Mondfelsen, und auf seinem ganzen Gesicht lag ein Staunen – das gleiche Staunen wie bei den beiden Kanadiern, die auf so rätselhafte Weise umgekommen waren. Er machte kehrt und stolperte über einen großen Globus. Die Stufen nahm er in zwei Sprüngen, als wäre er bereits auf dem Mond, wo nur ein Sechstel der irdischen Schwerkraft herrscht. Vor dem Gebäude wäre er fast unter ein Auto geraten, das mit einem so lauten Quietschen bremste, daß die Leute stehenblieben. Aber auch das bemerkte er nicht. Zum Glück konnte der Chef die Anfänge seines »vernünftigen Verhaltens« nicht sehen, denn er war zu seinen Papieren zurückgekehrt.

In den nächsten vierundzwanzig Stunden geschahen mit, an und um Pirx so viele Dinge, daß er sich fast nach dem salzigen Wasserbad zurücksehnte, in dem sich absolut nichts ereignet hatte.

Bekanntlich schadet dem Menschen sowohl ein Zuwenig als auch ein Zuviel an Eindrücken, aber Pirx kam nicht dazu, lange darüber nachzudenken. Den Bemühungen des Chefs, die Aufgabe zu bagatellisieren, ja als lächerlich hinzustellen, war kein Erfolg beschieden – Pirx ließ sich nicht irremachen. Er bestieg das Flugzeug mit einer Miene, daß die hübsche Stewardeß instinktiv einen Schritt zurückwich – was ein völliges Mißverständnis war, denn er hatte sie überhaupt nicht bemerkt. Er schritt gewissermaßen an der Spitze einer eisernen Kohorte, setzte sich wie weiland Wilhelm der Eroberer in den Sessel, kam sich vor wie ein kosmischer Erlöser der Menschheit, ein Wohltäter des Mondes, ein Entdecker schrecklicher Geheimnisse, ein Bändiger der Ungeheuer im »Jenseits« – all das aber erst in Zukunft, in spe. Dieses »in spe« trübte seine Stimmung keineswegs – im Gegenteil: Es erfüllte ihn mit unendlicher Güte und Nachsicht gegenüber den Mitreisenden, die ja nicht ahnen konnten, wer dort mit ihnen im Bauch des großen Düsenflugzeuges saß. Er betrachtete sie, wie Einstein am Ende seines Lebens Säuglinge betrachtet haben mochte, die im Sande spielten.

»Selene«, das neue Schiff der Transgalaktik-Linie, startete vom nubischen Kosmodrom im Herzen Afrikas. Pirx war zufrieden. Nicht daß er glaubte, man werde dort eine Gedenktafel mit seinem Namen anbringen – nein, so kühn waren seine Träume nicht –, aber immerhin, viel fehlte da nicht. Um so bitterer waren die Wermutstropfen, die in den Becher seiner Eigenliebe fielen, als er die Rakete bestieg. Daß ihn im Flugzeug niemand erkannt hatte, war nicht so schlimm, aber daß man ihn auch im Raumschiff nicht beachtete, war schlechthin empörend. Er war gezwungen, in der Touristenklasse Platz zu nehmen, mitten zwischen

Franzosen, die Fotoapparate um den Hals trugen und sich gegenseitig zu überschreien versuchten – rasend schnell und völlig unverständlich. Er, Pirx, zwischen lärmenden Touristen!

Niemand befaßte sich mit ihm, niemand zog ihm einen Skaphander über und pumpte ihn auf, niemand fragte, wie er sich fühle, niemand hängte ihm Flaschen auf den Rücken. Sicherlich geschieht das zu meiner Tarnung! redete er sich ein, und eine Zeitlang spendete ihm dieser Gedanke Trost.

Der Raum der Touristenklasse ähnelte der Kabine eines Düsenflugzeugs – nur die Sessel waren größer, tiefer, und vor seinen Augen hing ein Schild mit Verbotsaufschriften. Man durfte nicht aufstehen und nicht rauchen. Vergebens versuchte Pirx in der Menge der Laien dadurch aufzufallen, daß er eine zünftigere Haltung einnahm als sie, indem er ein Bein über das andere schlug und die Sicherheitsgurte nicht benutzte. Es war nicht die hübsche Stewardeß wie im Flugzeug, sondern der Assistent des Piloten, der ihm befahl, sich anzuschnallen. Das war der einzige Augenblick, da ihn jemand von der Besatzung beachtete. Schließlich bot ihm einer der Franzosen – wahrscheinlich aus Versehen – ein Fruchtbonbon an. Pirx nahm es, verkleisterte sich mit der klebrig-süßen Masse die Zähne, lehnte sich resigniert in seinem Polstersitz zurück und begann, Betrachtungen anzustellen. Mehr und mehr festigte sich in ihm die Überzeugung, daß seine Mission sehr gefährlich sei. Er kostete die nahende Gefahr ohne jede Hast aus, er genoß die Vorfreude wie ein Trunksüchtiger, dem eine moosbewachsene Flasche Wein aus den napoleonischen Kriegen in die Hand gefallen ist.

Er hatte einen Fensterplatz, aber es versteht sich von selbst, daß er beschloß, das Fenster zu ignorieren. Wie oft hatte er schon hinausgesehen!

Er hielt es jedoch nicht aus. Als die »Selene« ihre

Umlaufbahn um die Erde begann, von der sie zum Mond fliegen sollte, warf er doch einige Blicke durch die Scheibe. Es war ein faszinierender Moment. Die Erdoberfläche, von den Linien der Straßen und Kanäle gerillt und durch Siedlungen und Städte bunt befleckt, reinigte sich allmählich von all diesen Spuren menschlicher Gegenwart. Als die letzten verschwunden waren, lag unter dem Schiff die fleckige, von Wolkenfetzen belebte Rundung des Planeten, und der Blick, der von dem Schwarz der Ozeane auf die Kontinente überging, bemühte sich vergebens, etwas zu finden, was durch den Menschen geschaffen worden wäre.

Aus der Entfernung von mehreren hundert Kilometern sah die Erde leer, entsetzlich leer aus – als sei darauf das Leben erst geboren. Nur ihre wärmeren Gegenden waren durch einen schwachen Anflug von Grün gekennzeichnet.

Im Grunde hatte er das schon oft beobachtet, aber es beeindruckte ihn immer wieder aufs neue – es lag etwas darin, womit er sich nicht einverstanden erklären konnte. War es der Umstand, daß dabei zum erstenmal die mikroskopische Größe des Menschen gegenüber der riesigen Leere sichtbar wurde? War es der Übergang in den Bereich einer anderen, der planetaren Größenordnung? War es die Erkenntnis der menschlichen Nichtigkeit, der Bedeutungslosigkeit tausendjähriger Bemühungen? Oder verhielt es sich umgekehrt? War es der Triumph dieser Nichtigkeit über die tote, allem gegenüber gleichgültige Gewalt der Gravitation dieses entsetzlichen Quaders – der Triumph des Menschen, der die Wildheit der Bergmassive und die Panzer des Polareises hinter sich ließ und die Gefilde anderer Himmelskörper betrat? Diese Erwägungen oder Gefühle waren nicht von langer Dauer, denn das Raumschiff hatte seinen Kurs geändert, um durch das »Loch« der Strahlungsgürtel, das am Nordpol klaffte, zu den Sternen emporzuschießen.

Pirx konnte die Sterne nicht länger betrachten, denn die Lichter flammten auf. Während die Triebwerke arbeiteten, um einen Schwereersatz zu erzeugen, wurde das Mittagessen gereicht. Nach der Mahlzeit machten es sich die Passagiere wieder in den Sitzen bequem. Die Lichter verloschen, man konnte den Mond sehen.

Sie näherten sich ihm von der Südseite. Wenige hundert Kilometer unterhalb des Pols klaffte der Tycho, er spiegelte sich im Sonnenlicht, ein weißer Fleck, der nach allen Seiten Strahlungsgürtel aussandte, deren erstaunliche Regelmäßigkeit ganze Generationen irdischer Astronomen in Erstaunen versetzt hatte, um schließlich, nach der Lösung des Rätsels, Gegenstand von Studentenwitzen zu sein. Hatte man den ersten Studenten nicht eingeredet, der weiße Kreis des Tycho sei das »Loch der Mondachse« und seine strahlende Streifen nichts weiter als dick gezeichnete Meridiane?

Je mehr sie sich der im schwarzen Vakuum hängenden Kugel näherten, desto deutlicher erkannte man, daß es ein in starren Lavamassiven festgehaltenes Weltbild sei aus einer Zeit von vielen Milliarden Jahren, da die heiße Erde mit ihren Satelliten durch Meteoritenwolken wanderte, durch Reste einer Planetogenese, da eiserner und steinerner Hagel pausenlos gegen die dünne Schale des Mondes schlug, sie durchbohrte, Magmawogen an die Oberfläche warf; und als sich der Raum nach unendlich langer Zeit gereinigt hatte und leer geworden war, erstarb der Globus als ein Schlachtfeld der Epoche bergbildender Katastrophen, bis schließlich seine durch die Bombardierungen verwundete steinerne Maske die Intuition der Poeten und die lyrische Lampe der Verliebten wurde.

Die »Selene«, die eine Last von vierhundert Tonnen trug – Menschen und Ladung –, drehte sich mit dem Heck zur stetig wachsenden Mondscheibe und begann in Etappen zu bremsen, bis sie sich leicht zitternd in einem der großen Trichter des Kosmodroms niederließ.

Pirx war schon dreimal auf dem Mond gewesen, davon zweimal allein, das heißt, er hatte sich eigenhändig auf ein Prüffeld gesetzt, das einen halben Kilometer vom Zivilflughafen entfernt war.

Jetzt konnte er das Prüffeld nicht einmal sehen, denn der riesige, von keramischen Platten eingefaßte Körper der »Selene« wurde auf das Gerüst eines hydraulischen Krans gehoben und fuhr unter die Oberfläche des Flughafens, zum hermetisch abgeschlossenen Hangar, wo eine Zollkontrolle stattfand: Narkotika? Alkohol? Explosive, giftige, ätzende Stoffe? Pirx besaß eine geringe Menge giftigen Materials, nämlich ein flaches Fläschchen mit Kognak, das Matters ihm zugesteckt hatte. Er verbarg es in der Gesäßtasche. Dann gab es Sanitätskontrolle – Impfschein, Sterilisierung des Gepäcks, damit keine Keime auf den Mond verschleppt würden –, die im Nu erledigt war.

Hinter der kleinen Schranke blieb er stehen, denn er wußte nicht, ob er erwartet wurde.

Er stand im Zwischenstock. Der Hangar war eine riesige, in den Fels getriebene betonierte Kammer mit einer Decke in Halbkugelform und flachem Boden. Licht gab es zur Genüge – künstliches Sonnenlicht, Licht aus Glühplatten. Viele Menschen liefen hin und her, Gepäck, Preßgasflaschen, Tanks, Kisten und Kabeltrommeln wurden auf Elektrokarren verladen. Im Hintergrund war die Ursache dieses fieberhaften Treibens zu sehen – der reglose Rumpf der »Selene«, eigentlich nur ihr mittlerer Teil, der einem gewaltigen Gasbehälter glich, denn das Heck ruhte tief unter Beton, in einem geräumigen Schacht, und die Spitze des massiven Rumpfes ragte durch eine runde Öffnung ins höhere Stockwerk.

Pirx stand so, bis ihm einfiel, daß er eigene Dinge zu

erledigen habe. In der Flughafenbehörde wurde er von einem Beamten empfangen, der ihm einen Block für das Nachtquartier aushändigte und ihm mitteilte, daß die Rakete in elf Stunden zur »anderen Seite« abfliege. Aus irgendeinem Grunde hatte er es eilig und gab ihm keine weiteren Erklärungen. Pirx trat auf den Korridor hinaus. Chaotische Zustände! dachte er verärgert. Er wußte nicht einmal genau, welchen Weg die Rakete nehmen werde. Über die Smyth-See oder direkt zu Ziolkowski? Und wo sein unbekannter Mondgefährte steckte, wußte er auch nicht. Und die Kommission? Der Arbeitsplan?

Solchen Überlegungen widmete er sich, bis seine Empörung verrauchte und einem Gefühl wich, das materieller Natur war und sich im Magen konzentrierte – er verspürte Hunger. Er wählte den richtigen Fahrstuhl, studierte zunächst alles, was auf den sechssprachigen Schildern stand, fuhr in die Pilotenkantine hinunter und erfuhr dort, daß er in einem gewöhnlichen Restaurant zu essen habe, denn er sei kein Pilot.

Das setzte allem die Krone auf! Schon wollte er sich in dieses vermaledeite Restaurant begeben, da fiel ihm ein, daß er vergessen hatte, seinen Rucksack abzuholen. Also hinauf zum Hangar. Das Gepäck befand sich bereits im Hotel. Er ließ also die Absicht fahren und beschloß, das Mittagessen einzunehmen. Dabei geriet er in zwei Wogen von Touristen: Die Franzosen, mit denen er hergeflogen war, gingen essen, und eine andere Gruppe – Schweizer, Holländer und Deutsche – kehrte gerade mit dem Selenobus von einem Ausflug zum Krater des Eratosthenes zurück. Die Franzosen sprangen und hüpften, wie das gewöhnliche Menschen tun, die zum erstenmal die Zauberkräfte der Mondschwerkraft ausprobieren. Sie flogen bis an die Decke, lachten, die Frauen kreischten, sie genossen den freien Fall aus drei Meter Höhe. Die Deutschen, sachlicher von Natur, strömten in die großen Säle und behängten die Sessellehnen mit ihren Fotoapparaten, Ferngläsern und Stativen – es fehlte nicht viel, und sie hätten Teleskope mitgebracht. Schon bei der Suppe reichten sie die Splitter der Mondfelsen herum, die ihnen von den Besatzungen der Selenobusse als Souvenirs verkauft worden waren. Pirx beugte sich über seinen Teller, umtost von dem Lärm, den die Deutschen, die Franzosen, die Griechen, die Holländer und Gott weiß wer noch alles verursachten. In der allgemeinen Begeisterung war er der einzige, der das zweite Mittagessen an diesem Tag mißgelaunt einnahm. Ein Holländer wollte sich seiner annehmen, er äußerte die Vermutung, Pirx leide nach dem Raketenflug unter einer Raumkrankheit. »Sie sind zum erstenmal auf dem Mond, wie?« fragte er und bot ihm Pillen an. Das war der Tropfen, der das Maß überlaufen ließ. Pirx aß auf, kaufte sich am Büfett vier Päckchen Kekse und fuhr ins Hotel. Sein ganzer Zorn konzentrierte sich auf den Portier, der ihm ein »Stück Mond« anbot, einen glasigen Basaltbrocken. »Laß mich in Ruh, du Krämerseele! Ich bin vor dir hier gewesen!« schrie er und ließ den Portier stehen. Er zitterte vor Wut.

In einem Zweibettzimmer saß unter der Deckenleuchte ein kleiner Mann in einer verblichenen Windjacke – rothaarig, leicht ergraut, mit einer auf die Stirn fallenden Haarsträhne und gebräuntem Gesicht. Bei Pirx' Eintritt nahm er die Brille ab. Er hieß Langner, Dr. Langner, war Astrophysiker und sollte mit ihm zum Mendelejew fliegen. Das also war der unbekannte Mondgefährte! Pirx, der bereits auf das Schlimmste gefaßt war, nannte seinen Namen, brummelte etwas und setzte sich. Langner war etwa vierzig – in Pirx' Augen ein gut konservierter Greis. Er rauchte nicht, wahrscheinlich trank er nicht, und vom Reden schien er auch nicht viel zu halten. Er las drei Bücher auf einmal. Das eine war eine Logarithmentafel, das zweite enthielt Formeln, in dem dritten waren lauter Fotos von Spektralskalen abgebildet. In der Hosentasche hatte er einen Arhythmographen, er wußte sich seiner bei Berechnungen geschickt zu bedienen. Hin und wieder stellte er Pirx eine Frage, ohne von seinen Formeln aufzuschauen – Pirx antwortete ihm, den Mund voller Kekse. Das Zimmer war eine Kammer mit zwei Betten und einer Duschecke, in die kein dicker Mann hineinpaßte. Auf kleinen Schildern wurden die Gäste in verschiedenen Sprachen ersucht, Wasser und Strom zu sparen. Man konnte schon zufrieden sein, daß es nicht verboten war, zu seufzen, denn schließlich wurde ja auch Sauerstoff zugeführt. Pirx trank nach den Keksen ein wenig Leitungswasser, es war so kalt, daß ihm die Zähne weh taten. Offenbar waren die Behälter dicht unter der oberen Basaltrinde angebracht. Merkwürdig ... Nach Pirx' Uhr war es elf, nach Langners zehn Minuten nach Mitternacht und nach der elektrischen an der Wand sieben Uhr abends.

Sie stellten die Uhren auf Mondzeit um, obwohl sie wußten, daß auch die nur vorübergehend gültig war, denn Mendelejew hatte wie die ganze »andere Seite« eine eigene Zeit.

Bis zum Start der Rakete verblieben neun Stunden. Langner verließ wortlos den Raum. Pirx schob den Sessel unter die Deckenleuchte und vertrieb sich die Zeit, indem er in ein paar alten, zerknitterten Zeitschriften las, die auf dem kleinen Tisch lagen. Schließlich konnte er nicht länger stillsitzen und trat hinaus. Der Korridor ging hinter der Biegung in eine kleine Diele über, in der mehrere Sessel standen. Ihnen gegenüber war ein Fernsehgerät in die Wand eingelassen. Ein Programm für Luna-Hauptstation aus Australien lief gerade, es war ein Bericht über Leichtathletikwettkämpfe. Sie interessierten ihn nicht sonderlich, aber er nahm Platz und sah zu, bis er schläfrig wurde. Er stand auf und schnellte einen halben Meter hoch – er hatte die geringe Schwerkraft vergessen.

Wann endlich durfte er die Zivilkleidung ablegen und von wem würde er einen Skaphander bekommen? Wo waren die Instruktionen? Was hatte das alles zu bedeuten? Er wäre irgendwo hingegangen, um sich zu erkundigen, aber dieser Dr. Langner schien die Situation offenbar für die normalste der Welt zu halten ... Na, meinetwegen! dachte Pirx. Wenn er nichts sagt, dann sage ich auch nichts ...

Die Übertragung war zu Ende. Pirx schaltete das Gerät aus und kehrte in sein Zimmer zurück. So hatte er sich den Aufenthalt auf dem Mond nicht ausgemalt. Als er unter der Dusche stand, hörte er durch die dünne Wand Stimmen – im Nebenzimmer unterhielten sich Touristen, die er aus der Gaststätte kannte. Der Mond schien sie in Euphorie versetzt zu haben. Er, Pirx, verspürte nichts dergleichen. Er wechselte das Hemd, nur um irgend etwas zu tun, und als er sich aufs Bett legte, kehrte Langner zurück – mit vier anderen Wälzern.

Pirx überrieselte es kalt, in ihm regte sich der Verdacht, einen fanatischen Wissenschaftler vor sich zu haben, eine jüngere Version von Professor Merinus.

Langner legte neue Fotogramme auf den Tisch und betrachtete sie durch die Lupe. Er war aufs höchste gespannt – so eifrig pflegte Pirx nicht einmal die Fotos von Schauspielerinnen zu studieren. Unvermittelt fragte er Pirx nach seinem Alter.

»Hundertelf«, antwortete Pirx, und als der Astrophysiker den Kopf hob, fügte er hinzu: »Im Zweiersystem.«

Langner lächelte zum erstenmal, und dadurch wirkte er fast menschlich. Er hatte kräftige weiße Zähne.

»Die Russen schicken uns eine Rakete«, sagte er. »Wir fliegen zu ihnen.«

»Zur Ziolkowski-Station?«

»Ja.«

Das war bereits eine Station auf der »anderen Seite«. Also noch einmal umsteigen, überlegte Pirx. Und die restlichen tausend Kilometer? Mit einem Geländefahrzeug werden wir sie wohl kaum zurücklegen, eher mit einer Rakete . . . Er wollte nicht fragen, wollte nicht eingestehen, daß er nichts wußte. Langner setzte zum Sprechen an, aber er unterließ es. Pirx war eingenickt. Plötzlich wachte er auf, Langner stand über sein Bett gebeugt und berührte seine Schulter. »Es ist Zeit«, sagte er nur.

Pirx setzte sich auf. Langner schien die ganze Zeit gelesen und geschrieben zu haben – der Stoß Papiere mit den Berechnungen war angewachsen. Im ersten Moment dachte Pirx, Langner meine das Abendessen, aber es handelte sich bereits um den Start. Pirx lud sich den vollgestopften Rucksack auf. Langners Tornister war noch größer und schwerer, er schien Steine zu enthalten. Später stellte sich heraus, daß außer Hemden und Toilettenartikel lauter Bücher darin steckten.

Ohne durch den Zoll zu müssen und ohne jede andere Kontrolle gelangten sie in das obere Niveau, wo eine Rakete auf sie wartete. Das ehemals silberfarbene, aber nun graue, dickbauchige Projektil stand auf drei gebogenen, gespreizten, etwa zwanzig Meter hohen Füßen. Es war nicht aerodynamisch geformt – es gibt auf dem Mond keine Atmosphäre. Mit solch einer Rakete war Pirx noch nie geflogen. Ein Astrochemiker sollte sich ihnen anschließen, aber er ließ sich nicht blicken. Sie starteten ohne ihn zur festgesetzten Zeit.

Aus dem Fehlen einer Atmosphäre erwuchsen besondere Schwierigkeiten. Man konnte keine Flugzeuge benutzen, keine Hubschrauber – nichts, außer Raketen. Nicht einmal die im schwierigen Gelände so bequemen Luftkissenboote waren zu verwenden. Raketen sind zwar schnell, sie können aber nicht überall landen, sie mögen weder Berge noch Felsen.

Das bauchige, dreibeinige Insekt heulte auf, dröhnte und raste kerzengerade in die Höhe. Die Kabine war etwa doppelt so groß wie das Hotelzimmerchen. An den Wänden leuchteten Illuminatoren, in der Decke war ein rundes Fenster angebracht, der Pilot saß nicht oben, sondern unten, fast zwischen den Auspuffdüsen, damit er die Landeplätze gut erkennen konnte. Pirx kam sich vor wie ein Gegenstand, wie ein Paket, das man irgendwohin schickte. Er kannte weder Grund noch Ziel der Reise – jedenfalls nicht genau –, und er hatte keine Ahnung, was ihn erwartete. Das ewige Lied ...

Sie waren auf die Parabel gekommen. Die Kabine neigte sich schräg, sie schleppte die langen Beine hinter sich her. Unter ihr glitt die riesige gewölbte Mondscheibe dahin, der Erdtrabant sah aus, als habe ihn noch keines Menschen Fuß betreten. Im Raum zwischen Erde und Mond gibt es eine Zone, in der beide Körper gleich groß erscheinen. Pirx erinnerte sich noch genau des Eindrucks, den er bei seinem ersten Flug empfangen hatte. Die Erde, bläulich schimmernd, nebelverhangen, mit den verwaschenen Konturen der Kontinente, wirkte weniger real als der Mond, der wie ein Stein dahing, mit scharf hervortretenden Felsenreliefs. Sein statistisches Gewicht war nahezu fühlbar.

Sie flogen über dem »Meer der Wolken«, den Krater des Bullialdus hatten sie bereits hinter sich. Im Südosten lag der Tycho, umgeben vom Glorienschein seiner Strahlen, die über den Äquator bis auf die »andere Seite« reichten. Wie gewöhnlich herrschte in dieser beträchtlichen Höhe ein Eindruck vor, der sich schwer definieren ließ – eine übergeordnete Regelmäßigkeit schien diesen Felsentotenkopf geformt zu haben. Der Tycho war vom Sonnenlicht überflutet, er umfaßte und durchschnitt mit seinen weißlichen Armen das Mare Humorum und das Mare Nubium, und sein nördlicher Ausläufer, der größte übrigens, verschwand irgendwo hinter dem Horizont in Richtung Mare Serenitatis. Als jedoch im Osten der Zirkus des Clavius hinter ihnen lag und sie sich über dem Äquator herabzulassen begannen und schon auf der »anderen Seite« über dem »Meere der Träume« flogen, schwand in dem gleichen Maße, wie sich die Rakete senkte, die Illusion von der Ordnung. Die scheinbar glatte, dunkle Oberfläche des »Meeres« offenbarte nun ihre Risse und Spalten. Sie verloren ständig an Höhe, und nun zeigte der Mond aus der Nähe, was er in Wirklichkeit war – Hochplateaus, Ebenen, Krater und Ringberge waren gleichermaßen durch Trichter des kosmischen Bombardements aufgewühlt. Ringe von Felsresten, von Lava griffen ineinander über, sie durchdrangen einander, als ob jene, die diesen titanischen kosmischen Beschuß vollführt hatten, noch immer nicht mit der erreichten Zerstörung zufrieden wären. Ehe Pirx das Ziolkowski-Massiv erkennen konnte, stellte sich die Rakete, deren Geschwindigkeit durch das Einschalten der Triebwerke beschleunigt worden war, senkrecht auf. Das letzte, was Pirx zu sehen bekam, war ein Ozean der Finsternis, ein Ozean, der die ganze westliche Hemisphäre verschlang. Schon ragte hinter der Grenzlinie mit flammender Spitze der Lobatschewski-Gipfel hervor. Die Sterne im oberen Fenster standen unbewegt. Die Rakete ging nieder wie ein Fahrstuhl, und da sie durch die Flamme der eigenen Triebwerke hindurch mußte, die sich am Heck konzentrierte, knallten die Gase brüllend gegen die erhabenen Stellen der äußeren Panzerung. Das Ganze erinnerte ein wenig an das Eindringen in die Atmosphäre. Die Sessel klappten von selbst zurück. Die Rakete stürzte hinab wie eine Kugel, aber man spürte einen sanften Widerstand, mit dem die in entgegengesetzte Richtung speienden Düsen dem Fall entgegenwirkten. Plötzlich heulten die Düsen ohrenbetäubend auf. Aha, wir stellen uns auf das Feuer! dachte Pirx, um sich selbst zu beweisen, daß er schon ein echter Astronaut war, wenngleich noch ohne Diplom. Ein Schlag, ein Klappern, ein Krachen – ein gewaltiger Hammer schien auf die Steine einzuschlagen. Die Kabine fuhr sanft nach unten, wieder nach oben, sie ging auf und ab, und so schwankte sie noch eine gute Weile auf den wütend ächzenden Amortisatoren, auch dann noch, als sich die drei zwanzig Meter langen, gespreizten Füße der Rakete bereits fest in das Geröll gebohrt hatten.

Schließlich gelang es dem Piloten, das Schwanken zu beheben, indem er etwas Druck in die Ölleitungen gab. Ein kurzes Zischen, und die Kabine kam zur Ruhe.

Der Pilot kroch durch die Klappe im Fußboden zu ihnen herein und öffnete den Wandschrank. Die Skaphander! Endlich!

Pirx war guter Dinge, aber diese Stimmung hielt nicht lange vor. Es waren vier Skaphander da – einer für den Piloten, dann ein kleiner, ein mittelgroßer und ein großer. Der Pilot war binnen einer Minute angezogen, lediglich den Helm hatte er noch nicht aufgesetzt. Er wartete. Bei Langner ging es ebenfalls rasch, nur Pirx, rot verschwitzt und wütend, wußte nicht, was er tun sollte. Der mittlere Skaphander war zu klein, der große zu groß. In dem mittleren drückte sein Kopf fest gegen die Helmdecke, und in dem großen flog er wie ein Kokoskern in einer getrockneten Schale hin und her. Freilich bekam Pirx freundliche Ratschläge zu hören. Der Pilot wies darauf hin, daß ein zu großer Skaphander besser sei als ein zu enger. Er schlug Pirx vor, die leeren Stellen mit Wäsche auszustopfen, und bot ihm zu diesem Zweck sogar eine Decke an. Für Pirx hatte jedoch schon der Gedanke etwas Anstößiges, seine

Astronautenseele sträubte sich dagegen. Sich in Lumpen einzuwickeln!

Er nahm den kleinen Skaphander; der Pilot und Langner quittierten es schweigend. Sie öffneten die Luke und zwängten sich durch. Der Pilot drehte an einem Schraubenrad und öffnete die äußere Klappe.

Hätte ihn Langner nicht zurückgehalten, dann wäre Pirx herausgesprungen und hätte sich unter Umständen gleich beim ersten Auftreten den Fuß verstaucht, denn bis zur Oberfläche des Mondes waren es noch zwanzig Meter. Die Schwerkraft war zwar gering, aber aus dieser Höhe wäre es doch gefährlich gewesen, in dem schweren Skaphander auf den felsigen Boden zu springen. Der Pilot klappte eine zusammenlegbare Leiter auseinander, und sie stiegen hinab.

Niemand begrüßte sie mit Blumen oder mit Triumphbögen, keine Menschenseele war zu sehen. Im Hintergrund ragte die gepanzerte Kuppel der Ziolkowski-Station auf, sie war etwa einen Kilometer entfernt. Über ihr war ein kleiner Landeplatz zu erkennen, auf dem Raketen standen. Sie waren bedeutend größer, es handelte sich um Transportraketen.

Die Rakete, mit der sie angekommen waren, ruhte ein wenig schräg auf ihren drei Füßen. Die Felsen unter den Trichtern der Düsen hatten sich bräunlich verfärbt.

Pirx schaute sich um. Im Westen war das Gelände relativ flach – soweit man diese riesige Schutthalde als flach bezeichnen konnte, aus der hier und da Felsbrocken von der Größe eines Hauses herausragten. Im Osten stieg der Boden sanft an, ging dann aber nach mehreren, nahezu senkrechten Felswänden in das Hauptmassiv der Ziolkowski-Station über. Hinter dem Ziolkowski-Bergrücken strahlte die Sonne; sie blendete so sehr, daß man die Augen schließen mußte. Pirx ließ das Visier über der Helmscheibe herunter, aber es half nicht viel. Behutsam über das lose

Geröll schreitend, gingen sie zur Station. Die Rakete entschwand schon nach wenigen Metern ihren Blicken, denn sie mußten einen flachen Kessel durchqueren.

Die Station beherrschte die ganze Umgebung, sie war zu drei Vierteln in eine Felswand eingelassen, die einer gesprengten Bergfeste aus dem Mesozoikum glich. Die scharf gekappten Ecken erinnerten aus der Ferne an Bastionen, aber je näher man kam, desto mehr verloren die »Bastionen« ihre Form, sie zerflossen, und die schwarzen Streifen, die an ihnen entlangliefen, erwiesen sich als tiefe Risse. Für Mondverhältnisse war das Gelände verhältnismäßig leicht passierbar. Jeder Tritt wirbelte Staub auf, der bis zur Gürtelhöhe aufstieg, sie in eine milchige, schneeweiße Wolke hüllte und nicht sinken wollte. Sie gingen deshalb nicht im Gänsemarsch, sondern nebeneinander, und als Pirx sich vor der Station umwandte, sah er deutlich den Weg, den sie zurückgelegt hatten. Er war durch drei unregelmäßige, balkenförmige Staubschlangen gekennzeichnet – heller als irdische Staubwolken.

Pirx wußte einiges über diesen Staub. Die ersten Eroberer hatten über diese Erscheinung gestaunt. Man hatte mit Staub gerechnet, doch selbst der feinste Staub hätte im luftleeren Raum sofort niedersinken müssen. Der Mondstaub tat es nicht, das heißt, er tat es nur am Tage nicht, bei Sonnenlicht. Wie sich nämlich herausgestellt hatte, verlaufen die elektronischen Erscheinungen auf dem Mond anders als auf der Erde. Auf der Erde gibt es atmosphärische Entladungen – Blitze, Donnerschläge, Elmsfeuer. Auf dem Mond gibt es so etwas nicht, aber die mit Teilchenstrahlung bombardierten Felsen laden sich mit der gleichen Ladung auf, wie sie der Staub besitzt, der sie bedeckt. Da sich gleiche Ladungen abstoßen, hält sich der Staub, wenn er erst einmal aufgewirbelt ist, dank der elektrostatischen Abstoßung manchmal sogar eine ganze Stunde. Je mehr

Sonnenflecken es gibt, desto stärker »staubt« der Mond ein. Auch diese Erscheinung verschwindet erst einige Stunden nach Einbruch der Nacht, dieser entsetzlichen Nacht, der nur besondere, zweiwandige, thermosartige gefestigte Skaphander gewachsen sind, die selbst auf dem Mond ein verteufeltes Gewicht haben.

Diese gelehrten Erwägungen fanden mit der Ankunft am Haupteingang der Station vorerst ihr Ende. Man nahm die drei gastlich auf. Der wissenschaftliche Leiter der Station, Professor Ganschin, war sehr groß – Pirx glaubte in seinem hohen Wuchs ein gewisses Gegengewicht zu seiner Pausbäckigkeit zu sehen. Ganschin schaute im wahrsten Sinne des Wortes von oben auf ihn herab, aber sein Kollege, Dr. Pnin, war noch größer, er maß mindestens zwei Meter.

Es gab dort noch drei andere Russen, vielleicht auch mehr, aber sie ließen sich nicht blicken – sicherlich hatten sie Dienst. Oben waren ein astronomisches Observatorium und eine Rundfunkstation eingerichtet; durch den schräg in den Felsen gehauenen und betonierten Tunnel kam man in eine besondere kleine Kuppel, über der sich große Radarschirme drehten; durch die Illuminatoren konnte man dicht am Rande der Station so etwas wie ein silbrig glänzendes Spinnennetz erkennen. Es war das wichtigste Radioteleskop, das größte auf dem Mond. Mit der Seilbahn war man in einer halben Stunde dort.

Die Station war viel größer, als es den Anschein hatte. In unterirdischen Räumen befanden sich gewaltige Wasserreservoirs, Luftbehälter und Lebensmittelspeicher; in dem vom Talkessel aus unsichtbaren, in den Felsenriß eingebauten Flügel standen Transformatoren, die die Strahlungsenergie der Sonne in elektrische Energie umsetzten. Außer dem gab es dort noch etwas Herrliches: ein gewaltiges hydroponisches Solarium unter einer Kuppel aus stahlbewehrtem Quarz. Pirx erblickte Blumen über Blumen, große

Behälter mit irgendwelchen Pflanzen, die Vitamine und Eiweiß lieferten – und einen Bananenbaum. Pirx und Langner kosteten diese auf dem Mond gezüchteten Früchte. Dr. Pnin erklärte ihnen lachend, daß die Bananen noch nicht zur täglichen Nahrung der Mannschaft gehörten, sie seien vorerst nur für Gäste da.

Langner, der schon gewisse Vorstellungen vom Bauwesen auf dem Mond hatte, begann Fragen über Einzelheiten der Quarzkuppel zu stellen, denn die hatte ihn mehr beeindruckt als die Bananen. Der Bau war wirklich originell. Da außen Vakuum herrschte, mußte die Kuppel dem ständigen Druck von neun Tonnen pro Quadratmeter standhalten, was bei ihren Abmessungen die imposante Zahl von zweitausendachthundert Tonnen ergab. Die im Solarium gehaltene Luft drohte die Kuppel zu sprengen. Da die Konstrukteure auf Eisenbeton verzichten mußten, hatten sie geschweißte Rippen in den Quarz geschmolzen, die die ganze Spannkraft, nahezu drei Millionen Kilogramm, auf ein Iridiumschild an der Spitze weiterleiteten. Von dort führten mächtige Stahlseile nach außen, die tief in dem Basalt der Umgebung verankert waren. Es war ein einzigartiger »Quarzballon an der Leine«.

Vom Solarium begaben sie sich geradewegs in den Speisesaal, um zu essen – es war die dritte Mittagsmahlzeit hintereinander. Das Leben auf dem Mond schien nur aus Mittagessen zu bestehen. Der Speisesaal, der zugleich Gemeinschaftsraum war, hatte mittlere Ausmaße; seine Wände waren mit Holz verschalt, es handelte sich um richtige Kiefernbretter, die sogar nach Harz rochen. Diese außergewöhnliche Erdverbundenheit war Pirx nach den gleisnerischen Mondlandschaften besonders lieb und wert. Professor Ganschin verriet ihnen, es handele sich nur um eine dünne Schicht und sie diene lediglich dem Zweck, das Heimweh der Männer ein wenig zu dämpfen.

Während des Essens und auch danach schwieg man sich über Mendelejew, über den Unfall und über die unglücklichen Kanadier aus. Man sprach auch nicht vom Abflug; es war ganz so, als wären sie für längere Zeit zu Besuch gekommen. Die Russen waren überaus zuvorkommend, sie widmeten sich ihren Gästen, als gäbe es für sie nichts weiter zu tun. Sie fragten nach Neuigkeiten und gaben Pirx recht, der sich über das Touristenunwesen beklagte. Ab und zu ging einer von ihnen hinaus, kehrte aber rasch wieder zurück. Später stellte sich heraus, daß sie ins Observatorium eilten – auf der Sonne war eine sehr schöne Protuberanz entstanden. Als dieses Wort fiel, hatte für Langner alles andere zu existieren aufgehört. Eine Besessenheit, wie sie nur Wissenschaftlern eigen ist, hatte die ganze Gesellschaft erfaßt. Man brachte Fotos und sah sich einen Film an, den der Koronograph gedreht hatte. Die Protuberanz war tatsächlich außerordentlich groß, sie maß siebenhundertfünfzigtausend Kilometer und sah aus wie ein vorsintflutliches Gebilde mit flammendem Rachen. Ganschin, Pnin, der dritte Astronom und Langner schalteten das Licht ein und unterhielten sich mit leuchtenden Augen – sie waren taub für alles andere. Als jemand an das unterbrochene Mittagessen erinnerte, kehrten sie in den Speiseraum zurück, aber sie schoben die Teller beiseite, bekritzelten die Papierservietten mit Zahlenkolonnen und fachsimpelten weiter. Dr. Pnin hatte ein Einsehen mit Pirx, der wie bei einer türkischen Predigt dasaß. Er bat ihn in sein Fenster, das sehr klein war, aber einen bemerkenswerten Vorzug aufwies: es hatte ein großes Zimmer, das den Blick auf den östlichen Gipfel des Ziolkowski-Massivs freigab. Die tiefstehende Sonne, die wie ein Höllentor klaffte, warf in das Gewirr der sich auftürmenden Felsen lange Schatten, die mit ihrer Schwärze alle Formen verschlangen, als klaffte hinter jedem Rand des erhellten

Gesteins ein teuflischer Schacht, der bis zum Mittelpunkt des Mondes führte. Das Nichts schien sich in Berggipfel, schräge Türme, Zinnen und Obeliske aufzulösen, die der tintenschwarzen Finsternis entsprangen – wie ein Fels gewordenes Feuer, das im Fluge erstarrt war. Das Auge verlor sich inmitten all dieser Formen, die sich in keiner Weise zu einem Ganzen zusammenfügen ließen, es fand nur in den runden Höhlen der Schwärze, die leeren Augenhöhlen glichen, einen zweifelhaften Halt, in den bis zum Rand mit Schatten angefüllten Tümpeln der kleinen Krater.

Es war ein einmaliger Anblick. Pirx war schon auf dem Mond gewesen – er hatte das bereits sechsmal betont –, aber noch nie zu dieser Zeit, neun Stunden vor dem Sonnenuntergang.

Pirx saß lange bei Pnin. Der Wissenschafter sagte »Herr Kollege« zu ihm, und er wußte nicht, wie er antworten sollte, er versuchte, die Anrede zu vermeiden, so gut es ging. Der Russe besaß eine phantastische Sammlung von Fotos, die er bei Kletterpartien gemacht hatte – er, Ganschin und ihr dritter Gefährte, der gegenwärtig auf der Erde weilte, widmeten ihre Freizeit der Alpinistik. Man hatte versucht, das Wort »Lunistik« in Umlauf zu bringen, aber der Begriff hatte sich nicht eingebürgert, zumal es ohnehin die »Mondalpen« gab. Pirx, der bereits vor seinem Eintritt in das Institut ein begeisterter Kletterer gewesen war, fand in Pnin eine verwandte Seele, und er begann ihn auszufragen, worin sich das Bergsteigen auf dem Mond von der irdischen Alpinistik unterscheide.

»Sie dürfen eines nicht vergessen, Herr Kollege«, sagte Pnin. »Tun Sie, solange es geht, alles so, als wären Sie auf der Erde. Eis gibt es hier nicht – wohl nur in sehr tiefen Spalten, und auch das unerhört selten –, und Schnee, versteht sich, gibt es auch nicht. Das verleitet zu der Annahme, das Bergsteigen sei sehr leicht, um so mehr, als man aus dreißig Meter Höhe abstürzen kann, ohne daß einem etwas geschieht. Aber daran darf man nicht denken.«

Pirx wunderte sich sehr. »Wieso?«

»Weil es hier keine Luft gibt«, erklärte der Astrophysiker. »Selbst wenn Sie noch so lange herumsteigen, Sie werden es nie lernen, die Entfernung richtig zu schätzen. Hier vermag nicht einmal der Entfernungsmesser viel zu helfen, und wer nimmt schon einen Entfernungsmesser mit? Sie erklimmen einen Gipfel, schauen in den Abgrund und haben die Vorstellung, er sei fünfzig Meter tief. Vielleicht ist er wirklich fünfzig Meter tief, vielleicht aber auch dreihundert oder fünfhundert. Mir passierte es . . . Übrigens, Sie wissen ja, wie das ist. Wenn man sich erst einmal gesagt hat, daß man ohne weiteres abstürzen kann, dann wird das früher oder später wirklich passieren. Auf der Erde kann man sich den Kopf lädieren, und er heilt wieder, aber hier genügt ein fester Schlag auf den Helm, so daß die Scheibe platzt, und alles ist vorbei. Sie müssen sich also genauso wie in den irdischen Bergen verhalten. Was Sie sich dort erlauben, können Sie sich auch hier erlauben. Ich möchte Ihnen jedoch abraten, über einen Spalt zu springen. Selbst wenn Sie annehmen, daß er höchstens zehn Meter breit sei – was soviel wie anderthalb Meter auf der Erde wäre –, tun Sie es nicht, sondern werfen Sie erst einen Stein auf die andere Seite und beobachten Sie seinen Flug. Offen gesagt, ich rate Ihnen, überhaupt nicht zu springen, und dieser Rat kommt vom Herzen. Wenn man nämlich ein paarmal zwanzig Meter weit gesprungen ist, dann bereiten einem auch Abgründe keinen Schrecken mehr, und die Berge erscheinen einem so klein, als reichten sie nur bis zum Knie. Wenn diese Überheblichkeit eintritt, dann kann leicht etwas passieren. Einen Bergrettungsdienst gibt es hier nicht. Sie begreifen also . . .«

Pirx erkundigte sich nach der Mendelejew-Station. Warum die Station am Kamm und nicht unten und ob der Weg dorthin schwierig sei ... Ob man klettern müsse ...

»Eine echte Kletterpartie gibt es da nicht, nur einige exponierte Stellen, und auch die nur, weil dort eine Lawine niedergegangen ist. Das war unterhalb des Sonnentors, sie hat den Weg fortgerissen. Und was die Lokalisierung betrifft, so fällt es mir schwer, etwas dazu zu sagen, vor allem jetzt, nach dem Unglück ... Aber Sie müssen doch auch einiges darüber gelesen haben, oder ...?«

Pirx, völlig verwirrt, geriet ins Stottern. Er sagte, er habe damals gerade eine Prüfung gehabt. Pnin mußte lächeln, aber er wurde gleich wieder ernst.

»Nun ja ... der Mond ist internationalisiert, und jeder Staat hat seine eigene Zone, die wissenschaftlichen Forschungen vorbehalten ist. Wir haben diese Hemisphäre. Als sich herausstellte, daß die Van-Allan-Gürtel die kosmische Strahlung auf der Hemisphäre stören, die der Erde zugewandt ist, haben sich die Engländer an uns gewandt und uns um die Erlaubnis gebeten, die Station auf unserer Seite zu errichten. Wir waren einverstanden. Da wir gerade selbst auf Mendelejew Arbeiten durchführten, schlugen wir ihnen vor, daß sie die Station von uns übernehmen. Verrechnen wollten wir hinterher. Die Engländer akzeptierten das, traten dann aber Mendelejew an die Kanadier ab, da diese zum britischen Commonwealth gehörten. Uns war das natürlich einerlei. Da wir bereits vorher eine Erkundung des Bodens durchgeführt hatten, wurde einer von uns, Professor Animzew, beratendes Mitglied der australischen Planungsgruppe – er kannte sehr gut die lokalen Bedingungen. Plötzlich erfuhren wir, daß sich die Engländer dennoch an dieser Sache beteiligten. Sie schickten Shanner, der erklärte, daß auf dem Boden des Kraters sekundäre Strahlungsbündel entstehen könnten und die erzielten Ergebnisse stören würden. Unsere Spezialisten waren der Meinung, daß das unmöglich sei, aber schließlich gaben die Engländer den Ausschlag: Es sollte ja ihre Station sein. Sie beschlossen, sie unter den Kamm zu verlegen. Das verteuerte die Sache natürlich erheblich, und die gesamten Mehrkosten wurden von den Kanadiern getragen. Aber das war ja nicht so wichtig. Fremde Taschen gehen uns nichts an. Die Lage der Station wurde also bestimmt, und man ging daran, den Weg festzulegen. Animzew berichtete uns davon, denn die Briten wollten anfangs zwei Abgründe auf der Trasse des geplanten Weges durch Eisenbetonbrücken überqueren, doch die Kanadier sprachen sich dagegen aus, weil das die Kosten verdoppeln würde. Nun wollten sie sich in den inneren Hang des Mendelejew hineinbeißen, das heißt zwei Felsrippen mit Richtungsexplosionen durchstoßen. Ich riet ihnen ab, denn das könnte das Gleichgewicht des kristallenen Basaltgrundes stören, aber sie wollten nicht hören. Was hätten wir tun sollen? Sie waren doch keine Kinder! Wir besaßen mehr selenologische Erfahrung, aber wir wollten ihnen unsere Ratschläge auch nicht aufzwingen. Animzew legte sein Votum separatum ein, und dabei blieb es. Sie fingen an, den Felsen wegzuschießen. Der erste Unfug – die Lokalisierung der Station – zog den zweiten nach sich, und die Folgen ließen leider nicht auf sich warten. Die Engländer bauten drei Lawinenschutzmauern, nahmen die Station in Betrieb, Raupentransporter wurden eingesetzt – und, bitte sehr, es gelang. Die Station arbeitete bereits drei Monate, als sich zu Füßen des Überhanges unter dem Sonnentor, dieser großen westlichen Scharte des Kammes, Risse zeigten ...«

Pnin erhob sich, nahm mehrere große Fotos aus dem Schubfach und zeigte sie Pirx. »Da, an dieser Stelle. Es ist ... vielmehr war eine anderthalb Kilometer lange Platte, die an einigen Stellen überhing. Der Weg verlief ungefähr in einem Drittel der Höhe, wie diese rote Linie hier. Die Kanadier bliesen Alarm. Animzew, der immer noch dort war und auf sie einredete, erläuterte ihnen: ›Der Temperaturunterschied zwischen Tag und Nacht beträgt dreihundert Grad. Die Risse werden sich vergrößern, dagegen hilft nichts. Eine anderhalb Kilometer lange Wand kann man nicht stützen! Der Weg muß sofort gesperrt werden, und da die Station bereits fertig ist, muß eine Seilbahn gebaut werden!‹ Man ließ einen Experten nach dem anderen aus England und aus Kanada kommen – das Ganze wurde zur Komödie: Die Experten, die das gleiche wie unser Animzew sagten, wurden sofort nach Hause geschickt. Es blieben nur diejenigen, die gegen die Spalte irgendeinen Rat wußten. Sie begannen zu zementieren. Tiefe Spritzen, Stützen – sie zementierten und zementierten endlos, denn was sie am Tage mit Zement abdichteten, barst in der folgenden Nacht wieder. Über die flache Rinne kamen bereits Lawinen, doch die wurden durch die Mauern aufgehalten. Sie bauten ein System von Keilen, um die größeren Lawinen zu zerteilen. Animzew versuchte, ihnen klarzumachen, daß es nicht nur um die Lawinen gehe – die ganze Platte könne niederstürzen!

Ich brachte es nicht mehr über mich, Animzew anzusehen, wenn er zu uns kam. Er war nahe daran, aus der Haut zu fahren. Er sah die nahende Katastrophe und konnte nichts dagegen tun. Ich möchte es Ihnen ganz loyal sagen: Die Engländer haben ausgezeichnete Spezialisten, aber es war eben kein Spezialistenproblem, kein selenologisches Problem, es war eine Prestigefrage geworden. Sie hatten den Weg gebaut und konnten sich nicht zurückziehen. Animzew legte Protest ein – den wievielten, weiß ich nicht mehr – und ging dann. Später erfuhren wir, daß es zwischen den Engländern und den Kanadiern Streitigkeiten gab,

Reibereien im Zusammenhang mit dieser Platte, dem Rand des sogenannten Adlerflügels. Die Kanadier wollten ihn sprengen, denn er ruinierte den ganzen Weg, aber den Engländern paßte das nicht. Animzew hatte berechnet, daß man dazu eine Ladung von sechs Megatonnen Wasserstoff benötigte, die Kommission der Vereinten Nationen verbot jedoch die Verwendung von radioaktiven Materialien als Sprengmittel. Und so zankten und stritten sie sich, bis die Platte abstürzte ... Die Engländer schrieben später, an allem seien die Kanadier schuld, denn sie hätten das erste Projekt, die Betonviadukte, abgelehnt ...«

Pnin betrachtete eine Weile die Aufnahmen. Die eine zeigte in fast zweifacher Vergrößerung die Scharte im Kamm – schwarze Punkte kennzeichneten die Stelle des Einsturzes.

»Die Folge ist, daß die Station periodisch unzugänglich ist, am Tage ist sie leicht zu erreichen, aber nachts überhaupt nicht. Wir sind nicht auf der Erde, wissen Sie ...«

Pirx hatte bereits begriffen, was der Russe meinte: Auf dieser Seite der langen Mondnächte leuchtete nicht die große Lampe der Erde.

»Und mit Infrarot läßt sich nichts machen?« fragte er.

Pnin lächelte. »Infrarote Brillen? Aber was für Infrarot, Kollege, wenn der Felsen eine Stunde nach Sonnenuntergang hundertsechzig Grad an der Oberfläche hat ... Gewiß, theoretisch könnte man es mit Radar versuchen, aber haben Sie schon einmal versucht, auf diese Weise zu klettern?«

Pirx bekannte, daß er es noch nie versucht habe.

»Und ich rate es Ihnen auch nicht. Das ist eine höchst komplizierte Methode, Selbstmord zu begehen. Radar ist gut im flachen Gelände, aber nicht an der Wand ...«

Langner und der Professor kamen herein – es war Zeit zum Weiterflug. Zum Mendelejew brauchten sie eine halbe

Stunde, der Weg erforderte zwei weitere Stunden, und in sieben Stunden ging die Sonne unter. Sieben Stunden Reserve – das erschien Pirx viel. Es stellte sich heraus, daß Dr. Pnin mit ihnen fliegen würde. Sie beteuerten zwar, daß das unnötig sei, aber die Gastgeber wollten davon nichts wissen.

Als sie schon gehen sollten, fragte Ganschin, ob sie nicht irgendwelche Nachrichten hätten, die zur Erde übermittelt werden sollten – es sei die letzte Gelegenheit. Mendelejew habe zwar Funkverbindung zu Ziolkowski, aber in sieben Stunden würden sie auf den Terminator gelangen, und es würde starke Störungen geben.

Pirx überlegte, daß es gar nicht so übel wäre, Matters' Schwester »Grüße von der anderen Seite« zu übermitteln, aber er traute sich nicht. Sie dankten also und gingen nach unten. Die Russen begleiteten sie bis zur Rakete, und Pirx erzählte ihnen von seinem Pech mit dem Skaphander, worauf sie ihm einen anderen heraussuchten.

Der russische Skaphander sah anders aus als diejenigen, die Pirx kannte: Er hatte drei, nein zwei Visiere – eins gegen die hohe Sonne und ein zweites, orangefarbenes, gegen niedrige Sonne und gegen Staub. Die Luftventile waren anders angeordnet, und besonders lustig waren die Stiefel – man konnte die Sohlen aufblasen, so daß man wie auf Kissen ging. Das Geröll war nicht zu spüren, und die äußere Sohlenschicht paßte sich jeder Oberfläche an. Es war ein »Hochgebirgsmodell«. Der Skaphander war übrigens zur Hälfte silbern und zur Hälfte schwarz. Wenn man sich mit der schwarzen Seite der Sonne zuwandte, begann man zu schwitzen, und wenn man es mit der silbernen tat, umfing einen angenehme Kühle.

Kein besonders guter Einfall, dachte Pirx, denn nicht immer kann man die Seite wählen, aus der die Sonne scheint. »Man muß dann rückwärts gehen, oder wie . . .?« fragte er.

Die Gastgeber lachten. Sie zeigten ihm den Drehgriff auf der Brust, der ein Verschieben der silbernen und der schwarzen Seite gestattete. So konnte man einen schwarzen Vorderteil und einen silbernen Rücken haben – oder umgekehrt. Die Art, wie sich diese Farben vermischten, war interessant. Zwischen der äußeren, der durchsichtigen Skaphanderschicht, die aus einem harten Plast gefertigt war, und seinem eigentlichen Korpus war ein schmaler Zwischenraum, der mit zwei verschiedenen Farbstoffen oder vielmehr halbflüssigen Massen ausgefüllt war – einer aluminisierten und einer mit Kohle angereicherten. Der Sauerstoffdruck aus dem Atemgerät bewegte sie.

Doch nun galt es, sich zum Startplatz zu begeben. Vorher, als sie aus der Sonne gekommen waren, hatte Pirx in der Druckkammer nichts gesehen, so sehr war er geblendet. Erst jetzt bemerkte er, daß die Kammer eine Besonderheit aufwies – die Wand funktionierte wie ein Kolben; man konnte eine bliebige Anzahl von Personen herein- oder herauslassen, ohne daß dabei viel Luft entwich. In Pirx regte sich so etwas wie Eifersucht, denn die Kammern im heimatlichen Institut waren ausgediente, veraltete Kästen. Man hinkte auf diesem Gebiet mindestens um fünf Jahre hinter der Entwicklung her, und fünf Jahre – das war eine ganze Epoche.

Die Sonne schien noch genauso hoch zu stehen wie vorhin. In den aufgepumpten Stiefeln ging es sich merkwürdig. Pirx glaubte zu schweben, aber dieses Gefühl verflüchtigte sich, bevor er die Rakete erreicht hatte.

Der Professor trat so dicht an Pirx heran, daß sich die Helme berührten, und schrie ein paar Abschiedsworte. Die Männer reichten einander die Hände in den schweren Handschuhen und krochen hinter dem Piloten in die Rakete. Der Pilot wartete, bis sich die Zurückbleibenden weit genug entfernt hatten, und setzte dann die Triebwerke in

Gang. Der Donner dröhnte in den Skaphandern wie hinter einer dicken Wand. Die Gravitation wuchs, aber sie spürten nicht einmal, wie sich die Rakete vom Boden abhob. Nur die Sterne schwankten in den Illuminatoren, und die Felsenwüste fiel hinab und verschwand.

Sie flogen so tief, daß sie nichts sahen. Nur der Pilot beobachtete die unter der Rakete vorbeihuschende gespenstische Landschaft. Die Rakete hing fast senkrecht wie ein Hubschrauber. Nur an dem geräuschvollen Zug und an dem schwachen Vibrieren des Rumpfes war zu spüren, daß die Geschwindigkeit zunahm.

»Achtung, wir landen!« tönte es in den Hauben. Pirx wußte nicht, ob es die Stimme des Piloten war, die über Bordfunk zu ihnen drang, oder ob Pnin die Worte geschrien hatte. Die Sessel klappten um. Pirx atmete tief durch, er spürte, wie sich sein Gewicht verringerte, und er hatte das Gefühl, als werde er im nächsten Augenblick zur Decke schweben. Instinktiv klammerte er sich an die Sessellehne. Der Pilot bremste scharf, die Düsen spien Feuer, heulten auf, der Lärm wurde schier unerträglich. Die Schwerkraft wuchs, aber dann verringerte sie sich plötzlich, und ein trockener Stoß zeigte an, daß sie gelandet waren. Im nächsten Augenblick geschah etwas Unerwartetes. Die Rakete, die auf und nieder wippte und dabei Hockbewegungen vollführte wie ein Insekt, neigte sich zur Seite. Pirx vernahm ein Knacken, er spannte die Muskeln an. Eine Katastrophe! durchfuhr es ihn. Die beiden anderen lagen da, ohne sich zu rühren. Die Triebwerke waren verstummt. Pirx wußte, was los war: Das Projektil rutschte schwankend und holpernd auf dem Geröll weiter, es konnte umkippen und auf die Felsbrocken prallen.

Allmählich wurde das Knirschen leiser, bis es ganz verhallte. Noch schlugen einige Steine klirrend gegen den Stahl, ein loser Felsblock versank unter dem Gewicht des

Raketenfußes, aber dann kauerte die Kabine langsam nieder und blieb in einem Neigungswinkel von zehn Grad stehen.

Der Pilot kroch etwas unsicher aus dem Schacht und entschuldigte sich. Das Bodenprofil habe sich verändert – offensichtlich sei über der nördlichen Rinne eine Lawine niedergegangen. Er war auf dem Geröll gelandet, dicht an der Wand, denn er wollte ihnen einen längeren Fußweg ersparen.

Dr. Pnin kritisierte diese Methode, den Weg zu verkürzen. Ein Lawinengelände sei schließlich kein Kosmodrom, und wenn es nicht unbedingt erforderlich sei, dürfe man nichts riskieren. Nach diesem kurzen Disput gab der Pilot ihnen den Weg frei. Sie passierten die Schleuse und stiegen über die Leiter auf das Geröll hinunter. Der Pilot blieb in der Rakete, er wollte dort auf Pnin warten. Pirx und Langner folgten dem hochgewachsenen Wissenschaftler.

Pirx hatte bisher immer geglaubt, den Mond zu kennen, aber nun mußte er seine Ansicht korrigieren. Die Umgebung der Ziolkowski-Station war eine Promenade im Vergleich zu dem Ort, an dem er sich jetzt befand. Die Rakete stand schräg auf den maximal gespreizten Füßen, die sich tief in die Steinlawine gebohrt hatten, sie war etwa dreihundert Meter neben dem riesigen Schatten niedergegangen, den der Hauptwall der Mendelejew-Station warf. Der am schwarzen Himmel entflammte Sonnenrachen berührte fast den Kamm, der an dieser Stelle zu schmelzen schien – aber das beruhte auf einer Täuschung. Keine Täuschung dagegen waren die senkrechten Wände, die aus der Dunkelheit aufragten. Zu der von tiefen Gräben durchfurchten Ebene, die den Boden des Kraters bildete, liefen von den Bergrinnen grellweiße Kegel herab – es waren Aufschüttungen. Die Stellen der frischen Einstürze konnte man an der Trübung der Felszeichnung erkennen. Diese Trübung wurde durch den Staub hervorgerufen, der sich erst nach Stunden setzte. Der Boden des Kraters, der aus geborstener Lava bestand, war ebenfalls von einer hellen Staubschicht bedeckt; der ganze Mond war mit mikroskopisch kleinen Meteorteilchen gepudert – toter Regen, der seit Millionen von Jahren auf ihn herabfiel. Der sogenannte Steg war nichts anderes als eine Anhäufung von Quadern und Felssplittern, ebenso wild wie die ganze Umgebung, und er verdankte seine Bezeichnung den einzementierten Aluminiumstangen, die oben so etwas wie Rubinkugeln trugen. Zu beiden Seiten dieses in den Geröllgang führenden Steges standen riesige Wände, zur Hälfte vom Licht erfaßt, zur Hälfte schwarz wie die Nacht der Milchstraße – Wände, die weder in den Alpen noch im Himalaja ihresgleichen hatten.

Die geringe Mondschwerkraft erlaubte es dem Felsbaustoff, gespenstisch anmutende Formen anzunehmen, und diese Formen überdauerten Jahrhunderte. Das menschliche Auge wurde immer wieder irre, selbst wenn es den Anblick der Abgründe gewohnt war. Die anderen Sinne potenzierten noch den Eindruck des Unwirklichen, des Unmöglichen dieser Landschaft: Weiße Pumexquader, die die Sohle berührten, flogen wie Seifenblasen in die Höhe, und selbst der schwerste Basaltsplitter, der auf das Geröll geworfen wurde, flog unheimlich langsam und lange, um schließlich lautlos niederzusinken. Es war wie im Traum.

Einige hundert Schritt höher änderte sich die Farbe des Felsens. Flüsse von rosafarbenem Porphyr umschlossen die Bergrinne, der sie zustrebten. Felsen, die sich stellenweise mehrere Stockwerke hoch türmten und nur mit ihren rasiermesserscharfen Rändern zusammenhingen, schienen lediglich auf eine Berührung zu warten, um als unaufhaltsame Steinlawine niederzusausen.

Pnin führte sie durch diesen Wald der in Stein erstarrten

Explosionen. Er ging nicht rasch, aber mit untrüglicher Sicherheit. Manchmal schwankte die Platte, auf die er seinen gewaltigen Skaphanderstiefel setzte, und wenn das geschah, hielt er augenblicklich inne. Nach einer Weile setzte er seinen Weg fort, oder er wich der Stelle aus. Merkmale, die nur ihm bekannt waren, zeigten ihm, ob der Felsen das Gewicht des Menschen aushalten würde oder nicht. Irgendwelche Geräusche, die den Bergsteiger warnten, gab es nicht. Einer der Basaltblöcke, an denen sie vorbeigingen, rollte ohne die geringste Ursache einen Hang hinunter, das heißt, er flog ganz langsam, schlug ab und zu auf und riß dabei andere Steine mit sich fort, die sich zu einer Lawine vereinigten. Man konnte ihren Weg nicht lange verfolgen, denn eine milchig-weiße Staubwolke hüllte alles ein. Das Schauspiel wirkte wie eine Halluzination – die zusammenprallenden Blöcke gaben kein Geräusch von sich, und durch die wulstigen Sohlen der Stiefel war kein Zittern, kein Beben zu spüren. Als sie an der nächsten Schneise scharf um die Ecke bogen, sah Pirx die Spur der Lawine und dann die Lawine selbst – eine Wolke sanft herabgleitender Wellen. Voller Unruhe suchte er die Rakete, aber die stand in Sicherheit. Sie war ein bis zwei Kilometer entfernt; er sah ihre leuchtende Hülle und die drei gespreizten Stützen. Wie ein seltsames Mondinsekt ruhte sie auf dem alten Lawinengelände, das Pirx so abschüssig erschienen war und das nun so flach wirkte wie ein Tisch.

Als sie sich der Zone des Schattens näherten, beschleunigte Pnin seinen Schritt. Das Grauen, das die Umgebung ausstrahlte, hatte Pirx' Aufmerksamkeit so sehr in Anspruch genommen, daß er einfach keine Zeit hatte, Langner zu beobachten. Nun erst bemerkte er, daß der Astrophysiker sicher einherschritt und niemals stolperte.

Sie mußten einen vier Meter breiten Spalt überspringen.

Pirx legte zuviel Kraft in den Sprung, er segelte in die Höhe und landete, krampfhaft mit den Beinen strampelnd, gute acht Meter weiter. Ein solcher Mondsprung war ein Erlebnis – er hatte nichts gemein mit den Narreteien der Touristen.

Sie betraten den Schatten. In der Nähe der Felswände, die das Sonnenlicht reflektierten, konnten sie die Umgebung noch ein wenig erkennen, aber dann wurde die Dämmerung dichter, und es wurde so finster, daß sie einander aus den Augen verloren. In diesem Schatten war die Nacht. Pirx spürte den Frost durch die antithermischen Schichten des Skaphanders. Er drang nicht unmittelbar zum Körper, er biß nicht in die Haut, er war gewissermaßen nur die Manifestation einer schweigenden, eisigen Gegenwart. Einzelne Teile des Skaphanders begannen spürbar zu zittern, sie hatten sich um etwa zweihundertfünfzig Grad abgekühlt. Pirx' Augen gewöhnten sich allmählich an die Finsternis. Er bemerkte, daß die Kugeln an den Spitzen der Aluminiummaste ein starkes rotes Licht ausstrahlten; die Perlenreihe dieser Rubinkette führte in die Höhe und verschwand in der Sonne. Oben ragte ein geborstener Felsbuckel auf, drei tiefe Schluchten führten zur Ebene, getrennt durch schmale senkrechte Wände, die scharfen Gesimsen ähnelten. Das Ganze glich einem riesigen Regal mit Fächern. Pirx hatte den Eindruck, daß die Reihe der Maste in einem dieser Fächer endete, aber er wußte, daß dieser Eindruck täuschte. Ganz oben sah man den zerklüfteten Hauptwall der Mendelejew-Station und einen breiten Sonnenstrahl, der wie eine gleißende Säule senkrecht in die Tiefe führte. Eine lautlose Explosion schien glühendes Weiß auf die Felsentürme verspritzt zu haben.

»Dort ist die Station«, hörte er in der Haube Pnins nahe Stimme. Der Wissenschaftler war an der Grenze zwischen Nacht und Tag, zwischen Frost und Hitze stehengeblieben und deutete nach oben. Pirx blickte auf, aber außer den Felsen, die auch in der Sonne schwarz wirkten, konnte er nichts erkennen.

»Sehen Sie den Adler? So haben wir diesen Buckel getauft. Das ist der Kopf, dort sehen Sie den Schnabel und dort die Flügel!«

Pirx unterschied im ersten Moment nur eine Anhäufung von Licht und Schatten, weiter nichts. Über dem östlichen Kamm ragte eine gekrümmte Zinne auf; sie schien ganz nahe zu sein, weil ihre Umrisse nicht vom Nebel verwaschen waren. Dann aber erblickte er den Adler. Die Wand, der sie zustrebten, war der Flügel, darüber – vor dem Hintergrund der Sterne – erhob sich der Kopf, und die Zinne war der Schnabel.

Pirx sah auf die Uhr. Sie waren bereits vierzig Minuten unterwegs. Vor der nächsten Schattenzone blieb Dr. Pnin stehen, um seinen Klimatisator zu verstellen. Pirx nutzte die Gelegenheit und fragte seinen Gefährten, wohin der Weg führe.

»Dorthin!« Pnin wies mit der Hand nach unten.

Pirx sah nur die Steinwüste, in ihrer Mitte erkannte er einen aufgeschütteten Kegel, aus dem große Felsbrocken herausragten.

»Dort ist die Platte abgerissen«, erläuterte Pnin. Dann deutete er auf eine Vertiefung im Kamm. »Das ist das Sonnentor. Unsere Seismographen in der Ziolkowski-Station haben die Erschütterung registriert; nach unseren Schätzungen ist etwa eine halbe Million Tonnen Basalt abgestürzt . . .«

»Moment mal . . .«, sagte Pirx wie im Rausch. »Und wie transportiert man jetzt die Vorräte nach oben?«

»Sie werden es selbst sehen, wenn wir oben sind«, sagte Dr. Pnin und ging weiter.

Pirx folgte ihm. Er zerbrach sich den Kopf, aber es

gelang ihm nicht, das Rätsel zu lösen. Transportieren sie etwa jeden Eimer Wasser und jede Flasche Sauerstoff auf dem Rücken? dachte er. Unmöglich!

Sie schritten nun rascher aus. Die letzte Aluminiumstange steckte am Abgrund. Dunkelheit hüllte sie ein. Sie schalteten die Stirnreflektoren ein, ihr Schein hüpfte wie ein Irrlicht von Wandbuckel zu Wandbuckel. Das Gesims, das sie überquerten, war stellenweise nur zwei Handflächen breit, aber hin und wieder hatte es Ausbuchtungen, auf denen man die Beine weit auseinander stellen konnte. Sie gingen wie auf einem Seil über dieses »Regal«; es war leicht gewellt, aber verhältnismäßig eben, und die rauhe Obefläche bot einen guten Halt. Dennoch genügte ein einziger falscher Tritt, ein Stolpern . . .

Weshalb sind wir nicht angeseilt? fragte sich Pirx. Im gleichen Augenblick erstarrte der Lichtfleck vor ihm. Pnin war stehengeblieben.

»Die Leine!«, sagte er.

Er reichte Pirx das Ende. Der zog das Seil durch die Karabinerhaken seines Gurtes und warf es dann Langner zu. Pirx lehnte sich an einen Felsen und sah sich um.

Das ganze Innere des Kraters lag vor ihm. Die schwarzen Lavahohlwege waren zu einem Netz zusammengeschrumpft. Der untersetzte Kegel in der Mitte warf einen langen Schattenstreifen.

Wo war die Rakete? Er konnte sie nicht finden. Wo war der Weg? Auch die Kurven, gekennzeichnet durch die Reihen der Aluminiummaste, waren verschwunden. Nur der große Felsenzirkus war zu sehen; er lag im blendenden Schein. Schwärzliche Streifen zogen sich von Steinhalde zu Steinhalde, helles Felsenmehl unterstrich die Zeichnung des Geländes mit den grotesken Poren der kleineren Krater – allein im Bereich der Mendelejew-Wälle waren es Hunderte. Die größten unter ihnen hatten einen Durchmesser von einem halben Kilometer, die kleinsten waren kaum zu erkennen. Jeder war vollkommen rund und besaß einen Ring, der einen sanft ansteigenden äußeren Hang und einen steileren nach innen hatte. In der Mitte war ein Berg, ein Kegel oder wenigstens ein kleiner Punkt, der einem Bauchnabel ähnelte. Die kleinsten waren getreue Kopien der kleinen, die kleinen schienen den mittleren nachgebildet zu sein, und alle gehörten zu dem riesigen Ringberg, der einen Durchmesser von dreißig Kilometern hatte.

Dieses Nebeneinander von Chaos und Präzision reizte den menschlichen Verstand. In diesem Schaffen und Zerstören von Formen nach einem einzigen Vorbild lag mathematische Genauigkeit und gleichzeitig völlige Anarchie – Anarchie des Todes. Pirx sah und staunte. Am Sonnentor ballten sich noch immer Ströme weißer Glut.

Einige hundert Schritt hinter dem schmalen Steg wich die Wand zurück. Die Männer gingen immer noch im Schatten, aber es war nicht völlig dunkel, denn eine senkrecht aufragende, etwa zweitausend Meter hohe Felskeule reflektierte das Sonnenlicht. Als sie die Geröllzunge überquert hatten, zeigte sich vor ihnen ein nicht allzu steiler sonnenüberfluteter Hang. Pirx fühlte eine merkwürdige Starre in sich, es war keine körperliche Starre, sondern ein Erschlaffen der Sinne – die dauernde Anspannung tat ihre Wirkung. Alles, was ihn umgab, stürmte auf ihn ein: die wildzerklüfteten Berge, der jähe Wechsel von eisiger Kälte und glühender Hitze, die unendliche Stille ... In diesem Schweigen wirkte der Klang der menschlichen Stimme, die ab und zu im Helm ertönte, unsagbar gespenstisch und unwirklich. Sie paßte nicht zu der toten Umgebung, sie wirkte so paradox wie ein Goldfisch auf dem Matterhorn.

Hinter einem Nadelfelsen, der einen letzten Schatten warf, bog Dr. Pnin ab. Seine Gestalt flammte plötzlich auf, sie wirkte wie mit Feuer übergossen. Auch Pirx schlug blendende Helligkeit ins Gesicht, ehe er begriff, daß sie nun ins grelle Sonnenlicht traten. Sie gingen auf dem oberen Teil des Weges, der erhalten geblieben war.

Sie gingen nun nebeneinander. Die Sonnenschutzblenden der Helme hatten sie heruntergelassen.

»Gleich sind wir da«, sagte Pnin.

Diesen Weg konnten tatsächlich Fahrzeuge benutzen. Er war in den Felsen gehauen, das heißt durch gesteuerte Explosionen gebahnt. Er führte unter dem Überhang des Adlerflügels auf den Kamm, und dort gab es eine Art Paß und dahinter einen natürlichen Felsenkessel. Durch diesen Kessel war es auch nach der Katastrophe möglich, die Station mit Nachschub zu versorgen. Die Lastrakete brachte die Vorräte heran, und ein Spezialmörser schoß die Behälter in das Felsbassin. Einige von ihnen wurden zerschmettert, die meisten jedoch hielten den Aufschlag aus, denn sie hatten sehr widerstandsfähige Panzerhüllen. Früher, als Luna-Hauptstation noch nicht existierte, war das die einzige Methode, die Expeditionen, die sich in die Gegend des Sinus Medii vorwagten, mit Nachschub zu versorgen. Man warf die Behälter von Raketen ab, und da mit Fallschirmen nichts anzufangen war, begann man, die Kisten aus Dural oder aus Stahl so zu fertigen, daß sie dem heftigen Aufprall standhielten. Man warf sie wie Bomben ab und die Expeditionsteilnehmer sammelten sie ein. Die Behälter waren manchmal über einen ganzen Quadratkilometer verstreut. Die Methode erwies sich nun wieder als nützlich.

Von dem Paß führte bis zum nördlichen Gipfel des Adlerkopfes ein Trakt am Kamm entlang; etwa dreihundert Meter darunter glänzte die gepanzerte Haube der Station, die im Halbkreis von Felsen umgeben war. Geröll umringte die stählerne Wanne. Ein paar dieser Brocken lagen auf der betonierten Plattform am Eingang.

»Hätte man denn keinen besseren Platz finden können?« fragte Pirx seufzend.

Pnin, mit einem Fuß auf der ersten Stufe der Plattform, hielt inne. »Was sagten Sie? Mir war, als hörte ich eben Animzew sprechen!« In seiner Stimme schwang ein Lächeln mit.

Pnin verließ sie vier Stunden vor Sonnenuntergang, aber eigentlich ging er in die Nacht, denn fast der ganze Weg, den er zurücklegen mußte, lag bereits in der Finsternis. Langner, der den Mond kannte, hatte Pirx auf dem Hinweg erklärt, daß die eigentliche Nachtkälte erst bevorstehe, denn der Fels sei noch nicht abgekühlt. Der richtige Frost trete erst eine Stunde nach Einbruch der Dunkelheit ein.

Man hatte vereinbart, daß Pnin sich von der Rakete noch einmal über Funk melden sollte, und so geschah es auch. Nach einer Stunde und zwanzig Minuten hörten sie seine Stimme, er hatte den Weg ohne Schwierigkeiten zurückgelegt. Sie wechselten nur ein paar Worte, denn der Start mußte unter schwierigen Bedingungen erfolgen – die Rakete hatte kein Lot, ihre Stützen waren tief in das Geröll gedrungen und wirkten dadurch wie mit Ballast beschwerte Anker. Sie beobachteten den Start, nachdem sie den stählernen Fensterladen beiseite geschoben hatten. Anfangs war nichts zu sehen, denn die Rippen des Hauptkammes verdeckten den Standort der Rakete, aber dann durchbohrte eine feurige Linie die dichte, gestaltlose Dunkelheit, umgeben von einem rostroten Schein – die Staubwolke, die zwischen dem Gestein des Lawinengeländes aufgewirbelt worden war, reflektierte das Licht des Düsenstrahls. Der feurige Schweif stieg höher und höher. Die Rakete selbst war nicht zu sehen, lediglich diese flammende Sehne. Sie wurde immer dünner, vibrierte und zerfiel in Streifen. Es war der normale Pulsschlag eines Triebwerkes, das mit voller Kraft arbeitete. Sie reckten die Köpfe gen Himmel und sahen das feurige Gleis, das zwischen den Sternen ruhte. Wenige Augenblicke später neigte sich die Spur und verschwand in elegantem Bogen hinter dem Horizont.

Sie waren allein. Es war dunkel. Sie hatten absichtlich alle Lichter gelöscht, um den Start besser beobachten zu können. Langner lächelte fein und trat gebeugt an den Tisch, auf dem sein Rucksack lag. Er entnahm ihm Bücher, eins nach dem anderen. Pirx, an der konkaven Wand lehnend, stand breitbeinig da wie an Deck eines Raumschiffes. Er trug alles in sich: die kühlen Kasematten von Luna-Hauptstation, die engen Flure des Hotels, die Aufzüge, die Touristen, die bis an die Decke sprangen und Pumexstückchen austauschten ... Dann den Flug zur Ziolkowski-Station, die hochgewachsenen Gastgeber, das silberne Netz des Radioteleskops zwischen Kamm und schwarzem Himmel, Pnins Erzählung, den zweiten Flug und diesen unheimlichen Weg durch eiskalte und glühende Felsen ... Er konnte es gar nicht fassen, daß er all das in den wenigen Stunden erlebt hatte. Die Zeit war zum Riesen geworden, sie hatte die Bilder erfaßt und verschlungen, und nun kehrten sie wieder und versuchten, sich gegenseitig den Rang streitig zu machen. Pirx schloß die schmerzenden, trockenen Lider.

Langner ordnete die Bücher auf dem Regal, und Pirx verstand ihn nun besser. Seine ruhigen Bewegungen resultierten nicht aus Stumpfsinn oder Gleichgültigkeit, und diese tote Welt erdrückte ihn nicht – sie diente ihm. Er war hergekommen, weil er es so gewollt hatte. Er kannte kein Heimweh, denn sein Zuhause waren Spektogramme, Ergebnisse von Berechnungen und die Orte, an denen sie entstanden. Er war überall zu Hause, wo er seinen Wissensdurst befriedigen konnte; er wußte, weshalb er lebte. Pirx hätte es nie gewagt, diesem nüchternen Menschen zu erzählen, daß er von romantischen Heldentaten träumte. Langner würde ihn anhören, ohne zu lächeln, und würde ohne Kommentar zu seiner Arbeit zurückkehren. Pirx beneidete ihn um diese Sicherheit, um dieses Selbstvertrauen, aber er spürte zugleich seine Fremdheit. Sie hatten sich nichts zu sagen, aber sie mußten gemeinsam diese beginnende Nacht durchstehen. Und auch den Tag danach, und dann noch eine Nacht ... Er ließ seine Augen durch die Kabine schweifen, als sähe er sie zum erstenmal. Konkave Wände mit Plastbeschlägen ... Ein hermetisch verschlossenes Fenster ... Deckenleuchten ... Ein paar farbige Reproduktionen zwischen den Regalen mit Fachliteratur und ein schmales, eingerahmtes Schild, auf dem die Namen all derer eingetragen waren, die vor ihnen in diesem Raum weilten. In den Ecken leere Sauerstoffflaschen, Konservenkisten, gefüllt mit Bruchstücken farbiger Mineralien, leichte Metallstühle mit Nylonsitzen ... Ein kleiner Tisch mit einer Lampe ... Durch die halb geöffnete Tür sah man die Apparatur der Funkstation.

Langner schuf Ordnung im Schrank, der voll von fotografischen Klischees war. Pirx trat hinaus. Von dem kleinen Gang ging es links zur Küche, geradeaus zur Kammer am Ausgang, und rechts lagen zwei winzige Zimmer. Pirx betrat das seine. Es enthielt ein Bett, einen Klappstuhl, ein Schreibpult, das man in die Wand schieben konnte, und ein kleines Regal. Die Decke war schräg wie in einer Mansarde und halbkugelig – entsprechend der Biegung der äußeren Panzerung.

Pirx kehrte in den Flur zurück. Die Tür der Druckkammer hatte abgerundete Ecken, die Ränder waren mit hermetisch abdichtendem Plast eingefaßt. Er sah ein Speichenrad und eine kleine Lampe, die aufleuchtete, wenn in der Druckkammer bei offener Außenklappe Vakuum herrschte. Das Lämpchen brannte nicht. Als er die kleine

Tür öffnete, flammten automatisch zwei andere Lampen auf. Er erblickte einen engen Raum mit kahlen Metallwänden. In der Mitte stand eine kleine Leiter, sie führte zur Klappe in der Decke. Unter der letzten Sprosse war noch eine mit Kreide umrissene Kontur zu erkennen, sie war schon halb verwischt: An dieser Stelle hatte man Savage gefunden – zusammengekrümmt und auf der Seite liegend. Man konnte ihn nicht hochheben, denn er war mit seinem eigenen Blut, das ihm aus Mund und Nase gedrungen war, an der rauhen Klappe festgefroren. Pirx betrachtete diese Kreidemarkierung, die kaum noch an die Silhouette eines Menschen erinnerte. Dann wich er zurück, verschloß die hermetische Tür und hob den Kopf: Er hörte Schritte. Langner war die Leiter hinaufgestiegen, die an der entgegengesetzten Seite des Flurs stand, und machte sich im Observatorium zu schaffen. Pirx steckte den Kopf durch die runde Öffnung in der Decke und erblickte ein verhülltes Teleskop, das einem kleinen Geschütz ähnelte, sowie Kameras der Astrographen und zwei größere Apparate – eine Wilsonkammer und eine Ölkammer mit Vorrichtungen zum Fotografieren von Spuren.

Die Station diente der Erforschung kosmischer Strahlen, und die Klischees, die dazu benutzt wurden, lagen überall herum: Ihre orangefarbenen Päckchen befanden sich zwischen Büchern, unter den Regalen, in den Schubladen, neben den Betten, sogar in der Küche. Und das war alles? Eigentlich ja – es sei denn, man zählte die großen Wasser- und Sauerstoffbehälter hinzu, die, fest in das Mondgestein eingelassen, unter dem Fußboden ruhten.

Über der Tür eines jeden Raumes befand sich ein rundes Kontrollgerät, das die Kohlendioxydmenge anzeigte. Darüber hing das perforierte Sieb der Klimaanlage, die lautlos arbeitete. Sie saugte Luft ein, reinigte sie vom Kohlendioxyd, gab die nötige Menge Sauerstoff hinzu, regulierte die Feuchtigkeit und preßte die Luft in die Kabinen zurück. Pirx freute sich über jeden Laut, der ihn aus dem Observatorium erreichte. Wenn die Geräusche verstummten, wuchs die Stille ins Unermeßliche, so daß er das Rauschen seines eigenen Blutes hörte – wie damals im »Irrsinnigen Bad«. Das »Bad« konnte man allerdings jederzeit verlassen . . .

Langner stieg herunter und bereitete das Essen. Er tat dies so leise und so geschickt, daß alles fertig war, als Pirx in die Küche kam. Sie sprachen kaum ein Wort. »Bitte das Salz!« – »Ist Brot in den Dosen?« – »Morgen müssen wir eine frische aufmachen.« – »Tee oder Kaffee?«

Das war alles. Pirx paßte nun diese Einsilbigkeit. Was aßen sie eigentlich? War es das dritte Mittagessen, das vierte – oder etwa schon das Frühstück des nächsten Tages? Langner sagte, er müsse die belichteten Klischees entwickeln. Er ging nach oben. Pirx hatte nichts zu tun, und er wußte, weshalb. Sie hatten ihn nur mitgeschickt, damit Langner nicht allein war. Von Astrophysik, von kosmischen Strahlen hatte er keine Ahnung, und Langner war viel zu beschäftigt, um ihn in der Bedienung des Astrographen zu unterweisen. Es hatte beim »Bad« den ersten Platz errungen, und die Psychologen behaupteten, er könne nicht wahnsinnig werden. Sie verbürgten sich für ihn. Er war also gezwungen, zwei Wochen Nacht, zwei Wochen Tag auszuhalten. Gott weiß, worauf er warten und worauf er achten sollte.

Diese »Aufgabe«, diese »Mission«, die ihm noch zwölf Stunden zuvor wie ein unwahrscheinliches Glück erschienen war, zeigte ihm nun ihr wahres Gesicht – das Gesicht einer gestaltlosen Leere. Wovor sollte er Langner und sich selbst schützen? Was für Spuren sollte er suchen? Und wo? Glaubten sie im Ernst, er könne etwas entdecken, was die glänzendsten Spezialisten übersehen hatten – Menschen, die den Mond seit Jahren kannten? Er war doch ein Idiot im Vergleich zu ihnen!

Pirx saß am Tisch. Er wußte, daß das Geschirr abgewaschen werden mußte, aber er rührte sich nicht. Er wußte auch, daß es darauf ankam, rasch wieder den Hahn zuzudrehen, denn Wasser war kostbar. Es wurde in Form von gefrorenen Blöcken hergebracht und in einer Zweieinhalb-Kilometer-Parabel-Bahn in den Kessel zu Füßen der Station geschossen. Das kostbare Naß durfte nicht vertropfen.

Aber Pirx rührte sich nicht. Seine Hand lag schlaff auf der Tischplatte. Er hob sie nicht. Sein Kopf war heiß und leer. Finsternis und Schweigen umgaben die stählerne Nußschale der Station. Er rieb sich die Augen – sie brannten, als habe jemand Sand hineingestreut. Nach einer Weile erhob er sich. Er tat dies so schwerfällig, als habe sich sein Gewicht verdoppelt. Er trug die schmutzigen Teller zum Spülbecken, warf sie hinein, daß es schepperte, und drehte den Warmwasserhahn auf. Während er sie von den erstarrten Fettresten säuberte, lächelte er über seine einstigen Träume. Sie waren auf dem Wege zum Mendelejew-Kamm von ihm abgefallen und so weit zurückgeblieben, daß sie nun lächerlich und fremd anmuteten, so fremd, daß er sich ihrer schämte.

Langner blieb immer derselbe – man konnte einen Tag oder ein Jahr mit ihm verbringen, ohne daß er sich änderte. Er arbeitete gern und regelmäßig. Niemals zeigte er Hast. Er hatte keine Laster und keine Schrullen. Wenn man gezwungen ist, mit einem Menschen längere Zeit auf engstem Raum zu leben, dann neigt man leicht dazu, sich über die geringste Kleinigkeit aufzuregen. Gereizt stellt man fest, daß der andere sich viel zu lange unter der Dusche aufhält, daß er sich weigert, Büchsen mit Spinat zu öffnen, weil er keinen Spinat verträgt, daß er sich nicht regelmäßig rasiert und mit seinen Bartstoppeln ungepflegt aussieht oder daß er sich viel zu oft rasiert und dauernd vor dem Spiegel Grimassen schneidet ... Langner aber bot ihm keinen Anlaß. Er aß alles – wenn auch ohne besonderen Appetit –, er hatte keine Launen, und er wusch ab, wenn es notwendig war. Über seine Arbeit verlor er kein Wort, aber wenn Pirx ihm Fragen stellte, antwortete er bereitwillig. Er mied Pirx nicht, drängte sich ihm aber auch nicht auf. Und eben diese Neutralität hätte Pirx vielleicht geärgert, zumal Langner gar nicht mehr so heldenhaft wirkte wie am ersten Abend. An diesem ersten Abend hatte Pirx ihn bewundert – im Grunde nicht wegen des »Heldentums«, sondern wegen der stoischen Ruhe des Wissenschaftlers.

Dieser erste Eindruck hatte sich jedoch verflüchtigt. Pirx sah in Langner, dessen Gesellschaft ihm aufgezwungen war, lediglich einen eintönigen Menschen, obwohl er nicht sagen konnte, daß dieser Mensch ihn langweilte. Er, Pirx, hatte vorläufig mehr als genug zu tun, er hatte eine Beschäftigung, die ihn völlig in Anspruch nahm. Nun, da er die Station und ihre Umgebung kannte, ging er nämlich noch einmal daran, alle Dokumente über den Unfall zu studieren.

Die Katastrophe hatte sich vier Monate nach Inbetriebnahme der Station ereignet. Entgegen allen Erwartungen war sie nicht im Morgengrauen oder in der Dämmerung vor Beginn der Mondnacht eingetreten, sondern mittags. Drei Viertel der überhängenden Platte des Adlerflügels stürzten ohne vorherige Anzeichen ein. Vier Männer waren Augenzeugen des Unglücks; sie hatten in der Station auf eine Nachschubkolonne gewartet.

Spätere Untersuchungen ergaben, daß die tiefen Einschnitte im Adlerflügel den kristallenen Gesteinsboden beschädigt und sein tektonisches Gleichgewicht gestört hatten. Die Engländer schoben die Schuld den Kanadiern zu, die Kanadier den Engländern. Die Loyalität der Partner des Britischen Commonwealth kam darin zum Ausdruck, daß beide Seiten geflissentlich die Warnungen Professor Animzews verschwiegen. Aber wie es sich auch verhielt – die Folgen der Katastrophe waren tragisch. Die vier Männer in der Station waren kaum eine Meile vom Schauplatz des Unglücks entfernt. Sie sahen, wie sich die blendend weiße Wand teilte, wie das ganze System der Keile und Lawinenschutzmauern barst, wie der Weg und die ihn stützende Formation fortgetragen wurden und ins Tal sanken. Das Tal glich über dreißig Stunden lang einem brodelnden Meer – innerhalb weniger Minuten hatte das in Aufruhr geratene Geröll die gegenüberliegende Wand des Kraters erreicht.

Im Bereich der Zerstörung hielten sich zwei Transporter auf. Einer der beiden wurde augenblicklich von einer zehn Meter dicken Geröllschicht begraben – man fand nie wieder eine Spur von ihm. Der zweite versuchte zu entkommen. Er befand sich bereits am oberen Wegabschnitt, also außerhalb des Lawinenstroms, aber ein gewaltiger Quader übersprang die Reste der Schutzmauer und fegte ihn in den dreißig Meter tiefen Abgrund. Der Fahrer öffnete im letzten Augenblick die Luke und sprang in das tobende Geröll. Er allein überlebte – aber er überlebte seine Gefährten nur um wenige Stunden, und diese Stunden wurden für alle anderen zur Hölle. Jener Mann, ein kanadischer Franzose namens Roget, blieb bei vollem Bewußtsein und rief aus dem Innern der weißen Wolke, die den ganzen Boden des Kraters bedeckte, um Hilfe. Sein Funkempfänger war beschädigt, doch der Sender funktionierte. Es war nicht möglich, ihn zu finden. Die Funkwellen brachen sich an den Felsblöcken und wurden mehrfach reflektiert. Die Blöcke hatten die Größe von mehrgeschossigen Häusern – die Menschen bewegten sich in dem Labyrinth, in dem die weiße Staubmilch brodelte, wie in den Ruinen einer Stadt. Alle Versuche, den Verunglückten anzupeilen, führten in die Irre. Durch den starken Eisensulfidgehalt des Gesteins war Radar wirkungslos. Nach einer Stunde, als am Sonnentor ein zweiter Steinfall niederging, wurde die Rettungsaktion abgebrochen. Die zweite Lawine war nicht groß, aber man befürchtete, daß sie weitere Einbrüche ankündigte. Man wartete also. Rogets Stimme war noch immer zu hören, besonders deutlich war sie auf der Station zu vernehmen. Der steinerne Kessel, in dem Roget stak, wirkte wie ein Reflektor. Nach drei Stunden kam Hilfe von der Ziolkowski-Station. Die Männer benutzten Raupenschlepper, doch die richteten sich auf dem lockeren Hang steil auf und drohten umzukippen – infolge geringerer Schwere ist der Neigungswinkel der Geröllhalden auf dem Mond größer als auf der Erde. Die Rettungsmannschaften wurden dorthin beordert, wo die Raupenfahrzeuge nicht weiterkamen. Sie durchkämmten dreimal das Gelände der Einsturzstelle. Einer der Männer stürzte in einen Spalt, und nur durch den sofortigen Transport zur Ziolkowski-Station und unverzügliche ärztliche Behandlung gelang es, ihn zu retten. Niemand zog sich zurück, denn man hörte noch immer Rogets Stimme, die allmählich schwächer wurde.

Roget verstummte erst fünf Stunden nach dem Unfall, aber auch als er schwieg, wußte man, daß er noch lebte. Jeder Skaphander hatte außer dem Sprechfunk einen automatischen Miniatursender, der mit dem Sauerstoffgerät verbunden war. Jeder Atemzug wurde durch elektromagnetische Wellen übermittelt und von einem besonderen Gerät auf der Station registriert – einem magnetischen Auge, das sich wie ein grün leuchtender Schmetterling ausbreitete oder zusammenzog. Diese phosphoreszierende Bewegung zeigte an, daß Roget zwar bewußtlos war, aber noch immer lebte. Das Pulsieren wurde schwächer und schwächer. Keiner der Männer konnte die Station verlassen. Man saß, eng aneinandergedrängt, und wartete auf den Tod des Unglücklichen.

Roget atmete noch zwei Stunden. Dann flackerte das grüne Licht im magischen Auge, schrumpfte zusammen und verharrte. Die Leiche fand man erst dreißig Stunden später, sie war zu Stein erstarrt. Der Leib war so zerfetzt, daß man nicht einmal den Skaphander öffnete. Man begrub den Toten in diesem halbzerdrückten metallischen Futteral wie in einem Sarg.

Später wurde ein neuer Weg angelegt; es war der Felspfad, den Pirx und Langner gegangen waren. Die Kanadier bereiteten sich darauf vor, die Station zu verlassen – aber ihre hartnäckigen englischen Kollegen lösten das Problem der Nachschublieferung auf eine Weise, wie sie zum erstenmal projektiert worden war, als man sich anschickte, den Mount Everest zu bezwingen. Sie wurde damals als irreal abgelehnt, aber nun, auf dem Mond, erwies sie sich als real.

Die Nachricht von der Katastrophe lief in unzähligen, oft widersprüchlichen Versionen um die Erde. Schließlich legte sich der Lärm, und die Tragödie ging in die Annalen der Mond-Eroberung ein. Auf der Station wechselten die diensthabenden Astrophysiker einander ab. Sechs Mondtage und Mondnächte vergingen, und es schien, daß der schwergeprüfte Ort keine Sensation mehr hergeben würde. Eines Tages, im Morgengrauen, stellte man in der Ziolkowski-Station fest, daß auf Mendelejew niemand antwortete. Auch diesmal rückte ein Trupp aus, um das unbegreifliche Schweigen zu ergründen. Die Männer landeten mit einer Rakete zu Füßen des Lawinengeländes am Adlerflügel.

Als sie die Kuppel erreichten, war der Krater noch in völlige Finsternis gehüllt. Lediglich unter dem Gipfel sprühte der stählerne Bau im Licht der fast waagerechten

Sonnenstrahlen. Die Ausgangsklappe war weit geöffnet. Darunter, zu Füßen der Leiter, lag Savage – in einer Haltung, als sei er von den Sprossen geglitten. Er war erstickt. Das Panzerglas seines Helms war geborsten. Später entdeckte man an der Innenfläche seiner Handschuhe winzige Spuren von Gesteinsstaub. Man entnahm daraus, daß er gerade von einer Kletterpartie zurückgekehrt war, aber man wußte es nicht genau – die Spuren konnten auch älter sein. Den zweiten Kanadier, Challiers, fand man erst nach einer systematischen Durchsuchung aller umliegenden Steige und Rinnen. Die Rettungsmannschaft, die sich abgeseilt hatte – die Seile waren dreihundert Meter lang –, förderte die Leiche am Sonnentor zutage. Sie lag etwa fünfzig Schritt von der Stelle entfernt, an der Roget umgekommen war.

Die Versuche, die Unfälle zu rekonstruieren, erschienen zunächst hoffnungslos. Niemand konnte eine Hypothese aufstellen, die einigermaßen wahrscheinlich war. Eine gemischte kanadisch-englische Kommission untersuchte das Unglück an Ort und Stelle.

Challiers' Uhr war um zwölf stehengeblieben. Mittags? Um Mitternacht? Man wußte es nicht. Savages Uhr stand auf zwei. Genaue Untersuchungen – sie wurden in der Tat mit peinlicher Genauigkeit durchgeführt – ergaben, daß die Feder völlig entspannt war. Die Uhr war also sicherlich nicht stehengeblieben, als Savage starb, sondern sie war noch eine Zeitlang weitergegangen.

In der Station herrschte die gewohnte Ordnung. Das Tagebuch, in das alle wesentlichen Ereignisse eingetragen wurden, enthielt nichts, was auch nur ein Quentchen Licht in das Dunkel bringen konnte. Pirx studierte Eintragung um Eintragung. Sie waren lakonisch abgefaßt. Um die und die Zeit wurden astrographische Messungen vorgenommen, soundso viele Platten wurden unter diesen und jenen

Bedingungen belichtet, die und die Beobachtungen wurden durchgeführt – nicht eine der stereotypen Notizen bezog sich auf das, was Challiers und Savage zugestoßen war.

Im Innern der Station herrschte nicht nur Ordnung: Alles zeugte davon, daß der Tod die Bewohner überrascht hatte. Man fand ein aufgeschlagenes Buch mit Randnotizen von Challiers' Hand; es lag unter einem zweiten, damit die Seiten nicht umblätterten, unter der noch brennenden Leselampe. Daneben fand man die Tabakspfeife; die glühende Asche war herausgefallen und hatte den Kunststoffbelag der Tischplatte leicht angesengt. Savage hatte gerade das Abendessen bereitet. In der Küche standen geöffnete Konservendosen und eine Schüssel mit Eierkuchenteig. Die Kühlschranktür stand halb offen, der kleine weiße Tisch war gedeckt: Zwei Gedecke, angeschnittenes trockenes Brot . . .

Einer von ihnen war also von der Lektüre aufgestanden und hatte die brennende Pfeife beiseite gelegt, wie man das gewöhnlich tut, wenn man für ein paar Minuten das Zimmer verlassen und gleich zurückkehren will. Der andere hatte die Zubereitung des Essens unterbrochen und war fortgegangen – fort von der Bratpfanne mit dem aufgelösten Fett . . . Er hatte sich nicht einmal die Zeit genommen, die Kühlschranktür zuzuschlagen.

Sie zogen die Skaphander an und gingen in die Nacht hinaus. Gleichzeitig? Oder einer nach dem anderen? Wohin? Und weshalb?

Seit zwei Wochen waren sie auf der Station, kannten die Umgebung ausgezeichnet. Die Nacht war übrigens schon fast vorüber. In zwölf Stunden etwa – das wußten sie – würde die Sonne aufgehen. Weshalb warteten sie nicht solange, wenn sie durchaus auf den Boden des Kraters klettern wollten? Hatten beide diese Absicht oder nur der eine? Challiers hatte sie auf jeden Fall, denn das bewies die

Stelle, an der er aufgefunden wurde. Er wußte genau wie Savage, daß es an Wahnsinn grenzte, auf die Felsenplatte unter dem Sonnentor zu steigen, wo der Weg plötzlich abriß. Das sanfte Gefälle ging dort in einen immer steileren Hang über, als wollte es zum Hinuntersteigen einladen, aber sechzig Schritt weiter klafften bereits die Einbruchstellen, die von der Katastrophe herrührten. Der neue Weg führte gerade, immer den Aluminiummasten folgend. Das wußte jeder, der nur ein einziges Mal auf der Station weilte – und ausgerechnet ein ständiger Mitarbeiter der Station wandte sich dem Abgrund zu! Warum? Um sich umzubringen? Steht jemand, der Selbstmord begehen will, von einer interessanten Lektüre auf, läßt das aufgeschlagene Buch zurück, legt die brennende Tabakspfeife beiseite und geht dem Tode entgegen?

Und Savage? Unter welchen Umständen war seine Helmscheibe gesprungen? War er im Begriff, die Station zu verlassen, oder kehrte er zurück? Wollte er Challiers suchen? Weshalb war er nicht mit ihm zusammen gegangen? Oder hatten sie die Station vielleicht doch gemeinsam verlassen? Wie konnte Savage seinem Kollegen dann gestatten, zum Abgrund hinunterzusteigen?

Fragen über Fragen . . .

Der einzige Gegenstand, der nicht an seinem Platz vorgefunden wurde, war ein Päckchen mit Klischees zur Aufnahme von kosmischen Strahlen. Es lag in der Küche auf dem kleinen weißen Tisch neben den leeren Tellern.

Die Kommission war zur folgenden Schlußfolgerung gelangt: An jenem Tage hatte Challiers Dienst. In die Lektüre vertieft, bemerkte er plötzlich, daß es elf war. Um diese Zeit mußte er die belichteten Klischees durch neue ersetzen. Die Klischees wurden außerhalb der Station der Belichtung ausgesetzt. Etwa hundert Schritt oberhalb des Abhangs befand sich, in den Felsen gehauen, ein kleiner, nicht sehr tiefer Schacht, dessen Wände mit Blei ausgelegt waren, damit die Klischees ausschließlich von Strahlen getroffen wurden, die vom Zenit kamen. Challiers stand also auf, legte Buch und Tabakspfeife beiseite, nahm das neue Klischeepäckchen an sich und zog den Skaphander an. Er verließ die Station durch die Druckkammer, begab sich zum Schacht, kletterte hinunter, wechselte die Klischees aus und wandte sich zum Gehen.

Auf dem Rückwege wich er vom Pfad ab. Das Sauerstoffgerät war nicht defekt – von einer Bewußtseinstrübung infolge von Sauerstoffmangel konnte also nicht die Rede sein. Der Skaphander war nach der Bergung des Verunglückten genau untersucht worden.

Die Kommission kam zu dem Schluß, Challiers sei einer plötzlichen Geistestrübung erlegen, sonst wäre er nicht vom Weg abgewichen. Es sei durchaus möglich, daß diese Geistestrübung durch einen Schwächeanfall hervorgerufen wurde – auf jeden Fall habe Challiers die Orientierung verloren. In dem Glauben, zur Station zurückzukehren, sei er geradewegs in den Abgrund gerannt, der etwa hundert Meter entfernt klaffte.

Savage war über das lange Ausbleiben des Kollegen beunruhigt. Er unterbrach die Zubereitung des Abendessens und versuchte, mit Challiers Funkverbindung aufzunehmen – man schloß dies aus der Einstellung des Senders. Das Gerät konnte natürlich auch zu einem anderen Zweck eingeschaltet worden sein – vielleicht wollte einer der Diensthabenden trotz der Störungen mit der Ziolkowski-Station in Verbindung treten –, aber erstens hatte man dort keine Signale empfangen – auch keine entstellten –, und zweitens war die Aufnahme einer Verbindung kurz vor Eintritt der Morgendämmerung nahezu unmöglich. Um diese Zeit waren die Störungen am stärksten, und Savage wußte das genauso gut wie Challiers.

Savage versuchte also, mit Challiers Funkverbindung aufzunehmen, und als das mißlang – Challiers lebte zu diesem Zeitpunkt nicht mehr –, lief er in die Dunkelheit hinaus und begann, seinen Gefährten zu suchen.

Vielleicht verirrte er sich, weil er über das unbegreifliche Schweigen Challiers' erregt war, vielleicht riskierte er zuviel – er war ja der erfahrenere und geschicktere Bergsteiger –, jedenfalls stürzte er bei seiner halsbrecherischen Suche, und dabei zerbrach das Glas des Helms. Er preßte die Hand auf die Öffnung, erreichte mit letzter Kraft die Station und kletterte zur Klappe. Bevor er jedoch die Klappe schließen und Luft in die Kammer lassen konnte, war der Rest des Sauerstoffs entwichen. Savage verlor das Bewußtsein, stürzte von der letzten Sprosse der Leiter und erstickte innerhalb weniger Sekunden.

Diese Auslegung der doppelten Tragödie war für Pirx wenig überzeugend, und deshalb begann er, sich mit den charakteristischen Wesenszügen und Eigenheiten der beiden Kanadier vertraut zu machen. Sein besonderes Interesse galt Challiers, der – dem Bericht der Kommission zufolge – seinen eigenen Tod und den Tod seines Gefährten verursacht hatte. Challiers, fünfunddreißig Jahre alt, war ein bekannter Astrophysiker, aber auch ein gewandter Alpinist. Er erfreute sich bester Gesundheit – er war nie krank, er kannte keine Schwindelanfälle. Früher hatte er auf der »irdischen« Hemisphäre des Mondes gearbeitet, er war der Begründer der Akrobatischen Gymnastik, dieser besonderen Mond-Sportart, deren Adepten bei einem Absprung zehn Salti vor der Landung auf gekrümmten Beinen vollführen – oder eine Pyramide von fünfundzwanzig Menschen auf ihren Schultern halten können! Und dieser Challiers hatte plötzlich, ohne jede Ursache, einen Schwächeanfall erlitten, hundert Schritt von der Station entfernt? Er war nicht imstande, über den breiten, leicht abschüssigen

Hang zur Station zurückzukehren, aber er war kräftig genug, in die entgegengesetzte Richtung zu klettern? Um den Teil des Weges zu erreichen, der erhalten geblieben war, mußte er nämlich Felsbrocken überwinden, die sich an dieser Stelle auftürmten – und das bei völliger Dunkelheit!

Dann gab es noch eine Einzelheit, die nach Pirx' Meinung – aber nicht nur nach seiner – zu der offiziellen Version im Widerspruch stand. Auf der Station herrschte Ordnung, aber es gab einen Gegenstand, der nicht an seinem Platz war: das Klischeepäckchen in der Küche. Challiers schien nicht nur hinausgegangen zu sein, um die Klischees auszuwechseln, sondern er schien sie tatsächlich ausgewechselt zu haben. Anschließend – so überlegte Pirx – war er keineswegs in die falsche Richtung gelaufen und über den Geröllwall geklettert, sondern in die Station zurückgekehrt. Das bewiesen die Klischees. Er hatte sie auf den Küchentisch gelegt. Warum gerade dorthin? Und wo war Savage? Die Kommission behauptete, daß die belichteten Klischees, die in der Küche lagen, aus der vorherigen, der morgendlichen Exposition stammten. Einer der Wissenschaftler habe sie zufällig auf den Tisch gelegt. Bei Challiers Leiche wurden allerdings keine Klischees gefunden. Die Kommission erklärte zu dieser Tatsache, daß Challiers das Päckchen offenbar verloren habe, als er in die Tiefe stürzte. Sicherlich sei es in eine der tausend Spalten des Gerölls gerutscht und spurlos verschwunden.

Pirx vermochte sich nicht des Eindrucks zu erwehren, daß die Kommission nicht die Hypothesen den Tatsachen, sondern die Tatsachen der Hypothese angepaßt hatte. Er steckt die Protokolle in die Schublade, denn er kannte sie nun auswendig. Er sagte sich – und er kleidete diesen Gedanken nicht in Worte, denn er war sich seiner Sache sicher –, daß die Lösung des Geheimnisses nicht in der Psyche der beiden Kanadier zu suchen sei.

Einen Schwindelanfall hat es nicht gegeben . . ., überlegte er. Von Ohnmacht oder Geistestrübung kann genausowenig die Rede sein . . . Die Tragödie hat andere Ursachen – das Geheimnis ist irgendwo innerhalb oder außerhalb der Station verborgen . . . Pirx begann, das Innere der Station zu untersuchen. Nicht daß er Spuren suchte – er studierte die Einrichtung, und er brauchte sich nicht zu beeilen, denn er hatte genug Zeit. Zunächst sah er sich die Druckkammer an. Die Kreidemarkierung zu Füßen der kleinen Leiter war noch immer zu erkennen. Er begann mit der Innentür. Bei offener Klappe ließ sie sich nicht öffnen, und dadurch waren Unfälle ausgeschlossen. Zwar ging die Tür nach innen auf, und der in der Station herrschende Druck hätte sie mit einer Kraft von fast achtzehn Tonnen zugeschlagen, aber dieser Umstand allein bot keine absolute Sicherheit. Zwischen Tür und Rahmen konnte sich eine Hand oder irgendein harter Gegenstand befinden – ein Werkzeug zum Beispiel –, und das würde zu einer explosiven Flucht der Luft ins Vakuum führen. Die Sache mit der Klappe war insofern komplizierter, als ihr Zustand durch ein zentrales Verteilergerät, das in der Funkstation untergebracht war, signalisiert wurde. Beim Öffnen der Klappe flammte ein rotes Lämpchen auf, und gleichzeitig schaltete sich das grüne Signal ein. Bei diesem Signal handelte es sich um ein gläsernes Auge in einem Nickelring, das im Zentrum einer ebenfalls verglasten Scheibe des Lokalisators installiert war. Ein regelmäßiges Zucken des »Schmetterlings« im Auge meldete, daß der außerhalb der Station befindliche Mensch normal atmete – überdies zeigte der leuchtende Streifen auf der in Segmente eingeteilten Scheibe des Lokalisators an, wo sich dieser Mensch befand. Der Leuchtstreifen kreiste entsprechend den Umdrehungen der Radarantenne, die auf der Kuppel angebracht war, und zeigte die schimmernden Konturen der näheren Umgebung der

Station. Der Strahl, der wie ein Uhrzeiger kreiste, erhellte den Radarschirm – die Wellen wurden mehrfach zurückgeworfen, und der metallene Skaphander des Menschen erschien auf dem Schirm als Lichtschein von besonderer Stärke. Wenn man diesen länglichen, smaragdgrünen Fleck genau beobachtete, konnte man die Richtung kontrollieren, die der Mensch einschlug, denn er bewegte sich über einen schwächer leuchtenden Untergrund. Der obere Teil des Schirms entsprach dem Gelände unter dem nördlichen Gipfel, wo sich der Prüfschacht befand; die untere Hälfte zeigte die südliche Zone an, die zu den Abgründen führte und die des Nachts nicht betreten werden durfte.

Der »atmende Schmetterling« und die Radarlokalisierung arbeiteten voneinander unabhängig. Der »Schmetterling« wurde von einem Sender betätigt, der mit den Sauerstoffventilen des Skaphanders verbunden war und auf einer Frequenz arbeitete, die nahe dem Infrarot lag, der Strahl des Lokalisators – auf der Einhalbzentimeterwelle. Die Instruktion sah vor, daß sich immer nur ein Mitarbeiter außerhalb der Station aufhalten durfte. Der andere hatte währenddessen das »Auge« und den Lokalisator zu beobachten. Bei einem Unfall war er selbstverständlich verpflichtet, dem Kameraden auf dem schnellsten Wege zu Hilfe zu eilen.

In der Praxis galt das Auswechseln der Klischees im Schacht als ein harmloser, kurzer Ausflug. Der Zurückbleibende konnte, wenn er die Küchentür und die Tür zur Funkstation öffnete, die Apparatur beobachten, ohne das Kochen zu unterbrechen. Es war auch möglich, eine Sprechverbindung über Funk aufrechtzuerhalten, mit Ausnahme einiger weniger Stunden vor dem Morgengrauen, denn das Nahen des Terminators, der Grenzlinie zwischen Tag und Nacht, kündigte sich durch einen Hagel von Geräuschen an, die ein Gespräch unmöglich machten.

Pirx untersuchte gewissenhaft das Spiel der Signale. Wenn die Klappe geöffnet wurde, leuchtete das rote Lämpchen am Schaltpult auf. Der grüne »Schmetterling« leuchtete, aber er bewegte sich nicht, und seine »Flügel« waren zu schmalen Fäden zusammengeschrumpft – es fehlten die Signale von außen. Der Strahl des Lokalisators kreiste regelmäßig auf der Scheibe und beschwor darauf die unbeweglichen Silhouetten der felsigen Umgebung. Er erstrahlte an keiner Stelle seines Umlaufs und bestätigte die Meldung des Atmungszeigers, daß sich kein Skaphander in seinem Wirkungsbereich befand.

Es versteht sich von selbst, daß Pirx die Apparatur besonders interessiert beobachtete, wenn Langner hinausging, um die Klischees auszuwechseln.

Das rote Lämpchen flammte auf und verlosch – Langner schloß die Klappe von außen. Der grüne »Schmetterling« begann zu pulsieren. Das Pulsieren beschleunigte sich nach wenigen Minuten unerheblich denn Langner ging ziemlich rasch den Hang hinauf und atmete stärker. Der helle Schein seines Skaphanders war auf dem Schirm bedeutend länger zu sehen als die Felskonturen, die sogleich verloschen, wenn der Leitstrahl vorüber war. Dann schrumpfte der »Schmetterling« plötzlich und klappte die Flügel zusammen – der Schirm war leer, der Schein des Skaphanders verschwand. Langner war in den Schacht gestiegen, dessen Bleiwände den Strom der Signale abschnitten. Gleichzeitig flammte auf dem Hauptschaltbrett purpurn das Wort ALARM auf, und das Bild, das im Lokalisator zu sehen war, änderte sich. Die Radarantenne, die immer noch mit der gleichen Bewegung kreiste, verringerte ihren Neigungswinkel, um nacheinander immer weitere Segmente des Geländes zu durchkämmen. Das geschah, weil die Apparatur nicht wußte, was sich ereignet hatte: der Mensch war plötzlich aus dem Bereich ihrer elektromagnetischen Macht verschwunden. Nach drei, vier Minuten begann der »Schmetterling« wieder zu fächeln, das Radargerät fand den Verlorenen wieder, beide voneinander unabhängigen Systeme registrierten seine erneute Gegenwart. Langner hatte den Schacht verlassen und kehrte zurück. Das Alarmzeichen leuchtete noch immer, man mußte es ausschalten. Tat man das nicht, so besorgte das nach zwei Stunden der Zeitausschalter – die Apparatur sollte nicht zuviel Strom verbrauchen, denn in der Nacht schöpften sie nur aus den Akkus. Am Tage lud die Sonne die Akkus auf.

Pirx stellte fest, daß die Apparatur nicht sonderlich kompliziert arbeitete. Langner mischte sich in diese Experimente nicht ein. Er glaubte den Protokollen. So oder ähnlich müsse sich das Unglück abgespielt haben, sagte er. Außerdem war er der Meinung, daß sich Unfälle nicht vermeiden ließen.

»Die Klischees?« erwiderte er auf Pirx' Einwurf. »Die Klischees haben gar keine Bedeutung. Wenn man zerstreut ist, passieren einem noch ganz andere Sachen. Die Logik verläßt uns viel früher als das Leben, und dann beginnt jeder sinnlos zu handeln.« Pirx verzichtete auf eine weitere Diskussion.

Die zweite Woche der Mondnacht neigte sich ihrem Ende zu. Nach allen Untersuchungen wußte Pirx genausoviel wie zuvor. Soll der tragische Unfall tatsächlich für immer unaufgeklärt bleiben? fragte er sich. Vielleicht gehörte er zu den Ereignissen, die in Millionen von Fällen eben einmal vorkommen und die sich nicht rekonstruieren lassen . . . Nach und nach ging er dazu über, Langner ein wenig zu helfen. Etwas mußte er ja schließlich tun, um die langen Stunden auszufüllen. Er lernte den Astrographen bedienen. Es ist also doch nur ein gewöhnliches Ferienpraktikum, sagte er sich. Er übernahm es, zum Schacht zu gehen, in dem die Klischees belichtet wurden, das heißt, er wechselte sich mit Langner ab.

Das Morgengrauen nahte, das Pirx ungeduldig erwartete. Er gierte förmlich nach Neuigkeiten aus aller Welt und drehte am Radio herum, aber das einzige, was er dem Empfänger entlockte, waren knackende und pfeifende Geräusche – ein Spektakel, der den nahen Sonnenaufgang ankündigte. Nach dem Frühstück war es Zeit, die Platten zu entwickeln. Mit einer beschäftigte sich Langner besonders intensiv, er hatte die wunderbar klare Spur eines Mesonenzerfalls entdeckt. Begeistert rief er Pirx ans Mikroskop, aber der zeigte sich für die Reize von Kernveränderungen nicht empfänglich. Dann nahmen sie das Mittagessen ein, und danach hielten sie sich am Astrographen auf und beobachteten den Sternenhimmel. Die Zeit zum Abendbrot rückte näher. Langner machte sich bereits in der Küche zu schaffen, als Pirx im Vorübergehen den Kopf durch den Türspalt steckte und seinem Gefährten sagte, daß er hinausgehen wolle. Langner studierte gerade ein kompliziertes Rezept auf der Schachtel mit Eierkuchenpulver. Er brummte Pirx nur zu, er solle sich beeilen, die Omeletten wären in zehn Minuten fertig.

Pirx war bereits im Skaphander, er hielt das Päckchen mit den Klischees in der Hand und überprüfte, ob die Klemmen den Helm gut an den Kragenansatz drückten. Er öffnete beide Türen – die zur Küche und die zur Funkstation – und betrat die Kammer. Er schlug die hermetische Tür hinter sich zu, kroch nach oben, öffnete die Klappe – verschloß sie jedoch nicht, weil er rasch zurückkehren wollte. Pirx sah nichts Gefährliches in seinem Verhalten, denn Langner hatte ja nicht vor, ebenfalls hinauszugehen.

Die Finsternis des Alls umfing ihn. Die irdische kommt ihr nicht nahe, denn die Atmosphäre leuchtet immer mit der schwach erregten Strahlung des Sauerstoffs. Pirx sah auf, er erblickte die Sternbilder, deren Muster an einigen Stellen unterbrochen war. Nur daran erkannte er die hoch aufragenden Felsen. Er stellte den Stirnreflektor an, dessen Lichtschein auf dem Boden tanzte, und erreichte den Schacht. Er setzte die Beine in den schweren Stiefeln über den Rand – an die geringe Schwere auf dem Mond gewöhnt man sich leicht; schwieriger ist es, sich nach der Rückkehr auf die Erde an Lasten zu gewöhnen –, ertastete blindlings die erste Sprosse, kroch hinunter und ging daran, die Klischees auszuwechseln. Als er sich niederkauerte und über den Ständer beugte, begann das Licht seines Reflektors zu flimmern und verlosch. Er bewegte sich, schlug mit der Hand gegen den Helm – das Licht flammte wieder auf. Die Glühbirne war also heil, nur der Kontakt war defekt. Er begann die belichteten Platten einzusammeln. Der Schein des Reflektors huschte ein paarmal über sie hinweg und verlosch ein zweites Mal. Pirx hockte ein paar Sekunden in absoluter Dunkelheit, er wußte nicht, was er tun sollte. Der Rückweg war kein Problem – er kannte ihn auswendig. Außerdem brannten auf dem Gipfel der Station zwei Lichter, ein grünes und ein blaues. Aber es konnte passieren, daß er die Klischees zerschlug. Noch einmal stieß er mit der Faust gegen den Helm – der Reflektor flammte auf. Rasch notierte er die Temperatur, steckte die belichteten Klischees in die Kassetten – aber als er die Kassetten ins Futteral steckte, verlosch der Reflektor zum drittenmal. Pirx legte die Klischees beiseite und schlug ein paarmal hintereinander auf den Helm. Wenn er stand, brannte das Licht, aber sobald er sich bückte, verlosch es. Eine Weile war er gezwungen, in einer völlig unnatürlichen Haltung zu arbeiten, und schließlich brannte das Licht überhaupt nicht mehr, es halfen auch keine Schläge. Solange er die Klischees nicht eingesammelt hatte, konnte er nicht zur Station zurückkehren. Er lehnte sich mit dem Rücken gegen die tiefste Sprosse, schraubte den äußeren Deckel des Reflektors ab, drückte den Quecksilberbrenner tiefer in die Fassung und drehte den Deckel wieder fest. Licht hatte er nun, aber der Zufall wollte es, daß das Gewinde sich immer wieder lockerte. Er versuchte es auf verschiedene Weise, hatte jedoch keinen Erfolg. Voller Ungeduld steckte er den Deckel mit dem äußeren Glas des Reflektors in die Tasche, las rasch die Klischees auf, ersetzte sie durch neue und kletterte nach oben.

Als er etwa einen halben Meter von der Öffnung des Schachtes entfernt war, glaubte er einen zweiten Schein zu sehen, der sich in das weiße Licht seines Reflektors mischte. Das Ganze dauerte nur einen Augenblick. Pirx schaute auf, aber durch die Schachtöffnung waren nur Sterne zu sehen.

Ach was, eine Täuschung! dachte er.

Er kroch aus dem Schacht, aber eine unklare Unruhe erfaßte ihn. Er ging nicht, er lief. Er lief in langen Sätzen, obwohl diese Mondsprünge entgegen allem, was man darüber hört, durchaus nicht den Lauf beschleunigen: Die Sprünge sind weit, aber dafür schwebt man und bewegt sich viel langsamer als auf der Erde. Als Pirx die Station erreichte und schon die Hand auf das Geländer legte, erblickte er den seltsamen Lichtschein zum zweitenmal. Es war, als habe jemand eine Leuchtkugel in südlicher Richtung abgeschossen. Die Leuchtkugel selbst sah er nicht – die Station war im Wege –, er sah lediglich einen gespenstischen Widerschein, der die Felsabhänge erhellte. Sie tauchten aus der Schwärze auf und verschwanden wieder. Wie ein Affe kletterte er blitzschnell auf den Gipfel der Kuppel. Er hätte gern eine Leuchtkugel abgeschossen, aber er hatte keine Pistole bei sich. Er schaltete seinen Empfänger ein, hörte aber nur knackende Geräusche. Die Klappe war offen – Langner war also drinnen.

Ich Idiot! sagte er sich plötzlich. Das wird natürlich keine Leuchtkugel gewesen sein, sondern ein Meteor! Meteore kann man zwar nicht sehen, denn der Mond hat keine Atmosphäre, aber sie leuchten auf, wenn sie mit kosmischer Geschwindigkeit in die Felsen einschlagen.

Er sprang zur Kammer, verschloß von innen die Klappe. Das Einlassen der Luft nahm einige Zeit in Anspruch. Die Zeiger kletterten, bis der richtige Druck herrschte: 0,8 kg pro Quadratzentimeter. Dann öffnete er die Tür und stürzte in den Korridor. Im Laufen nahm er den Helm ab.

»Langner!«

Schweigen . . . Pirx, immer noch im Skaphander, rannte in die Küche – sie war leer. Auf dem Tisch die Teller für das Abendbrot, im Tiegel Eierkuchenteig, die Pfanne neben der eingeschalteten Flamme . . .

»Langner!« brüllte er und warf die Klischees auf den Tisch. Er eilte zur Funkstation – sie war ebenfalls leer. Eine innere Stimme sagte ihm, daß es keinen Sinn habe, im Observatorium nachzusehen. Langner war draußen, und der Lichtschein stammte tatsächlich von Leuchtkugeln! Er hatte geschossen! Aber weshalb war er hinausgegangen?

Plötzlich erblickte er ihn. Der »Schmetterling« bewegte sich – sein Gefährte atmete, lebte. Der Radarstrahl erfaßte einen kleinen, scharfen Schein – im untersten Teil des Schirms! Langner ging zum Abgrund . . .

»Langner! Halt! Halt, hörst du? Halt!« schrie er ins Mikrofon, ohne den Blick vom Schirm zu wenden.

Der Lautsprecher krächzte. Störungsgeräusche. Die grünlichen Flügel fächelten nicht mehr gleichmäßig wie bei einem normalen Atemvorgang – sie bewegten sich langsam, unsicher. Manchmal erstarben sie eine Weile, als ob Langners Apparat aufgehört habe zu arbeiten. Der scharfe Schein im Radar war bereits weit entfernt. Auf dem Koordinatennetz tauchte er ganz unten auf – das bedeutete, daß er anderthalb Kilometer in gerader Linie entfernt war, also bereits irgendwo zwischen den hoch aufragenden senkrechten Platten unter dem Sonnentor. Er bewegte sich nicht, er erschien bei jeder Drehung des Leitstrahls an der gleichen Stelle. War er gestürzt? War er bewußtlos?

Pirx rannte in die Druckkammer. Er war schon an der hermetischen Tür, da fiel ihm ein, daß er in der Küche etwas gesehen hatte, etwas Schwarzes auf dem weißgedeckten Tisch: die Fotoplatten, die er mitgebracht und achtlos hingeworfen hatte ... Betroffen stand er in der Kammer. Er hielt den Helm in der Hand und rührte sich nicht vom Fleck.

Genau wie damals ... Genau so! dachte er. Langner bereitet das Abendbrot und geht plötzlich hinaus ... Ich gehe ihm nach, und wir kehren beide nicht zurück. Die Klappe bleibt offen. In wenigen Stunden beginnt die Ziolkowski-Station, uns zu rufen. Niemand wird antworten ...

Etwas schrie in ihm: Idiot, geh! Worauf wartest du? Er liegt dort! Vielleicht hat ihn eine Lawine erfaßt! Hier drinnen kann man ja nichts hören ... Er lebt noch – er ist gestürzt, er kann sich nicht bewegen, aber er lebt, er atmet ...

Er stand da, ohne sich zu rühren. Plötzlich kehrte er um, stürzte in die Funkstation, sah sich die Zeiger genauer an. Alles war unverändert. Die »Flügel« des »Schmetterlings« bewegten sich nur noch im Abstand von vier bis fünf Sekunden – zitternd, unsicher, zögernd. Der Schein auf dem Radarschirm glomm am Rande des Abgrunds ...

Pirx überprüfte den Neigungswinkel der Antenne. Er war minimal. Sie erfaßte nicht mehr die nähere Umgebung der Station – sie sendete Impulse im maximalen Bereich.

Er hielt sein Gesicht dichter an den Atmungszeiger und erblickte etwas Merkwürdiges. Der grüne »Schmetterling« bewegte nicht nur die »Flügel«, sondern er zitterte ganz regelmäßig. Er schien nicht nur auf den Atemrhythmus von Langner, sondern auch auf einen zweiten, bedeutend rascheren, zu reagieren. Agonales Zittern? Konvulsionen? Langner lag im Sterben, und er, Pirx, starrte gierig auf die Bewegungen des Auges und verfolgte den doppelten Rhythmus der »Flügel«. Unversehens – er wußte selbst nicht, warum – ergriff er das Antennenkabel und riß es aus dem Kontakt. Und es geschah etwas Verblüffendes: Der »Schmetterling«, isoliert von den äußeren Impulsen, fächelte weiter, anstatt zu erstarren . . .

Völlig verblüfft, stürzte er zum Schaltpult und vergrößerte den Neigungswinkel der Antenne: Der ferne Schein, der unter dem Sonnentor verharrte, begann zum Rand des Schirms zu wandern. Das Radar erfaßte immer näher gelegene Sektoren der Umgebung, bis plötzlich ein zweiter Schein sichtbar wurde – er war weit größer und stärker. Ein zweiter Skaphander!

Ein Mensch. Ein Mensch, der sich bewegte. Langsam, regelmäßig stieg er hinab, er umging alle Hindernisse, denn er wich mal nach links, mal nach rechts aus und strebte geradewegs dem Sonnentor zu, dem zweiten, fernen Funken entgegen . . .

Pirx starrte sich fast die Augen aus dem Kopf. Es waren tatsächlich zwei Funken, ein naher, der sich bewegte, und ein ferner, der sich nicht rührte. Zwei Mann waren auf der Station – Langner und er. Der Apparat hingegen sah einen dritten. Er log also.

In kürzester Zeit, als nötig war, um alles zu durchdenken, war er in der Kammer. Eine Minute später stand er mit der Leuchtpistole auf dem Dach der Kuppel und schoß Signalraketen ab. Er zielte senkrecht nach unten, immer in dieselbe Richtung – zum Sonnentor. Er schaffte es kaum, die heißen Patronenhülsen auszuwerfen. Der schwere Kolben der Leuchtpistole hüpfte in seiner Hand. Man hörte keinen Knall. Wenn er den Abzug betätigte, gab es einen leichten Rückstoß; die Feuerstreifen glühten auf, giftgrün und purpurn. Sie zerplatzten in rote Tropfen, in Saphirsterne ... Pirx schoß wahllos, er achtete nicht auf die Farben der Patronen. Endlich kam Antwort. Ein orangefarbener Stern stieg aus der unendlichen Finsternis, er explodierte hoch über der Station und erhellte die Umgebung. Wie zur Belohnung regnete es bunte Straußenfedern auf Pirx herab. Ein zweiter Schuß folgte, ein Regen aus Safrangold ...

Pirx schoß, und Langner antwortete. Das Mündungsfeuer kam näher, und dann erblickte Pirx im Schein der Leuchtkugeln Langners gespenstische Silhouette. Schwäche übermannte ihn. Sein ganzer Körper bedeckte sich mit Schweiß. Er troff, als sei er gerade aus einem Bad gestiegen. Ohne die Leuchtpistole loszulassen, setzte er sich auf den Rand der Öffnung; er spürte, daß ihm die Knie zitterten. Er ließ die Beine in die Kammer baumeln und wartete, schwer atmend, bis Langner die Station erreichte.

Das Ganze hatte sich folgendermaßen abgespielt: Pirx ging hinaus, und Langner beschäftigte sich in der Küche, ohne die Apparatur zu beobachten. Erst nach geraumer Zeit – wieviel Minuten vergangen waren, wußte er nicht zu sagen – fiel sein Blick auf die Instrumente. Das geschah zu der Zeit, als Pirx an seinem Reflektor herumbastelte. Als er aus dem Blickfeld des Radargerätes verschwunden war, begann der Automat den Neigungswinkel der Antenne zu verringern, und zwar so lange, bis das rotierende Strahlenbündel den unteren Teil des Sonnentores berührte. Langner erblickte dort einen Schimmer, den er für einen Skaphander hielt. Das magische Auge, das nur noch zitterte, weil Pirx in dem Bleischacht saß, bestärkte ihn in diesem Glauben. Er ist bewußtlos, er erstickt! dachte Langner. Er zog, ohne zu zögern, den Skaphander an und rannte hinaus.

Der Radarschirm zeigte in Wirklichkeit die erste Aluminiumstange, die dicht über dem Abgrund stand. Langner hätte seinen Irrtum vielleicht erkannt, aber der »Schmetterling« schien den Hinweis des Radargerätes zu bestätigen.

Die Zeitungen schrieben dann, eine elektronische Apparatur kontrolliere sowohl das »Auge« als auch das Radargerät. Es handelte sich um ein Elektronenhirn, das damals, bei der Katastrophe, den Atemrhythmus des Kanadiers Roget festgehalten habe. Jedesmal, wenn eine ähnliche Situation eintrete, wiederhole das Elektronenhirn diesen Rhythmus. Es sei also eine Art bedingter Reflex entstanden.

In Wirklichkeit verhielt sich die Sache viel einfacher. Auf der Station gab es gar kein »Elektronenhirn«, sondern nur eine gewöhnliche automatische Anlage, die bar jedes »Gedächtnisses« war. Der »agonale Atemrhythmus« entstand, weil ein kleinerer Kondensator durchgebrannt war – das machte sich aber nur bemerkbar, wenn die Ausgangsklappe geöffnet wurde. Die Spannung sprang von einer Leitung in die andere, und im Netz des magischen Auges entstand ein Zittern. Nur auf den ersten Blick erinnerte das an das Atmen eines Sterbenden. Wenn man genauer hinsah, konnte man mühelos das unnatürliche Beben der grünen Flügel erkennen.

Langner war auf dem Weg zum Abgrund – wo sich Pirx aufhielt, wie er glaubte. Er erhellte sich den Weg mit dem Reflektor, und an besonders schwierigen Stellen schoß er Leuchtkugeln ab. Zwei Abschüsse hatte Pirx bemerkt, als er zur Station zurückkehrte. Pirx wiederum begann nach vier oder fünf Minuten Leuchtkugeln abzufeuern, um Langner zurückzurufen – und damit hatte ihr Abenteuer ein Ende.

Bei Challiers und Savage hatte sich die Sache anders abgespielt.

Vielleicht hatte auch Savage – so wie Langner – seinem Gefährten zugerufen: »Beeil dich!«, aber es kann auch sein, daß Challiers sich nur deshalb so beeilte, weil er rasch wieder zu seiner interessanten Lektüre zurückkehren wollte oder weil er sich verspätet hatte. Wie dem auch sei – er hatte die Klappe nicht verschlossen. Das allein hätte noch keine schlimmen Folgen ausgelöst, auch nicht, wenn man den Fehler in der Apparatur berücksichtigte. Erforderlich war noch etwas anderes – ein zufälliges Zusammenspiel von Faktoren: Irgend etwas hatte auch Challiers bewogen, sich ein wenig länger im Schacht aufzuhalten – und zwar so lange, bis die Radarantenne, die sich bei jeder Umdrehung um mehrere Grade hob, die Aluminiumstange über dem Abgrund gefunden hatte.

Was hatte Challiers aufgehalten? Das war nicht bekannt. Ein Schaden des Reflektors bestimmt nicht, das geschieht selten. Etwas jedoch hatte seine Rückkehr hinausgezögert, bis schließlich auf dem Schirm der fatale Schein aufgetaucht war, den Savage, wie später auch Langner, für einen Skaphander gehalten hatte. Die Verspätung betrug mindestens dreizehn Minuten – das wurde durch Versuche festgestellt.

Savage ging zum Abgrund, um Challiers zu suchen. Challiers, der inzwischen vom Schacht zurückgekehrt war, fand die Station leer. Er erblickte das gleiche Bild wie Pirx und ging seinerseits hinaus, um Savage zu suchen. Vielleicht hatte Savage, als er am Sonnentor eintraf, zu spät bemerkt, daß das Radargerät nur die Metallstange erfaßt hatte, die im Geröll steckte. Vielleicht war er auf dem Rückweg gestürzt und hatte sich die Scheibe des Skaphanders zerschlagen. Andererseits war nicht auszuschließen, daß er den »Irrtum« der Apparatur nicht entdeckt hatte, sondern daß er nach vergeblicher Suche an eine steile Stelle geraten und abgestürzt war. All diese Einzelheiten ließen sich nicht aufhellen. Die beiden Kanadier waren jedenfalls umgekommen.

Das Unglück konne sich nur im Morgengrauen ereignet haben. Denn hätte es keine Störungen gegeben, wären die beiden jederzeit in der Lage gewesen, sich über Funk zu verständigen. Derjenige, der in der Station verblieben war, hätte zu diesem Zweck nicht einmal die Küche zu verlassen brauchen. Das Unglück konnte sich darüber hinaus nur bei offener Klappe ereignen, denn der Fehler in der Apparatur stellte sich nur ein, wenn diese Klappe unverschlossen war. Wenn man es besonders eilig hat, erreicht man oft das Gegenteil – man verliert mehr Zeit als gewöhnlich, man läßt einen Gegenstand fallen, man stößt sich . . .

Das Radarbild ist nicht sehr deutlich. Eine Metallstange, die nahezu zwei Kilometer entfernt ist, läßt sich ohne weiteres mit einem Skaphander verwechseln. Wenn solche Umstände zusammentreffen, ist ein Unglück nicht nur möglich, sondern sogar wahrscheinlich. Der Zurückbleibende – fügen wir es der Vollständigkeit halber hinzu – hätte sich innerhalb der Station aufhalten können, wo immer er wollte, er hätte das Unglück nicht verhindert. Nur wenn er von Anfang an in der Funkstation gewesen wäre, hätte er gesehen, daß sein Gefährte keinesfalls in die Irre lief, und er hätte den Schein auf dem Schirm nicht für einen Skaphander gehalten.

Challiers war nicht zufällig so nahe an der Stelle gefunden worden, an der schon Roget umgekommen war. Er war an der Stelle in den Abgrund gestürzt, die durch den Aluminiummast gekennzeichnet war. Der Mast stand dort, um vor dem Abgrund zu warnen; Challiers ging in diese Richtung, weil er glaubte, zu Savage zu gehen.

Der physische Mechanismus des Vorfalls war von trivialer Einfachheit, er war das Ergebnis einer bestimmten Aufeinanderfolge von Zufällen – angefangen von der Funkstörung bis zur geöffneten Druckkammerklappe.

Mehr Beachtung verdienten die psychologischen Faktoren. Als die Apparatur, ihrer äußeren Impulse beraubt, den »Atmungsschmetterling« in Bewegung setzte, hielt das zuerst Savage und dann Challiers für ein eindeutiges Zeichen. Savage glaubte Challiers in Gefahr, und Challiers bangte um Savage. Das gleiche wiederholte sich bei Langner und Pirx.

Diese Schlußfolgerungen waren verständlich. Jeder der Männer kannten die Einzelheiten der Katastrophe, bei der Roget ums Leben gekommen war, jeder erinnerte sich an den entsetzlich langen Todeskampf des Unglücklichen, den das magische Auge festhielt.

Wenn also – wie es in der Presse hieß – überhaupt ein bedingter Reflex vorlag, dann war er nicht in der Apparatur zu suchen, sondern bei den Menschen. Halb unbewußt glaubte ein jeder, Rogets Unglück sei im Begriff, sich zu wiederholen; es habe sich diesmal einen der Ihren als Opfer ausgesucht.

»Nun, da wir alles wissen«, sagte Taurow, der Kybernetiker von der Ziolkowski-Station, »sagen Sie uns doch bitte, Kollege Pirx, wie Sie sich in dieser Situation zurechtgefunden haben. Sie sagen doch selbst, daß Sie den Mechanismus der Erscheinung nicht verstanden . . .«

»Ich weiß es nicht«, antwortete Pirx. Durchs Fenster drang der grelle Schein der sonnenerhellten Gipfel. Ihre Spitzen ragten in das dichte Schwarz des Himmels wie Knochen. »Wohl durch die Klischees. Als ich sie sah, begriff ich, daß ich sie ebenso hingeworfen hatte wie Challiers. Vielleicht wäre ich dennoch hinausgegangen, wäre nicht noch eins gewesen: Das mit den Klischees konnte natürlich ein Zufall sein, aber wir hatten zum Abendbrot

Eierkuchen – genauso wie die Kanadier an ihrem letzten Abend. Und das war ein bißchen zuviel. Ich denke also, daß uns die Eierkuchen gerettet haben . . .«

»Die offene Klappe hing tatsächlich mit den Eierkuchen zusammen – die Eierkuchen trieben Sie zur Eile. Sie haben also ganz richtig überlegt, aber das hätte Sie nicht gerettet, wenn Sie der Apparatur blind vertraut hätten«, sagte Taurow. »Einerseits müssen wir der Technik vertrauen. Ohne elektronische Geräte könnten wir auf dem Mond keinen Schritt machen. Aber . . . Aber manchmal muß man solch ein Vertrauen teuer bezahlen . . .«

»Das stimmt«, sagte Langner. Er stand auf. »Ich muß Ihnen sagen, meine Herren, wodurch mir mein Sterngefährte am meisten imponiert hat. Was mich betrifft, so bin ich von diesem halsbrecherischen Spaziergang so ziemlich ohne Appetit zurückgekehrt. Aber der hier« – er legte die Hand auf Pirx' Schulter –, »aber der hier schlug sich, nach allem, was passiert war, die Eierkuchen in die Pfanne – und aß sie alle auf. Damit versetzte er mich in Erstaunen! Denn daß er scharfsinnig ist und außerdem anständig bis zur Rechtschaffenheit, das habe ich schon vorher gewußt . . .«

»Wie bitte?« fragte Pirx.

Albatros

Das Mittagessen bestand aus sechs Gängen – wenn man von den Beilagen absah. Die Wägelchen mit Wein rollten geräuschlos über die gläsernen Stege. Über jedem Tisch brannte eine Punktlampe: bei Schildkrötensuppe zitronengelb, bei Fisch fast weiß mit bläulicher Schattierung. Die Hähnchen waren mit rosa Licht übergossen, vermengt mit einem seidig-warmen Grauton. Glücklicherweise wurde es bei schwarzem Kaffee nicht finster – Pirx lieferte sich den trübsinnigsten Gedanken aus. Das Mittagessen hatte ihn erschöpft. Er schwor sich, von nun an im unteren Deck zu speisen, in der Bar. Hier oben wurde entschieden zuviel Wert auf Etikette gelegt. Er mußte dauernd an seine Ellenbogen denken. Und diese Toiletten!

Der Saal war vertieft, der Fußboden lag etwa ein halbes Stockwerk unter dem der anderen Räume. Er sah aus wie ein gigantischer cremefarbener Teller, belegt mit den buntesten Appetithappen der Welt. Hinter Pirx raschelten steife, halbdurchsichtige Gewänder. Man unterhielt sich glänzend. Die Musik spielte, die Kellner bedienten – echte Kellner! Jeder einzelne wirkte wie der Dirigent eines philharmonischen Orchesters. »Unsere Transgalaktik-Linie mutet Ihnen keine Bedienungsautomaten zu, sie garantiert Ihnen intime Atmosphäre, Diskretion, echte menschliche Wärme, eine komplette lebende Besatzung – jeder einzelne ein Künstler seines Fachs . . .«

Pirx trank schwarzen Kaffee, rauchte, bemühte sich, im Saal irgendeinen Punkt zu finden, den er fixieren konnte, einen Rastplatz für seine Augen. Seine Nachbarin gefiel ihm. Ein flacher, rauher Stein hing in ihrem Dekolleté. Ein Chrysopas war es nicht, ein Chalcedon auch nicht – nichts Irdisches, wohl etwas vom Mars. Das Ding mußte ein

Vermögen gekostet haben, dabei sah es aus wie ein Splitter von einem Pflasterstein. Frauen sollten nicht so viel Geld haben.

Entrüstet war er nicht. Auch nicht erstaunt. Er sah nur hin. Allmählich wuchs das Verlangen in ihm, sich die Beine zu vertreten. Ein Spaziergang an Deck?

Er stand auf, deutete eine kleine Verbeugung an, ging hinaus. Als er zwischen den vieleckigen Säulen dahinschritt, die mit reflektierender Masse besetzt waren, erblickte er sein eigenes Spiegelbild – unter dem Knoten der Krawatte lugte ein Knopf hervor. Na ja, wer trägt heute noch solche Krawatten, dachte er. Im Gang brachte er den Kragen in Ordnung, setzte sich in den Fahrstuhl und fuhr zum Promenadendeck hinauf. Lautlos öffnete sich die Tür – keine Menschenseele zu sehen, nur Liegestühle in langen Reihen. Das freute ihn. Ein Drittel der gewölbten Decke glich einem gigantischen schwarzen Auge, das zu den Sternen blickte. Die Liegestühle waren leer, nur ganz hinten, in einem der letzten, lag eine bis zum Gesicht eingehüllte Gestalt – ein Greis, ein wunderlicher Mann, der immer eine Stunde später als die anderen zum Mittagessen kam und allein im leeren Saal speiste, wobei er sein Gesicht mit der Tischdecke bedeckte, sobald er spürte, daß ihn jemand ansah.

Pirx legte sich hin. Die unsichtbaren Rachen der Klimaanlagen bliesen einen böigen Luftzug in die Galerie des Decks, man hatte den Eindruck, als wehe ein Wind aus den dunklen Tiefen des Alls. Die bei der Transgalaktik-Linie beschäftigten Konstrukteure waren erfahrene Leute. Der Liegestuhl war bequem – bequemer wohl als der Pilotensitz, obwohl dessen Form wissenschaftlich durchdacht war. Pirx fröstelte. Dafür gab es Decken. Er hüllte sich darin ein wie in Daunen.

Jemand nahte. Auf der Treppe, nicht mit dem Fahrstuhl.

Seine Nachbarin aus dem Speisesaal. Wie alt mochte sie sein? Sie hatte ein anderes Kleid an, vielleicht war das überhaupt eine andere Frau? Sie legte sich drei Liegestühle weiter hin, schlug ein Buch auf, die Seiten raschelten im Wind. Pirx blickte vor sich hin. Er konnte das Kreuz des Südens sehen. Durchs Fenster leuchtete das kleine Ende der Großen Wolke, ein Fleck auf schwarzem Hintergrund. Pirx rechnete mit einer Flugdauer von sieben Tagen. In sieben Tagen konnte allerhand geschehen ... Er rekelte sich, in seiner Brusttasche knisterte das dicke, vierfach gefaltete Papier. Er fühlte sich wohl in dieser Welt – die Stelle eines Zweiten Steuermanns war ihm bereits sicher, er kannte den Weg genau, den er auf der Erde einzuschlagen hatte: von Nordland per Flugzeug nach Eurasien und von da weiter nach Indien. Das Fahrscheinheft war dick wie ein Buch, man konnte darin lesen. Jeder Schein hatte eine andere Farbe, Talons mit goldenen Rändern – alles, was die Transgalaktik-Linie den Passagieren zu bieten hatte, strotzte vor Silber oder Gold. Die Frau dort auf dem dritten Liegestuhl war schön. Er kannte sie. Schickte es sich, etwas zu sagen, oder nicht? Er hatte sich ihr ja schon vorgestellt. Dumm, so ein kurzer Name – ehe man ihn auszusprechen beginnt, ist er schon zu Ende. »Pirx« klingt immer wie »ix« ... Bei Telefongesprächen passieren die haarsträubendsten Dinge. Also los, irgend etwas sagen ... Aber was?

Keine Ahnung ... Auf dem Mars hatte er sich diese Rückreise ganz anders vorgestellt. Die Reeder auf der Erde hatten ihm die Überfahrt bezahlt – sie versprachen sich wohl Vorteile davon, eine bloße freundliche Geste war es jedenfalls nicht. Er hatte schon fast drei Milliarden Kilometer hinter sich und war noch nie mit einem Raumschiff wie dem »Titan« geflogen. Frachtschiffe sehen ganz anders aus! Hundertachtzigtausend Tonnen Festmasse, vier Reaktoren im Hauptschub, Reisegeschwindigkeit fünfundsechzig pro Sekunde, zwölfhundert Passagiere in lauter Ein- und Zweimannkajüten mit Bad, gepflegte Appartements, garantiert stetige Gravitation, wenn man vom Start und von der Landung absieht, höchster Komfort, größte Sicherheit, zweiundvierzig Mann Besatzung und zweihundertsechzig Mann Bedienung. Keramit, Stahl, Gold, Palladium, Chrom, Nickel, Iridium, Plaste, carrarischer Marmor, Eiche, Mahagoni, Silber, Kristall. Zwei Schwimmbassins, vier Kinos, achtzehn Kabinen mit Direktverbindung zur Erde – allein für die Passagiere! Ein Konzertsaal, sechs Haupt- und vier Promenadendecks, automatische Fahrstühle, Platzbestellungen vom Schiff für alle Raketen des Systems für ein Jahr im voraus. Ein Kaufhaus, Bars, Spielkasinos. Eine sogenannte Handwerkergasse – die getreue Nachbildung einer irdischen Altstadtgasse mit Weinkellern, Gaslaternen, Mond, einer blinden Mauer und sogar mit Katzen, die auf dieser Mauer entlangspazieren. Ein Palmenhain und – weiß der Teufel, was noch alles. Die Reise hätte einen Monat dauern müssen, wenn man all das wenigstens ein einziges Mal auskosten wollte.

Die Frau las immer noch. Müssen Frauen ihr Haar so färben? Ein normaler Mensch beginnt bei solchen Farben zu zweifeln ... Aber ihr stand das ganz gut ... Mit 'ner brennenden Zigarette in der Hand werden mir schon ein paar passende Worte einfallen, dachte Pirx. Er langte in die Tasche.

Das Etui – früher hatte er so etwas nie besessen, dieses hier war ein Geschenk von Boman, er bewahrte es aus Freundschaft auf –, dieses Etui also war schwerer als sonst. Nicht viel, aber immerhin ... Wuchs die Beschleunigung?

Er lauschte. In der Tat!

Die Triebwerke hatten einen kräftigeren Schub als vorhin. Ein gewöhnlicher Passagier hätte das nicht herausgehört, zumal der Maschinenraum der »Titan« durch vierfache Isolationswände von dem Wohnteil des Rumpfes abgeschirmt war.

Pirx suchte sich einen blassen Stern in der Ecke des Fensterrahmens aus und behielt ihn fest im Auge. Sollen sie ruhig beschleunigen, dachte er. Ich weiche nicht von der Stelle . . . Erst wenn der Stern dort zu zittern beginnt . . .

Er zitterte und glitt langsam – unvorstellbar langsam – zur Seite.

Drehung in der Längsachse! sagte sich Pirx.

Der »Titan« flog im »kosmischen Tunnel«, in dem es nichts gab, weder Staub noch Meteoriten – gar nichts, nur das Vakuum. Neunzehnhundert Kilometer vor ihm raste der Lotse, der die Aufgabe hatte, darauf zu achten, daß der Weg für den Riesen frei war. Wozu? Für alle Fälle. Die Raketen hielten sich strikt an den Fahrplan. Ein Abkommen der Vereinigten Astronavigationsgesellschaften garantierte der Transgalaktik-Linie auf ihrem Parabelabschnitt einen störungsfreien Flug. Niemand durfte den Weg des Schiffes kreuzen. Die Meteoritenwarnungen wurden sechs Stunden vorher durchgegeben – seit der Zeit, da unbemannte Sonden zu Tausenden die Transuransektoren patrouillierten, drohte den Raketen praktisch keine Gefahr mehr von außen. Der Gürtel – die Umlaufbahn einer Milliarde Meteoriten zwischen Erde und Mars – hatte einen eigenen Patrouillendienst, überdies verliefen die Raketenbahnen außerhalb der Ebene der Ekliptik, in der sich der rasselnde Gürtel um die Sonne bewegte. Ein ungeheurer Fortschritt gegenüber der Zeit, da Pirx Patrouillenflüge unternommen hatte.

Für die »Titan« bestand also nicht die geringste Veranlassung, zu lavieren – sie brauchte keinen Hindernissen auszuweichen, weil es keine gab. Und nun bog sie dennoch ab. Pirx hatte es nicht mehr nötig, zum Sternenhimmel aufzublicken, um das zu bemerken – er fühlte es mit jeder Faser seines Körpers. Er hätte ohne weiteres die Bogenkurve berechnen können, er kannte die Geschwindigkeit des Schiffes, seine Masse und das Tempo, in dem die Sterne vorüberglitten.

Etwas muß geschehen sein! dachte Pirx. Aber was?

Den Passagieren war nichts mitgeteilt worden. Ob man ihnen etwas verheimlichte? Weshalb? Die Gewohnheiten auf Luxuspassagierschiffen waren ihm fremd, dagegen wußte er, was im Maschinenraum oder im Steuerraum passieren kann. Viel war das nicht. Bei einer Havarie würde das Schiff die Geschwindigkeit entweder aufrechterhalten oder herabsetzen. Aber die »Titan« . . .

Es dauerte nun schon vier Minuten, dachte Pirx. Das bedeutet Wendung um fast fünfundvierzig Grad. Interessant...

Die Sterne standen plötzlich still. Das Schiff steuerte wieder geraden Kurs. Das Gewicht des Etuis, das Pirx noch immer in der Hand hielt, nahm zu. Sie hatten direkten Kurs und erhöhten die Geschwindigkeit. Pirx fiel es auf einmal wie Schuppen von den Augen. Eine Sekunde lang saß er starr da, dann stand er auf. Auch er wog nun mehr. Die Frau mit den grauen Augen sah ihn an.

»Ist was los?«

»Nichts Besonderes, meine Dame.«

»Irgend etwas hat sich verändert. Fühlen Sie es nicht auch?«

»Das ist nichts weiter. Wir erhöhen nur ein wenig die Geschwindigkeit«, sagte er. Nun hätte er ein Gespräch beginnen können. Er sah sie an. Die Haarfarbe störte nicht. Die Frau war schön, sehr schön.

Er schlenderte übers Deck, beschleunigte seine Schritte. Sicherlich hält sie mich für einen Verrückten, dachte er. Bis zum Ende des Promenadendecks waren farbige Fresken an den Wänden. Er ging durch die Tür mit der Aufschrift

ENDE DES DECKS – ZUTRITT VERBOTEN und betrat einen langen, im Lampenschein metallisch leuchtenden Korridor. Numerierte Türen. Er ging weiter, verließ sich auf sein Gehör. Über eine Treppe gelangte er in ein Zwischendeck und blieb vor einer Stahltür stehen.

EINGANG NUR FÜR STERNENPERSONAL lautete die Aufschrift. Oho! sagte sich Pirx. Schöne Bezeichnungen haben sie sich ausgedacht! Eine Klinke gab es nicht, die Tür wurde mit einem besonderen Schlüssel geöffnet, den er nicht besaß. Er hob den Finger an die Nase, überlegte einen Augenblick – und klopfte.

Tap – tap – taptatap – tap – tap . . .

Eine Weile wartete er. Dann öffnete jemand. Ein finsteres, gerötetes Gesicht zeigte sich im Türspalt.

»Sie wünschen?«

»Ich bin Pilot von der ›Patrol‹«, sagte er.

Die Tür öffnete sich etwas weiter.

Er trat ein. Es war die Verstärkerkammer des Reservesteuerraums. An den Wänden entlang führte eine doppelte Reihe von Düsen für Wendemanöver. An der gegenüberliegenden Wand waren die Schirme der optischen Kontrolle angebracht, vor ihnen standen mehrere unbesetzte Sessel. Ein kleiner, gedrungener Automat verfolgte das Flimmern auf den Mattscheiben. Auf einem Tischchen hingen halbgeleerte Gläser in ringförmigen Haltern. Im Raum schwebte der Duft frischgebrühten Kaffees und der schwer zu identifizierende Geruch erwärmter Plaste, vermischt mit einer Spur von Ozon. Die zweite Tür war lediglich angelehnt. Man hörte das feine Summen des Transformators.

»SOS?« fragte Pirx den stämmigen Mann, der ihn eingelassen hatte. Er sah aus, als ob er unter Zahnschmerzen litt, denn die eine Gesichtshälfte war geschwollen. Der Hörerbügel umspannte seinen Schädel. Der graue, mit Blitzen geschmückte Uniformrock der Transgalaktik-Linie war nicht zugeknöpft, das Hemd war ihm aus der Hose gerutscht.

»Ja«, antwortete er. Und nach kurzem Zögern: »Sind Sie von der ›Patrol‹?«

»Von der Basis. Ich bin zwei Jahre auf der ›Transuran‹ geflogen. Ich bin Navigator. Mein Name ist Pirx.«

Der andere reichte ihm die Hand. »Mindell. Nukleoniker.« Wortlos gingen sie in den Nebenraum. Es war die Radiokabine für Direktverbindungen. Sie war groß. Etwa zehn Männer umringten den Hauptsender. Zwei Funker mit schweißüberströmten Gesichtern schrieben pausenlos, die Apparate tickten, der Strom summte leise, es quietschte unter dem Fußboden. An den Wänden brannten Kontrolllampen. Es sah aus wie in einer großen Fernsprechzentrale. Die beiden Funker lagen fast auf ihren Pulten, sie waren nur in Hemd und Hose. Der eine war blaß vor Erregung, der andere, ein älterer Mann mit einer Narbe am Kopf, wirkte völlig ruhig. Der Hörerbügel zerteilte die Haare, die Narbe war deutlich zu sehen. Neben den Funkern, ein wenig abseits, saßen zwei Offiziere. Pirx erkannte in einem von ihnen den Chef.

Er kannte ihn flüchtig. Der Kommandant der »Titan« war ein kleiner schwarzhaariger Mann mit einem nichtssagenden Gesicht. Er hatte die Beine übereinandergeschlagen und schien seine Schuhspitzen zu betrachten.

Pirx trat leise an die Gruppe heran, beugte sich vor und las über die Schulter des Narbigen: ... *sechs achtzehn Komma drei – Komme mit vollem Schub – Bin acht Uhr zwölf da – Ende.*

Der Funker zog mit der linken Hand ein Formular heran und schrieb ununterbrochen weiter.

Luna Hauptstation an Albatros vier Aresluna – Habt ihr Verseuchung an Deck? – Antwortet durch Morsen – Phonie kommt nicht an – Wie lange könnt ihr Notschub halten?

– Angepeilte Drift null sechs Komma einundzwanzig – Empfang.

Elan zwei Aresluna an Luna Hauptstation – Fliege mit vollem Schub zu Albatros Sektor 64 – Habe überhitzten Reaktor – Fliege trotzdem weiter – Bin sechs Milliparsek vom angepeilten Punkt entfernt – Ende.

Plötzlich stieß der zweite Funker, der blasse, einen unartikulierten Schrei aus. Die Umstehenden beugten sich über ihn. Der Nukleoniker Mindell, der Pirx hereingelassen hatte, reichte dem Ersten Navigator die vollgeschriebenen Formulare. Der Blasse schrieb: *Albatros vier an alle – Liege in der Drift Ellipse T 341 Sektor 65 – Rumpfnaht öffnet sich weiter – Heckspanten lassen nach – Havarie-Schub des Reaktors 0,3 g – Reaktor gerät außer Kontrolle – Haupttrennwand an vielen Stellen beschädigt – Verseuchung dritten Grades wächst an Deck unter Einfluß des Notschubs – Lösung sickert ständig – Versuche zu zementieren – Führe Besatzung zur Spitze – Ende.*

Dem Funker zitterten die Hände beim Schreiben. Einer der Umstehenden packte ihn, zerrte ihn vom Stuhl, führte ihn hinaus. Nach einer Weile kam er allein zurück und setzte sich an seine Stelle.

»Er hat da einen Bruder«, sagte er erläuternd, wie zu sich selbst. Pirx beugte sich nun über den Narbigen.

Luna Haupstation an Albatros vier Aresluna – Zu euch kommen Elan Sektor 64, Titan aus dem Sektor 67, der Ballistische acht aus dem Sektor 44, Kobold sieben null zwei aus dem Sektor 94 – Zementiert die durchlässigen Stellen in der Wand in Skaphandern hinter Schildern bei Überdruck – Augenblickliche Havarie-Drift ansagen. – Ende.

Der Mann, der den jungen Funker vertrat, sagte laut: »Albatros!« Alle bemühten sich, ihm über die Schulter zu sehen. Er schrieb: *Albatros vier an alle – Havarie-Drift nicht unter Kontrolle, Rumpfquerwände durchlässig – Ver-*

liere Luft – Besatzung in Skaphandern – Maschinenraum unter Lösung – Schilder durchgeschlagen – Temperatur im Steuerraum 63 – Erster Durchbruch im Steuerraum zementiert – Lösung siedet – Überschwemmt den Hauptsender – Seit dem nur Verbindung durch Phonie – Erwarten euch – Ende.

Fast alle rauchten. Der Rauch stieg in blauen Schwaden nach oben, man sah, wie er von den Ventilatoren aufgesogen wurde. Auch Pirx verlangte es nach einer Zigarette, er fingerte in allen Taschen herum, konnte aber nichts finden. Irgend jemand – Pirx hätte nicht sagen können, wer es war – drückte ihm eine angerissene Schachtel in die Hand. Er bediente sich.

»Mindell, voller Schub!« sagte der Kommandant. Er biß sich auf die Unterlippe.

Mindell war sichtlich überrascht, aber er schwieg.

»Warnung?« fragte der Mann, der neben dem Chef saß.

»Ja. Mach ich selbst. Her damit!«

Er zog das Mikrofon am Dreharm zu sich heran und begann zu sprechen: *Titan Aresterra an Albatros vier – Kommen in voller Fahrt – Befinden uns an der Grenze zu eurem Sektor – Sind in einer Stunde da – Versucht, durch Notausgang zu entkommen – Sind in einer Stunde bei euch – Wir kommen – Durchhalten – Durchhalten – Ende.*

Er stieß das Mikrofon beiseite und erhob sich. Mindell sprach ins Interkom: »Jungs, in fünf Minuten vollen Schub!« – »Ja, ja«, antwortete der Mann am anderen Ende der Leitung. Der Kommandant ging hinaus. Man hörte seine Stimme im Nebenraum.

Achtung! Achtung! Passagiere! Achtung! Achtung! Passagiere! Wir geben eine wichtige Meldung durch. In vier Minuten erhöht unser Schiff die Geschwindigkeit. Wir erhielten einen SOS-Ruf und müssen uns beeilen . . . Jemand schloß die Tür.

Mindell berührte Pirx' Schulter. »Halten Sie sich irgendwo fest. Wir werden mehr als zwei haben.«

Pirx nickte. 2 g – das machte ihm nichts aus, aber es schien ihm nicht der rechte Augenblick zu sein, sich mit der eigenen Standfestigkeit zu brüsten. Gehorsam umklammerte er die Lehne des Sessels, auf dem der ältere Funker saß. Über dessen Schulter las er: *Albatros vier an Titan – Kann mich nicht mehr eine Stunde an Deck halten – Havarie-Eingang durch berstende Trennwände verklemmt – Temperatur im Steuerraum einundachtzig – Dampf füllt Steuerraum aus – Versuche, die Spitzenpanzerung zu durchschneiden und hinauszukommen – Ende.*

Der Mann im aufgeknöpften Uniformrock, der den jüngeren Funker vertrat, sprang plötzlich auf und sah den Chef an, der zu ihm trat. Er nahm die Kopfhörer ab und reichte sie dem Vorgesetzten. Während der Kommandant die Hörer aufsetzte, regulierte der Funker den heiser schnarrenden Lautsprecher.

Die Männer in der Kabine erstarrten. Sie alle flogen schon seit Jahren, aber so etwas hatte noch keiner erlebt. Ein Rauschen drang aus dem Lautsprecher und eine Stimme, die aus prasselnden Flammen zu kommen schien.

Albatros an alle – Unfall im Steuerraum . . . Hitze . . . Unerträglich . . . Besatzung bis zum Ende . . . Lebt wohl . . . Die Leitungen . . . Die Stimme brach ab, nur noch das Rauschen war zu hören.

Das Stehen bereitete Mühe, aber keiner setzte sich. Die Männer lehnten sich an die Metallwände.

Ballistischer acht an Luna Hauptstation, tönte es aus dem Lautsprecher. *Ich gehe zu Albatros vier – Öffnet mir den Weg durch Sektor 67 – Fliege mit vollem Schub – Bin außerstande, Überholmanöver durchzuführen – Empfang.*

Sekundenlanges Schweigen.

Luna Hauptstation an alle in den Sektoren 66, 67, 68, 46, 47, 48 und 96 – Erkläre Sektoren für geschlossen – Alle Raumschiffe, die nicht mit vollem Schub zu Albatros vier fliegen, haben sofort zu stoppen und die Reaktoren auf Leerlauf zu stellen sowie die Positionslichter einzuschalten – Achtung, Elan! Achtung, Titan Aresterra! Achtung, Ballistischer acht! Achtung, Kobold sieben null zwei! Hier spricht Luna Hauptstation – Öffne euch den Weg zu Albatros vier – Der gesamte Verkehr in den Sektoren des Leitstrahls des SOS-Punktes wird gestoppt – Beginnt mit dem Bremsen auf dem Milliparsek vor dem Punkt SOS – Darauf achten, daß die Bremsen im optischen Bereich des Albatros gelöscht werden, die Besatzung kann das Deck bereits verlassen haben – Wünsche Erfolg – Ende.

»Elan« meldete sich, er morste. Pirx lauschte dem Zirpen der Signale.

Elan Aresterra an alle, die sich an Rettungsaktion Albatros vier beteiligen – Bin auf der Optischen des Albatros – Albatros driftet annähernd auf Ellipse T 348 – Heck glüht kirschrot – Signallichter fehlen – Albatros antwortet nicht auf Anrufe – Stoppe und beginne mit Rettungsaktion – Ende.

Nebenan meldeten sich die Summer. Mindell ging hinüber, ein zweiter schloß sich ihm an. Pirx' Nerven waren zum Zerreißen gespannt. Gott, wie gern hätte er mitgeholfen! Mindell kehrte zurück.

»Was ist?« fragte der Chef.

»Die Passagiere lassen fragen, wann sie mit dem Tanz beginnen können«, antwortete Mindell. Pirx hatte nicht zugehört. Er starrte den Lautsprecher an.

»Bald, bald! Schaltet mir die Optische ein. Wir nähern uns ihnen. In wenigen Minuten werden wir sie sehen. Mindell, geben Sie die zweite Warnung durch, wir bremsen auf Overdrive.«

»Jawohl«, sagte Mindell und ging hinaus.

Im Lautsprecher brummte es. Eine Stimme ertönte: *Luna Hauptstation an Titan Aresterra und Kobold sieben null zwei – Achtung! Achtung! Achtung! Der Ballistische acht hat im Zentrum von Sektor 65 einen Blitz mit der Helligkeit minus vier beobachtet – Elan und Albatros antworten nicht auf Anrufe – Es besteht die Möglichkeit einer Explosion des Reaktors auf Albatros – Mit Rücksicht auf die Sicherheit der Passagiere wird Titan Aresterra aufgefordert, zu stoppen und sich sofort zu melden – Ballistischer acht und Kobold sieben nulll zwei handeln weiter nach eigenem Ermessen – Ich wiederhole: Titan Aresterra wird aufgefordert . . .*

Alle sahen den Kommandanten an.

»Herr Mindell«, sagte er. »Stoppen wir auf dem Milliparsek?«

Mindell warf einen Blick auf seine Armbanduhr.

»Nein, Herr Navigator, dazu wären 6 g erforderlich. Wir kommen auf die Optische.«

»Und wenn wir den Kurs ändern?«

»Auch dann werden wir mindestens drei haben«, sagte Mindell.

»Also nichts zu machen.«

Der Chef stand auf und trat ans Mikrofon. *Titan Aresterra an Luna Hauptstation – Kann nicht stoppen, habe zu hohe Geschwindigkeit – Ändere Kurs durch Überholmanöver mit halber Zugkraft und gehe über Sektor 65 mit Kurs zweihundertzwei in Sektor 66 – Bitte den Weg freigeben – Empfang.*

»Die Bestätigung nehmen Sie entgegen«, sagte er zu dem Mann, der vorher neben ihm gesessen hatte. Die Sendegeräte summten ununterbrochen. An den Wandtafeln flimmerten die Lichter. Plötzlich schien es dunkler zu werden – das Blut strömte aus den Augen zurück. Pirx stellte sich breitbeinig hin. Der Flug wurde gebremst, sie gingen in die Kurve. Der »Titan« vibrierte schwach, man hörte das schrille Heulen der Triebwerke.

»Hinsetzen!« rief der Kommandant. »Helden brauche ich hier nicht! Wir haben 3 g!«

Alle folgten der Aufforderung, das heißt, sie ließen sich fallen, wo sie gerade standen. Der Fußboden war mit einer dicken, geräuschdämpfenden Plastschicht belegt.

»Schätze, daß es allerhand Kleinholz geben wird«, brummte jemand neben Pirx. Der Navigator hatte es gehört. »Das bezahlt die Versicherung«, antwortete er von seinem Sessel aus.

Sie hatten nicht 3 g, sie hatten mehr – Pirx fiel es schwer, die Hand zum Gesicht zu heben. Die Passagiere werden sicherlich samt und sonders in den Kajüten liegen, sagte er sich. Aber in den Küchen und in den Speiseräumen – da wird was los sein! Zerschlagenes Porzellan, waggonweise! Ein schöner Anblick . . . Und erst der Palmenhain! Kein Baum wird das aushalten . . .

Der Lautsprecher meldete sich.

Ballistischer acht an alle – Bin auf der Optischen des Albatros – Steckt in einer Wolke – Heck glüht – Beende Bremsmanöver und schicke Mannschaften zum Auffinden der Albatrosbesatzung in den Raum – Elan antwortet nicht auf Anrufe – Ende.

Die Beschleunigung nahm ab, man durfte wieder aufstehen. Jemand zeigte sich in der Türöffnung, er rief etwas, und alle stürzten in den Hauptsteuerraum. Pirx betrat ihn als letzter. Er erblickte einen acht mal sechzehn Meter großen, gewölbten Bildschirm, der die gesamte Stirnwand einnahm wie in einem riesigen Filmtheater. Alle Lichter waren gelöscht. Auf dem schwarzen, mit Sternen übersäten Schirm unterhalb der Hauptachse des »Titan«, im linken Quadranten, glomm ein dünner Strich, dessen Ende kirschrot glühte wie ein Kohlestückchen – das Ganze erinnerte an eine brennende Zigarette. Die »Zigarette« bildete den Kern einer blassen, leicht abgeflachten Blase mit sich verjüngenden, nach allen Seiten auseinanderstrebenden dornenförmigen Ausläufern. Die stachelige Wolke verblaßte mehr und mehr, schon sah man die ersten stärkeren Sterne. Plötzlich blitzte ganz unten ein grellweißes Pünktchen auf in der rechten unteren Ecke des Bildschirms zwischen den glimmenden Fixsternen. Das Pünktchen begann zu zucken, zu flackern – die Männer stürzten vor, als wollten sie gegen die Mattscheibe springen. Der »Elan«!

... im reaktor des albatros unkontrollierte kettenreaktion – habe verluste – verbrennungen – erbitte ärzte – sender beschädigt – reaktor durchlässig – beabsichtige, reaktor wegzuwerfen, wenn ich die durchlässigen stellen nicht unter kontrolle bekomme ... las Pirx vom regelmäßig aufblitzenden Punkt ab.

»Albatros« war nicht mehr zu sehen. Zwischen den Sternen hing ein aufgeblähtes, zottiges, bernsteingelbbraunes Knäuel. Es sank immer tiefer, rutschte in die untere linke Ecke des Schirms.

Der »Titan« verließ mit neuem Kurs den Sektor der Katastrophe.

Ein langer Lichtstreifen fiel in den dunklen Steuerraum, jemand hatte die Tür zur Funkkabine geöffnet. Man hörte eine Stimme.

Ballistischer acht an Luna Hauptstation – Habe im zentralen Teil des Sektors 65 gestoppt – Elan auf dem Milliparsek unter mir – Er signalisiert optisch Verluste an Menschen sowie Durchlässigkeit des Reaktors – Ist bereit, Reaktor wegzuwerfen – Erbittet ärztliche Hilfe – Ich leiste sie ihm – Suche nach Albatros-Besatzung durch Verseuchung erschwert – Radioaktive Wolke mit Oberflächentemperatur von über eintausendzweihundert – Bin auf der Optischen des Titan Aresterra, der mich mit voller Zugkraft überholt und in den Sektor 66 ausweicht – Erwarte Ankunft des Kobold sieben null zwei zwecks Aufnahme gemeinsamer Rettungsaktionen – Ende.

»Alle auf die Plätze!« rief jemand laut, und im gleichen Augenblick flammten die hinteren Lichter des Steuerraums auf. Bewegung herrschte, die Männer gingen in drei Richtungen auseinander, Mindell, der am Verteilerpult stand, erteilte Befehle, und mehrere Sendegeräte funkten auf einmal. Außer dem Kommandanten, dem Nukleoniker Mindell und Pirx blieb nur der junge Funker, der noch immer auf den Schirm starrte und die Wolke beobachtete, die sich allmählich in der Schwärze des Alls auflöste.

»Ach, Sie sind das!« sagte der Chef, als habe er Pirx erst jetzt erkannt. Er reichte ihm die Hand. »Meldet sich ›Kobold‹?« fragte er jemanden in der Funkkabine über Pirx' Kopf hinweg.

»Jawohl, Chef, er fliegt im Rückwärtsgang.«

»In Ordnung.«

Eine Weile verharrten sie noch vor dem Schirm. Der letzte Fetzen der schmutzigen Wolke war verschwunden. Sterne, nichts als funkelnde Sterne ...

»Ob jemand herausgekommen ist?« fragte Pirx, als ob der Kommandant mehr wissen konnte als er. Aber er war ja der Chef, und Chefs sollten eigentlich alles wissen.

»Die Blenden müssen geklemmt haben ...«, erwiderte der Kommandant. Er war um einen Kopf kleiner als Pirx. Haare hatte er wie aus Blei. Waren sie vorhin auch schon so grau? fragte sich Pirx.

»Mindell!« rief der Chef, als er den Nukleoniker vorbeigehen sah. »Seien Sie so freundlich und geben Sie ›Entwarnung‹. Die Passagiere können wieder tanzen.«

»Kannten Sie den ›Albatros‹?« fragte er Pirx.

»Nein.«

»Westliche Gesellschaft. Dreiundzwanzig Tonnen. Was ist?« Der Funktechniker trat näher und reichte ihm einen Zettel. *Ballistischer an ...*, las Pirx, dann zog er sich zurück. Als er merkte, daß er den Leuten im Wege stand, die alle Augenblicke durch den Steuerraum eilten, stellte er sich in die Ecke. Mindell stürzte herein.

»Was ist mit dem ›Elan‹?« fragte ihn Pirx. Der Nukleoniker schwitzte, er wischte sich die Stirn mit einem Taschentuch. Pirx kam es vor, als kenne er ihn seit Jahren.

»Na ja, es geht noch«, schnaufte Mindell. »Sie haben den Explosionsstoß abbekommen. Die Kühlung des Reaktors ging durch die Erschütterung drauf – die geht immer zuerst in die Binsen. Verbrennungen ersten und zweiten Grades. Ärzte sind schon da.«

»Vom Ballistischen?«

»Ja.«

»Chef! Luna Hauptstation!« rief jemand aus der Funkkabine. Der Chef ging. Pirx stand Mindell gegenüber, der sich mechanisch über die geschwollene Wange fuhr und das Taschentuch wegsteckte.

Pirx wollte Mindell noch mehr fragen – aber er unterließ es. Er nickte nur und ging in die Funkkabine hinüber. Aus dem Lautsprecher tönten zehn Stimmen auf einmal, Schiffe aus fünf Sektoren erkundigten sich nach »Albatros« und nach »Elan«. Luna Hauptstation hieß sie schließlich schweigen, um das Verbindungsknäuel zu entwirren, das nach der Blockierung des Raumes um den Sektor 65 entstanden war. Der Kommandant saß neben dem Funktechniker und schrieb etwas nieder. Plötzlich nahm der Funker die Hörer ab. Er legte sie beiseite – als seien sie nun nicht mehr nötig. Pirx wenigstens schien es so. Er trat von hinten an ihn heran. Er wollte sich nach den Insassen des »Albatros« erkundigen, wollte wissen, ob es ihnen gelungen war, herauszukommen. Der Funker fühlte Pirx' Nähe, er hob den Kopf und sah ihm ins Gesicht. Pirx fragte nicht. Er ging hinaus und schloß die Tür hinter sich, die Tür mit der Aufschrift: NUR FÜR STERNENPERSONAL!

Terminus

Von der Haltestelle war es noch weit, vor allem, wenn man einen Koffer trug wie Pirx. Der Morgen graute über den gespenstisch weißen Feldern, Lastwagen, denen silbrige Dampfschwaden vorauseilten, rollten vorbei. Ihre Reifen quietschten auf dem Asphalt, die Stopplichter flammten rot auf vor der Kurve. Pirx nahm den Koffer aus der einen Hand in die andere und blickte zum Himmel auf. Er konnte die Sterne sehen, der tiefhängende Nebel war nicht dicht. Gleich muß die Kursrakete zum Mars . . ., dachte er gerade – da erzitterte auch schon die Dämmerung, und ein unnatürlicher grüner Feuerschein erhellte den Nebel. Pirx öffnete instinktiv den Mund, der Donner zog heran, ein Gluthauch folgte ihm, die Erde bebte. Im Nu war über der Ebene eine grüne Sonne aufgegangen. Der Schnee erglühte giftig bis zum Horizont, die Schatten der Pfähle am Wege eilten weiter, und alles, was nicht in grelles Grün getaucht war, wirkte schwarz, verkohlt. Pirx rieb sich die grün schimmernden Hände. Er beobachtete, wie eines der geisterhaft erhellten schlanken Minarette, die wie durch eine seltsame Laune des Erbauers mitten aus einem von Hügeln umgebenen Kessel aufragten, sich von der Erde losriß und auf einer Säule majestätisch aufzusteigen begann. Als der Donner materielle Gewalt angenommen hatte und den Raum ausfüllte, erblickte Pirx in der Ferne durch einen Fingerspalt Türme, Gebäude, Zisternen, die einen brillantenen Schein getaucht waren. Die Scheiben des Kommandoturmes funkelten, als ob hinter ihnen ein Brand wütete. Alle Konturen begannen zu wogen, sich in der erhitzten Luft zu krümmen, während der Urheber dieses Schauspiels triumphierend brüllend in der Höhe verschwand und einen gewaltigen schwarzen Kreis rauchender Erde unter sich zurückließ. Nach einer Weile fiel warmer, großtropfiger Kondensationsregen vom sternklaren Himmel.

Pirx nahm den Koffer auf und ging weiter. Die Rakete schien die Nacht durchbrochen zu haben – es wurde heller und heller, man konnte sehen, wie der tauende Schnee in den Gräben versackte und die ganze Ebene aus den Dampfwolken auftauchte.

Hinter den Drahtnetzen, die vor Nässe glitzerten, verliefen lange Schutzmauern für das Bodenpersonal. Grasnarbe bedeckte ihre Vorderseiten, glitschiges totes Gras aus dem Vorjahr, das sich mit Feuchtigkeit vollgesogen hatte und den Füßen keinen Halt bot. Pirx hatte es eilig, er nahm sich nicht die Zeit, nach einem der Übergänge zu suchen. Im Anlauf erklomm er das Hindernis – und da erblickte er sie.

Sie war größer als die anderen und stand ein wenig abseits, hoch wie ein Turm. Raketen dieser Art wurden seit Jahren nicht mehr gebaut. Der Betonboden war mit Pfützen übersät, Pirx wich ihnen sorgsam aus. Nach einigen Schritten wurden sie spärlicher – das Wasser war im Nu durch den thermischen Schlag verdampft. Pirx betrachtete das riesige Projektil; je näher er kam, desto höher mußte er den Kopf recken. Der Raketenpanzer sah aus, als sei er mit lehmgetränktem Stoff beklebt. Früher hatte man versucht, die Überzugmasse mit Karbidasbestfasern zu vermengen. Wenn sich ein solches älteres Raumschiff beim Bremsen in der Atmosphäre Brandstellen zuzog, dann glaubte man, einen Körper vor sich zu haben, dem die Haut in Fetzen herabhing. Es war sinnlos, sie abzureißen – sie bildeten sich immer wieder aufs neue, denn der Reibungswiderstand war ungeheuer groß. Uralt, dieses Schiff, sagte sich Pirx. Aussehen, Manövrierfähigkeit – die ganze Angelegenheit ist kriminell, sie gehörte eigentlich vors Kosmische Tribunal . . .

Der Koffer war schwer, aber Pirx hatte es nicht eilig, ihn

loszuwerden. Er wollte sich das Schiff erst einmal genau von außen ansehen. Wie eine Jakobsleiter hob sich die durchbrochene Konstruktion des Aufstiegs gegen den Himmel ab. Alles war grau wie Stein – die Rakete selbst, die leeren Betonkisten, die Stahlflaschen, das rostige Eisengerümpel, die Glieder der Metallschläuche. Ein wüstes Durcheinander, das von der Hast zeugte, mit der man ans Verladen gegangen war. Zwanzig Schritt vom Aufstieg entfernt setzte Pirx den Koffer ab und sah sich um. Die Fracht schien bereits verstaut zu sein, denn die riesige, auf breiten Raupenketten ruhende Verladerampe war abgerückt, ihre Haken hingen in der Luft, zwei Meter vom Rumpf entfernt. Pirx machte einen Bogen um den stählernen Fuß, mit dem sich das gigantische Schiff auf den Boden stützte, und trat unter das Heck des himmelhoch aufragenden Kolosses, der im Schein des Morgenrots tiefschwarz wirkte. Der Stahlbeton war unter dem ungeheuren Gewicht eingesackt, rings um den Fuß verliefen strahlenförmig Risse nach allen Seiten.

Auch dafür werden sie gehörig zahlen müssen, sagte sich Pirx und dachte an die Zulieferer. Er trat in den Schatten, den das Heck warf, blieb unter dem Trichter des ersten Katapults stehen und blickte in die Höhe. Der Reifenrand, der viel zu weit oben klaffte, als daß er ihn hätte erreichen können, war von einer dicken Rußschicht bedeckt. Pirx zog prüfend die Luft ein. Die Motoren schwiegen längst, aber noch immer war der charakteristische scharfe Ionisationsgeruch zu spüren.

»Komm doch mal«, sagte jemand hinter ihm. Er wandte sich um, konnte aber niemanden entdecken. Die Stimme ertönte ein zweites Mal, ganz dicht, höchstens drei Schritte entfernt.

»He, ist da jemand?« rief Pirx. Die Worte hallten dumpf unter der schwarzen Heckkuppel, in die Dutzende von

Ausstoßrohren mündeten. Stille ... Pirx ging zur anderen Seite und erblickte mehrere Männer. Sie standen in einer Reihe, ungefähr fünfzehn Meter entfernt, und waren damit beschäftigt, einen schweren Treibstoffschlauch über den Boden zu zerren. Außer ihnen rührte sich nichts, alles war öd und leer. Pirx sah ihnen eine Weile zu. Ihm war, als hörte er unklare, seltsam gestammelte Laute, diesmal schienen sie von oben an sein Ohr zu dringen. Sicherlich ein Schalleffekt, den die Ausstoßrohre erzeugen, dachte er. Sie konzentrieren alle Geräusche, sie wirken wie Reflektoren ...

Er wandte sich um, holte seinen Koffer, schleppte ihn zum Trap. In Gedanken vertieft, erklomm er die sechs Stockwerke hohe Leiter. Es war sonderbar, aber er hätte nicht sagen können, was ihm durch den Kopf ging. Als er oben stand, auf der Plattform mit dem Aluminiumgeländer, sah er sich nicht einmal Abschied nehmend um – so etwas kam ihm gar nicht in den Sinn. Bevor er die Klappe aufstieß, betastete er die Panzerung – sie fühlte sich an wie ein Reibeisen. Unwillkürlich mußte er an einen von Säure zerfressenen Felsen denken.

»Was hilft's, ich hab's ja so gewollt«, murmelte er. Die Klappe ließ sich schwer öffnen, ein Findling schien auf ihr zu lasten. Die Druckkammer mutete wie das Innere eines Fasses an. Pirx' Finger glitten über die Rohre, wischten den Staub breit. Staub, Rost ...

Als er sich durch die Luke zwängte, stellte er fest, daß die Isolierung geflickt war. Senkrechte Schächte, von Nachtlampen erhellt, verliefen in beiden Richtungen. An ihren Enden schienen sie zu einem bläulichen Streifen zusammenzulaufen. Irgendwo rauschten Ventilatoren, eine unsichtbare Pumpe schnaufte. Pirx reckte sich, beim Anblick des ihn umgebenden Massivs der Decks und Panzer war ihm, als sei sein Körper gewachsen, als sei er selbst zum

Riesen geworden. Neunzehntausend Tonnen – alle Wetter! dachte er beeindruckt.

Auf dem Weg zum Steuerraum begegnete er niemandem. Im Korridor war es totenstill, Pirx kam es vor, als fliege das Schiff bereits im Vakuum. Die Wände waren fleckig, die Leinen – sie dienten im Zustand der Schwerelosigkeit als Halt – hingen verrottet herab, und die Muffen der Rohrleitungen, dutzendemal geschweißt, glichen angekohlten Knollen, wie man sie aus einem Aschenhaufen herausklaubt. Pirx durchquerte einen Gang, dann einen zweiten, abfallenden, und erreichte schließlich einen sechseckigen Raum mit seitlich abgerundeten Metalltüren, die nicht mit Pneumatics versehen waren, sondern mit schnurumwundenen kupfernen Klinken.

Die kleinen Fenster der Numeratoren zeigten gläserne Augäpfel. Pirx drückte auf den Taster des Informators – ein Knacken im Übermittler, ein Rascheln in der Metallbuchse, aber das kleine Schild blieb dunkel.

Was tun? überlegte er. Beim Überwachungsdienst beschweren?

Er öffnete eine Tür. Der Steuerraum glich einem Thronsaal. Pirx sah sein Spiegelbild auf den Bildschirmen. In seinem Übergangsmantel und mit dem Koffer in der Hand erinnerte er an einen Spießer, der sich verlaufen hat. Sein Hut hatte im Regen völlig die Form verloren. Etwas erhöht standen die Pilotensitze, deren Ausmaße beeindruckend waren. Ihre Sitzflächen bewahrten noch den Abdruck menschlicher Körper.

Er setzte den Koffer ab, trat an den einen Sitz heran und erschrak vor seinem eigenen Schatten, als sei er dem Gespenst des letzten Steuermanns begegnet. Er schlug mit der Hand auf die Lehne. Staub wirbelte auf, stieg ihm in die Nase und zwang ihn zu niesen – einmal, zweimal. Er wurde wütend, mußte aber unvermittelt lachen. Der Pianobelag war schon morsch, und solche Kalkulatoren hatte er auch noch nicht gesehen. Ihr Projektant war wohl auf Orgeln spezialisiert, dachte er belustigt. An den Pulten gab es unzählige Meßuhren – hundert Augen hätte man haben müssen, um sie alle auf einmal zu überschauen.

Pirx wandte sich ab, sein prüfender Blick glitt von Wand zu Wand. Er sah das Gewirr der geflickten Kabel, die korrodierten Isolationsplatten, das verblichene Rot der Löschleitungen und die ausgeleierten Eisenkurbeln zum Herunterlassen der hermetischen Sperrplatten. Alles war alt an diesem Schiff, alt und verstaubt ...

Als er mit der Fußspitze gegen die Amortisatoren des Sitzes stieß, floß Öl aus der Hydraulik. Ach was! sagte er sich. Wenn andere geflogen sind, kann ich das auch ... Er verließ den Steuerraum, öffnete die gegenüberliegende Tür, betrat einen Seitengang und schritt weiter. Kurz hinter dem Fahrstuhlschacht entdeckte er eine dunkle Einbuchtung in der Wand. Er legte die Hand darauf und fand seine Vermutung bestätigt: eine Plombe! Weitere Spuren von Lecks sah er nicht, man hatte offenbar die gesamte Sektion erneuert, denn Decke und Wände waren makellos glatt. Sein Blick fiel erneut auf die Plombe. Der Zement war zu einem Klumpen erstarrt. Pirx glaubte den Abdruck von Händen zu erkennen, von Händen, die in fieberhafter Eile gearbeitet haben mußten ... Er stieg in den Aufzug und fuhr zur Atomsäule hinunter. An der Türscheibe glitten Leuchtziffern vorbei, sie zeigten die einzelnen Decks an: siebentes, sechstes, fünftes ...

Unten war es kühl. Der Korridor verlief im Bogen, vereinigte sich mit anderen zu einem langen, niedrigen Flur. Pirx sah an seinem Ende die Tür zur Atomsäulekammer. Je weiter er kam, desto niedriger wurden die Temperaturen, sein Atem dampfte weiß im Licht der verstaubten Lampen. Woher die Kälte? fragte er sich kopfschüttelnd.

Die Kühlaggregate? Sie müssen hier irgendwo sein ... Er lauschte. Die Bleche der Verschalung vibrierten.

Pirx ging weiter, er konnte sich des Eindrucks nicht erwehren, immer tiefer ins Erdinnere hinabzusteigen. Es hallte dumpf, wenn er die Füße aufsetzte, der Schall brach sich an der niedrigen Decke. Endlich erreichte er die Tür, sie war hermetisch verschlossen, die Kurbel ließ sich nicht bewegen. Er versuchte es mit Gewalt, aber sie rührte sich nicht. Schon wollte er den Fuß dagegenstemmen, da fiel ihm ein, daß er erst das Sicherungsstäbchen herausziehen mußte.

Es folgte ein weiteres Hindernis, eine Art Flügeltür – stark wie die Wand eines Panzerschranks. In Augenhöhe waren die Reste von Buchstaben zu erkennen, der rote Lack war halb abgeblättert:

LEB ... G ... HR

Ein enger, finsterer Gang schloß sich an. Pirx setzte den Fuß auf die Schwelle – es klickte, grelles Licht blendete ihn, gleichzeitig flammte ein Warnschild auf mit einem drohenden Totenkopf. Die hatten aber Angst damals! dachte Pirx, als er die Stufen zur Kammer hinabstieg. Das Blech dröhnte dumpf unter seinen Absätzen. Unten war ihm, als stünde er auf dem Boden eines trockenen Burggrabens. Vor ihm erhob sich die graue Schutzwand des Reaktors, zwei Stockwerke hoch und gewölbt, wie die gezackte Wehr einer Festungsmauer. Die Schutzwand war mit gelben und grünlichen Flecken übersät, die wie Pockennarben anmuteten. Es waren Plomben – Spuren ehemaliger Strahlendurchschüsse. Er versuchte, sie zu zählen, aber als er die Plattform betrat und den Reaktor aus der Höhe betrachtete, gab er sein Vorhaben auf – vor lauter Plomben war stellenweise die Wand nicht mehr zu sehen.

Die Plattform ruhte auf kleinen Metallsäulen, sie war von der übrigen Kammer durch große Glasscheiben getrennt und wirkte wie ein durchsichtiger Würfel. Bleiglas, konstatierte Pirx. Es soll vor Strahlen schützen, dieses Überbleibsel atomarer Architektur ... Welch ein Unsinn ...

Unter einer kleinen Überdachung ragten Geigerzähler hervor, sie waren fächerartig angeordnet und auf den Bauch der Säule gerichtet. Pirx entdeckte in einer Nische mehrere Meßuhren. Die Zeiger standen auf null – mit einer Ausnahme. Die Atomsäule hatte Leerlauf.

Pirx stieg hinab, kniete nieder, blickte in den kleinen Meßschacht und stellte fest, daß die Periskopspiegel bereits schwarze Altersflecke hatten. Wahrscheinlich zuviel radioaktive Schlacke, dachte er. Na wennschon, schließlich geht's nicht zum Jupiter, sondern zum Mars – in zehn Tagen kann ich zurück sein ... Der Brennstoff würde sogar für mehrere solche Fahrten reichen ... Pirx betätigte die Kadmiumblenden, der Zeiger zitterte unwillig und schlug bis zum Ende der Skala aus. Die Verzögerung hielt sich in den Grenzen des Erträglichen, die Kontrolle würde schon ein Auge zudrücken.

In der Ecke rührte sich etwas. Zwei kleine grüne Lichter glommen auf, starrten Pirx an, glitten zur Seite. Er trat zitternd näher – es war eine Katze, eine magere schwarze Katze. Sie miaute kläglich und drückte den Buckel an sein Bein. Er lächelte. Sein forschender Blick fiel auf ein eisernes Regal mit mehreren Käfigen, in denen sich etwas Weißes, Quirliges bewegte – weiße Mäuse. In den alten Raumschiffen war es üblich, sie mitzuführen als lebende Meßgeräte für radioaktive Strahlung. Er bückte sich, um die Katze zu streicheln, aber sie entwischte ihm. Plötzlich blieb sie regungslos stehen, starrte unverwandt in den dunkelsten, engsten Teil der Kammer. Pirx beugte sich vor, das eigenartige Gebaren des Tieres erregte seine Aufmerksamkeit. Er beobachtete, wie die Katze mit gekrümmtem

Rücken und vorgestreckten Pfoten auf einen Betonpfeiler zuschlich. Dahinter war im Halbdunkel eine viereckige Öffnung zu erkennen – offenbar ein Durchgang – und außerdem eine schräge Wand mit einer halb geöffneten Tür. Pirx' Neugier wuchs. Er sah, daß dort irgend etwas schimmerte – etwas, was er für die Glieder eines Metallschlauches hielt. Die Katze verharrte unmittelbar davor, mit gesträubtem Haar und zitternder Schwanzspitze.

»Na, na – da ist doch nichts . . . Da kann doch gar nichts sein«, murmelte Pirx vor sich hin. Er kauerte sich nieder, streckte den Kopf vor – und stutzte: Dort saß jemand. Deutlich war ein Rumpf zu erkennen, er schien in sich zusammengesackt zu sein. Die Katze erwachte aus der Erstarrung, leise maunzend, näherte sie sich der kleinen Tür. Pirx' Augen gewöhnten sich allmählich an die Dunkelheit, er sah spitz hervortretende Kniegelenke, metallene Beinschienen und segmentarische Arme. Nur der Kopf lag im Schatten.

Die Katze miaute.

Der eine Arm bewegte sich knarrend, wurde vorgestreckt. Die eisernen Fingerspitzen berührten den Boden, so daß sich ein schräges Podest bildete. Blitzschnell huschte die Katze hinauf und ließ sich auf der Schulter der unheimlichen Gestalt nieder.

»He, du!« sagte Pirx – er wußte selber nicht, ob er die Katze meinte oder das Geschöpf. Der Arm bewegte sich in die Ausgangsstellung zurück – langsam, als habe er einen gewaltigen Widerstand zu überwinden.

»Wer dort?« fragte der Automat. Die Stimme schien aus einem eisernen Rohr zu kommen. »Terminus spricht – wer dort?«

»Was tust du hier?« fragte Pirx.

»Ter-minus spricht . . . Bin hier . . . Kalt . . . Sehe schlecht«, krächzte er heiser.

»Achtest du auf die Atomsäule?« Pirx ließ die Hoffnung fahren, nähere Auskünfte zu bekommen, denn der Roboter war offensichtlich genauso alt und verkommen wie das ganze Raumschiff. Und dennoch, irgend etwas bewog ihn, weitere Fragen zu stellen. War es der sonderbare Ausdruck der grünen Pupillen, die ihn anstarrten?

»Terminus spricht... Die Säule... Ich... Die Säule... Die Säule...«, stammelte der Roboter dümmlich.

»Steh auf!« befahl Pirx, ihm fiel nichts anderes ein. Im Innern des Automaten rasselte es. Pirx wich zurück, als er zwei riesige Metallfüße mit gespreizten Zehen aus dem Dunkel auf sich zukommen sah. Sie drehten sich nach außen herum und krallten sich am Gesims fest. Der Rumpf, in dem es immer noch gedehnt rasselte, richtete sich knirschend und quietschend auf und zeigte sich im Licht. Öltropfen quollen aus den Gelenkverbindungen, sie verbanden sich mit dem Staub zu einem schwärzlichen Brei. Terminus schwankte hin und her, er glich eher einem Ritter in voller Rüstung als einem Automaten.

»Ist das hier dein Platz?« fragte Pirx. Die gläsernen Augen gingen auseinander, der Roboter schien sich zu orientieren, das abgeflachte Gesicht wirkte durch dieses Schielen noch ausdrucksloser als vorher, noch stumpfsinniger.

»Die Plomben vor – be – rei – tet ... zwei, sechs, acht Pfund ... Sehe schlecht ... Kalt ...« Die Stimme kam nicht aus dem Kopf, sondern aus einem breiten Brustschild. Die Katze lag zusammengerollt auf der Schulter des Metallriesen, sie blickte Pirx an.

»Plomben vorbereitet ...«, krächzte Terminus weiter und unterstrich seine Worte mit Gebärden, die Pirx gut kannte. Er griff mit schaufelartig geformten Händen in die Luft und stieß die Arme abwechselnd vor. Pirx verstand

– auf diese Art wurden undichte radioaktive Stellen plombiert. Der oxydierte Rumpf war durch die heftigen Bewegungen ins Taumeln geraten. Die Katze auf seiner Schulter fauchte wütend, zerkratzte das Blech, verlor das Gleichgewicht, sprang wie ein schwarzer Blitz auf den Boden und prallte gegen Pirx' Beine. Der Automat schien das nicht bemerkt zu haben, er war verstummt. Die Hände zuckten noch eine Weile wie ein allmählich verhallendes Echo, aber schließlich erstarrten auch sie.

Pirx warf einen Blick auf die spröde, morsche Wand des Reaktors, die mit Sickerstellen und dunklen Flecken übersät war, den Spuren zahlloser Zementabdichtungen. Dann wandte er sich wieder Terminus zu. Er schien sehr alt zu sein, älter noch als das Raumschiff. Die rechte Schulter war offensichtlich einmal erneuert worden, Ölschmutz klebte an Hüften und Schenkeln, rings um die Nahtverbindungen hatte das geglühte Blech eine granitene Farbe angenommen.

»Terminus!« Pirx rief es so laut, als ob er einen Tauben vor sich hätte. »Terminus, geh auf deinen Platz!«

»Ich gehe . . .« Der Automat bewegte sich wie ein Krebs, er wich zurück und zwängte sich rasselnd in sein offenes Versteck. Pirx sah sich nach der Katze um, konnte sie aber nirgends entdecken. Er verließ die Kammer, schloß die Tür hinter sich und fuhr mit dem Aufzug in den vierten Stock zur Navigationskabine.

Es war ein breiter, niedriger Raum mit geschwärzter Eichenverkleidung und einem Balkengewölbe, er ähnelte mit seinen Bullaugen, die von kupfernen Ringfassungen umgeben waren, einer Schiffskajüte. Vor vierzig Jahren galt das als modern, sogar die Plastikbeschläge waren so gefertigt, daß sie wie eine Holztäfelung wirkten. Pirx öffnete eines der runden Fenster und hätte sich um ein Haar den Kopf gestoßen – verborgene Glühlampen schufen die Illusion von Tageslicht. Er schlug die gläserne Klappe zu und wandte sich um. Von der Decke hingen große, bis auf den Fußboden reichende Himmelskarten herab, blaßblau wie die Meere im Atlas, in den Ecken lag Pauspapier herum, über und über mit bunten Kursdiagrammen bemalt. Das Reißbrett unter dem kleinen Punktscheinwerfer war von Zirkelstichen durchlöchert. In einem Winkel des Raumes stand ein Schreibtisch, davor ein schwerer Eichensessel, der am Fußboden festgeschraubt war. Der Sessel hatte ein Kugelgelenk, er ließ sich nach jeder beliebigen Seite neigen. In die Wände waren breite, geräumige Bücherregale eingelassen. Eine wahre Arche Noah, dachte Pirx. Wie hatte sich der Agent doch gleich ausgedrückt? »Sie bekommen ein historisches Schiff«, hatte er gesagt, als er den Vertrag unterzeichnete ... Aber »alt« bedeutet doch noch lange nicht »historisch« ...

Er zog die Schreibtischschubladen heraus, eine nach der anderen. Endlich fand er, was er suchte – das Logbuch, ein dicker Wälzer in Ledereinband mit fleckigen Beschlägen. Er schlug es im Stehen auf, er schien sich nicht entschließen zu können, in dem großen, ausgebeulten Sessel Platz zu nehmen. Auf der ersten Seite war das Datum des Versuchsfluges eingetragen, darunter klebte eine Photokopie des technischen Übergabedokuments der Werft. Pirx blinzelte, damals hatte er noch nicht gelebt. Er suchte nach der letzten Eintragung, sie war für ihn am wichtigsten. Als er sie fand, stellte er fest, daß sie mit dem übereinstimmte, was er von dem Agenten erfahren hatte – das Schiff lud seit einer Woche Maschinen und Kleingut für den Mars. Der Start, ursprünglich für den Achtundzwanzigsten angesetzt, war verschoben worden, seit drei Tagen wurde also Standzeit berechnet. Aha, deshalb beeilen sie sich so ..., dachte Pirx. Na ja, die Standzeiten in einem irdischen Hafen können wirklich einen Millionär ruinieren ...

Er blätterte in dem Buch, unterzog sich aber nicht der Mühe, die verblaßte Schrift zu lesen. Hin und wieder fielen ihm einzelne stereotype Wendungen ins Auge – Kurszahlen, Resultate von Berechnungen –, es war nicht das, was er suchte. Bei einer Eintragung verweilte er länger.

Schiff in die Werft Ampers-Hart gegeben – Überholung I. Kategorie.

Der Vermerk war drei Jahre alt – Pirx entnahm es dem Datum. Mal sehen, was sie ausgebessert haben, dachte er. Nicht daß er neugierig war, er wollte sich nur informieren. Als er die Aufstellung der Reparaturen durchsah, fiel er von einem Erstaunen ins andere. Von Spitzenpanzerungen war da die Rede, von sechzehn Decksektionen, von Spanten für den Mantel des Reaktors, von hermetischen Verbänden . . .

Neue Verbände? Neue Spanten? Richtig! Der Agent hatte doch etwas von einer Havarie erzählt . . . Havarie? Das muß wohl eher eine Katastrophe gewesen sein . . .

Er blätterte zurück, um etwas aus den Eintragungen vor der Überholung zu erfahren . . . *Bestimmungshafen: Mars,* las er. *Ladung: Kleingut – Besatzung: Ingenieur Pratt, Erster Offizier – Wayne, Zweiter Offizier – Potter und Nolan, Piloten – Simon, Mechaniker . . .*

Und der Kommandant?

Er schlug eine weitere Seite um und zuckte zusammen: Die Schiffsübernahme war vor neunzehn Jahren! Unterschrift: Momssen, Erster Navigator . . .

Momssen!

Momssen? Das kann doch nicht der Momssen sein . . . Das war doch damals ein ganz anderes Schiff!

Aber das Datum stimmte – es war genau neunzehn Jahre her. Moment mal, sagte sich Pirx. Ruhig, nur ruhig . . .

Er griff ein zweites Mal nach dem Logbuch. Eine schwungvolle, deutliche Schrift, die Tinte war verblichen.

Da, der erste Reisetag. Der zweite, der dritte. *Kleines Leck im Reaktor – 0,4 Röntgen pro Stunde – Plombiert – Kursberechnungen – Sternfix.*

Weiter, weiter! Pirx las nicht mehr, seine Augen hüpften über die Zeilen.

Da! Das Datum, das er sich in der Schule eingeprägt hatte, und darunter stand: *16.40 Uhr – Dejmos warnt vor einer aus der Jupiterperturbation der Leoniden stammenden Wolke, die mit Kollisionskurs bei einer Geschwindigkeit von 40 km/sec durch eigenen Sektor fliegt – Der MW-Empfang bestätigt – Für Besatzung PM-Alarm erklärt – Trotz des Lecks im Reaktor von 0,42 Röntgen pro Stunde Ausweichmanöver mit voller Kraft und approximativem Kurs auf Oriondelta.*

Darunter neue Zeile: *Um 16.51 auf ...* Der Rest der Seite war unbeschrieben.

Keine Vermerke mehr, keine Kritzeleien, keine Flecke – nichts. Der letzte Buchstabe widersprach den Regeln der Schönschrift, er ging in einen langen, jäh abfallenden Strich über.

Dieser zittrige Strich, mit dem die Eintragungen endeten, sagte alles. Pirx glaubte das Prasseln der Einschläge zu vernehmen, das Heulen der entweichenden Luft, die Schreie der Menschen, denen Augäpfel und Kehlen barsten ...

Aber das Raumschiff hatte doch einen Namen ... Wie hieß es bloß?

Es war unerklärlich – er konnte sich nicht erinnern, und dabei war er ihm so geläufig gewesen, er war ihm in Fleisch und Blut übergegangen wie der Name des Schiffes von Christoph Kolumbus. Herrgott, wie hieß es doch gleich ... Es war das letzte, das Momssen kommandiert hatte ...

Er eilte in die Bibliothek, griff nach einem dicken Band, dem Lloydregister. Mit »K« fing es an, überlegte er. »Kosmonaut«? Nein. »Kondor«? Nein. Länger ... Nach einem Drama ... Irgendein Held, ein Ritter ...

Er warf den Band auf den Schreibtisch und fixierte die Wände. Zwischen den Bücherregalen und dem Schrank mit den Landkarten hingen Apparate – ein Hygrometer, ein Geigerzähler, ein Gerät zum Messen von Wasserstoffdioxyd ... Er nahm sie der Reihe nach in die Hand, fand aber keine Aufschriften. Sie schienen übrigens neu zu sein.

Dort, in der Ecke!

An einer Eichenplatte leuchtete das Zifferblatt eines Radiographen. Es war ein altes Gerät mit Messingverzierungen – solche Modelle wurden nicht mehr hergestellt. Er löste rasch die Schrauben, zog vorsichtig mit den Fingerspitzen an der Einfassung und drehte den Metallbehälter um. Da stand es geschrieben, eingraviert in den golden schimmernden Messingboden: KORIOLAN.

Das war das Schiff!

Er schaute sich in der Kabine um. Hier also, in diesem Sessel, hatte seinerzeit der berühmte Momssen gesessen – bis zum letzten Augenblick!

Er klappte das Lloydregister auf und suchte unter »K«. KRONE DES SÜDENS, KORSAR, KORIOLAN: *Ein Schiff der Compagnie ... 19 000 Tonnen ruhende Masse ... vom Stapel gelaufen im Jahre ... Uran-Wasserstoff-Reaktor, System ... Kühlung ... Zugkraft ... maximale Reichweite ... eingeführt auf der Linie Terra-Mars, verlorengegangen infolge Kollision mit dem Strom der Leoniden ... nach sechzehn Jahren von einem Patrouillenschiff im Aphel der Umlaufbahn ... wiedergefunden, nach Überholung I. Kategorie bei Ampers-Hart durch die Compagnie des Südens auf der Linie Terra-Mars eingesetzt ... Kleinguttransport ... Versicherungstarif* ... Nein, das nicht ... aber hier: ... *unter dem Namen »Blauer Stern«*.

Pirx schloß die Augen. Wie still es ist ... Sie haben also

den Namen geändert . . . Sie wollten bei der Anheuerung einer neuen Besatzung keine Schwierigkeiten haben . . . Deshalb hatte der Agent . . .

Ihm fiel ein, was man sich in der Basis über den Fall erzählte. Es war ja ihr Patrouillenschiff gewesen, das das Wrack entdeckt hatte . . . Die Meteoritenwarnungen kamen damals immer viel zu spät. Das Protokoll der Katastrophenkommission war lakonisch abgefaßt: »Höhere Gewalt . . . Keine Schuldigen.« Und die Besatzung? Man fand Spuren, die darauf hindeuteten, daß nicht alle sogleich umgekommen waren. Zu denen, die am Leben blieben, gehörte der Kommandant. Die Männer waren durch die Trümmer der zerstörten Decks voneinander getrennt worden, aber Momssen brachte es zuwege, daß keiner seelisch zusammenbrach, obwohl ihnen keine Hoffnung auf Rettung blieb. Sie lebten bis zur letzten Sauerstoffflasche, bis zum bitteren Ende. Und dann gab es noch etwas Eigenartiges, eine makabre Einzelheit, die wochenlang durch die Presse geisterte, bis eine neue Sensation alles in Vergessenheit geraten ließ – was war es nur?

Pirx sah sich im Geiste wieder in dem modernen Hörsaal . . . Sein Kamerad Smiga, über und über mit Kreide beschmiert, stand an der Tafel und quälte sich mit Modellzeichnungen herum, und er, Pirx, las heimlich die Zeitung, die er auf dem Boden des Schubfaches ausgebreitet hatte: »Wer ist imstande, den Tod zu überleben? Nur ein Toter!« Ja, natürlich – das war's! Ein einziger war bei der Katastrophe unversehrt geblieben, einer, der weder Sauerstoff noch Lebensmittel brauchte – der Roboter! Sechzehn Jahre lang hatte er unter Trümmern gelegen!

Pirx erhob sich. Terminus! dachte er. Bestimmt, ganz bestimmt . . . Er hatte ihn an Bord. Er könnte es wagen, ihn zu fragen . . .

Unsinn! Ein mechanischer Schwachkopf, eine Maschine

zum Abdichten von Lecks, blind und taub vor Alter! Lediglich die Presse, in ihrem ewigen Bemühen, aus jedem Ereignis ein Maximum an Sensation herauszuziehen, hatte ihn mit marktschreierischen Schlagzeilen zum geheimnisvollen Zeugen der Tragödie erklärt und behauptet, er sei von einer Kommission hinter verschlossenen Türen vernommen worden. Pirx dachte an das stumpfsinnige Krächzen des Automaten. Unsinn, ganz offensichtlicher Unsinn!

Er klappte das Logbuch zu, warf es in die Schublade und sah auf die Uhr.

Punkt acht, höchste Zeit! Alles war zum Start bereit – Luken geschlossen, Hafenkontrolle und sanitäre Überprüfung beendet, Zollerklärungen avisiert. Pirx suchte die Frachtpapiere zusammen, er überflog das Warenzertifikat und wunderte sich, daß ihm keine genaue Liste vorlag. Maschinen? Schön und gut, aber was für welche? Und welches Taragewicht? Weshalb fehlt das Diagramm der Ladung mit dargestelltem Schweremittel? Nichts – nur das Bruttogewicht und das Schema der Verteilung auf die Laderäume. Im Heck sind kaum dreihundert Tonnen verstaut – wieso? Soll das Schiff mit verminderter Last fliegen? Warum erfahre ich das zufällig und im letzten Augenblick?

Er durchwühlte in fieberhafter Hast die Fächer, warf die Papiere durcheinander, ohne zu finden, was er suchte – und er vergaß darüber völlig die Tragödie, die ihn eben noch beschäftigt hatte. Als er den Radiographen erblickte, den er aus der Kassette herausgenommen hatte, fiel ihm die ganze Geschichte wieder ein, und er zuckte zusammen. Kurz darauf geriet ihm ein Zettel in die Finger. Ihm entnahm er, daß im letzten Laderaum, dessen Boden an die Atomsäule grenzte, achtundvierzig Kisten mit Lebensmitteln lagerten. »Leicht verderbliche Lebensmittel« stand da geschrieben. Weshalb haben sie das Zeug ausgerechnet dort untergebracht, wo die Temperaturen bei laufenden Motoren am höchsten sind und wo es kaum Frischluft gibt? fragte er sich. Ist das Absicht? Soll es verderben?

Es klopfte.

»Bitte!« sagte er, eiligst bemüht, die Papiere zu ordnen und wegzuschließen. Zwei Männer traten ein, blieben auf der Schwelle stehen.

»Boman, Nukleoniker.«

»Sims, Elektriker.«

Pirx stand auf. Sims war jung, hager, die emsig hin und her huschenden Äuglein erinnerten an ein Eichkätzchen. Er hustete. In Boman erkannte Pirx auf den ersten Blick den Veteranen. Sein Teint war braun – braun mit einem charakteristischen Stich ins Orangefarbene. Es waren die Spuren kosmischer Strahlen – kleiner Mengen, die sich im Laufe der Jahre summiert hatten. Boman reichte Pirx kaum bis zu den Schultern. Damals, als er zu fliegen begann, zählte noch jedes Kilo Gewicht an Bord. Obwohl er mager war, wirkte sein Gesicht gedunsen. Dunkle Säcke lagen unter seinen Augen – stumme Zeugen der Belastungen, denen der Organismus ausgesetzt gewesen war. Die Unterlippe verdeckte die Zähne nicht.

So werde ich auch mal aussehen, dachte Pirx, während er mit ausgestreckter Hand auf ihn zuging.

I

Die Hölle begann um neun. Auf dem Startplatz herrschte das übliche Treiben. Die Raumschiffe standen in langen Reihen bereit, alle sechs Minuten belferten die Lautsprecher, Warnraketen wurden abgeschossen, Triebwerke dröhnten, brüllten, donnerten im Probelauf. Ein Schiff startete nach dem anderen, jedesmal regnete es Staubkaskaden vom Himmel. Kaum hatte sich der Schmutz gesetzt, da kam von dem kleinen Turm schon das Signal »Freie Bahn!« für den nächsten Piloten. Alle hatten es eilig, jeder wollte ein paar Minuten gewinnen – so war es in den Spitzenzeiten auf allen Güterumschlaghäfen. Fast jedes Schiff flog zum Mars, die Menschen dort baten verzweifelt um Maschinen und Grünzeug, sie bekamen oft monatelang kein Frischgemüse zu sehen, denn die hydroponischen Solarien waren erst im Bau.

Kräne wurden verladen, Betonmischmaschinen, Elemente von Gitterkonstruktionen, Glaswatte in großen Ballen, Medikamente, Behälter mit Zement und Rohöl. Jedesmal, wenn ein Warnzeichen ertönte, gingen die Arbeiter in Deckung. Sie sprangen in die Strahlungsschutzgräben, in gepanzerte Zugmaschinen – und kaum war alles vorbei, da nahmen sie ihre Tätigkeit wieder auf, auch wenn der Betonboden noch nicht abgekühlt war. Um zehn, als sich die Sonne über dem Horizont zeigte, rot, rauchverhangen und eigenartig gedunsen, waren die Betonschutzwälle zwischen den Startrampen rissig, rußbedeckt und vom Feuer zerfressen. Die Schäden wurden rasch mit schnelltrocknendem Zement ausgebessert, der wie Schlammfontänen aus den Schläuchen quoll. Die Männer der Strahlungsbekämpfung sprangen in ihren Skaphandern aus den Spezialfahrzeugen und rieben den Boden mit Sandstrahlgebläsen ab, Sirenengeheul ertönte, schwarz-rote Kontrollwägelchen, schachbrettartig bemalt, rasten in alle Winde auseinander. Im Kommandoturm schrie sich jemand heiser, oben kreisten wie große Bumerangs die Radargeräte – kurz, alles war so wie immer.

Pirx war überall. Er nahm Frischfleisch in Empfang, das im letzten Augenblick angeliefert wurde, tankte Trinkwasser und überprüfte die Kühlaggregate – die Mindesttemperatur betrug minus fünf Grad, der Kontrolleur wackelte bedenklich mit dem Kopf, aber er ließ sich erweichen und unterschrieb. Bei der Probe begannen die Kompressoren an den Ventilen zu schwitzen, Pirx' Stimme tönte wie die Posaunen von Jericho. Zu allem Überfluß stellte sich heraus, daß die Wasserlast schlecht verteilt war, irgendein Schwachkopf hatte das Ventil herumgeworfen, bevor sich die Bodenbassins gefüllt hatten. Pirx unterzeichnete Papiere, man drückte ihm gleich fünf auf einmal in die Hand, er wußte gar nicht mehr, was er da unterschrieb.

Um elf, eine Stunde vor dem Start, geschah es. Die Flughafenbehörde erlaubte den Start nicht – das Düsensystem sei zu alt, der radioaktive Niederschlag zu gefährlich, überdies habe das Raumschiff keinen Borwasserstoffhilfsantrieb wie der »Gigant«, der um sechs gestartet war; Pirx, schon heiser vom vielen Schreien, reagierte ganz ruhig. Ob sich der Flugdienstleiter darüber im klaren sei, was er da sage? Ob er den »Blauen Stern« erst jetzt bemerkt habe? Daraus könnten sich große, sehr große Unannehmlichkeiten ergeben. Zusätzlicher Schutz? Welcher Art? Sandsäcke – wie viele? Dreitausend Stück, Bagatelle! Bitte sehr, er würde auch unter diesen Umständen pünktlich starten. Die Kosten zu Lasten der Compagnie? Mochten sie?

Er schwitzte. Alles schien sich verschworen zu haben, einzig und allein, um das Chaos noch zu vergrößern. Der Elektriker machte dem Mechaniker Vorwürfe und behauptete, er habe die Notleitung nicht überprüft, der zweite Pilot war »für fünf Minuten« irgendwohin verschwunden, es hieß, er nehme Abschied von seiner Braut, auch der Sanitäter war fort. Vierzig gepanzerte Mammute umringten das Schiff, Männer in schwarzen Monteueranzügen stapelten hastig Sandsäcke – das hektische Lichtsignal am Turm trieb sie zur Eile –, ein Funkspruch war gekommen, aber anstelle des Piloten hatte ihn der Elektriker entgegengenommen und versäumt, ihn einzutragen: »Das ist nicht meine Sache!«

Pirx brummte der Schädel. Er täuschte nur noch vor, über den Dingen zu stehen. Zwanzig Minuten vor dem Start faßte er einen riskanten Entschluß – er ließ das gesamte Wasser von der Spitze ins Heck umpumpen. Mag geschehen, was will, dachte er. Schlimmstenfalls wird es sieden ... Hauptsache, die Standfestigkeit erhöht sich!

Elf Uhr vierzig – Motorenprobe. Nun gab es kein Zurück mehr. Pirx' Vermutung, daß die Männer nichts taugten, erwies sich als übereilt. An Boman fand er sogar Gefallen. Man sah und hörte ihn nicht, dennoch lief alles wie am Schnürchen. Düsengebläse, kleiner Schub, voller Schub – sechs Minuten vor Null, als die Flughafenbehörde »Zum Start« kommandierte, war alles bereit. Die Männer lagen auf den heruntergeklappten Sesseln. Mulat, der zweite Pilot, war recht niedergeschlagen von seiner Braut zurückgekehrt, und auch der Sanitäter hatte sich eingefunden. Der Lautsprecher krächzte, blökte, der Zeiger kroch auf Null – Start.

Pirx war sich darüber im klaren, daß ein Neunzehntausendtonnenschiff etwas anderes war als ein kleines Patrouillenboot, in das man gerade so hineinpaßte. Ein Raumschiff ist kein Floh, es springt nicht, der nötige Schub will erst einmal herausgeholt werden. Pirx wußte das, aber was nun folgte, übertraf seine Befürchtungen. Die Zeiger standen schon auf halber Kraft, der Rumpf bebte von den Heckdüsen bis zur Spitze, als wollte er bersten – und dabei hatte sich der »Blaue Stern« noch nicht einmal vom Boden erhoben! Vielleicht liegen wir irgendwie fest, dachte Pirx. So etwas soll ja alle hundert Jahre einmal vorkommen. Plötzlich zuckte der Zeiger vor – sie »standen« auf der Feuersäule, der Rumpf zitterte, die Nadel des Schweremessers tanzte wie toll. Pirx lehnte sich zurück, entspannte die Muskeln. Von nun an konnte er nichts mehr tun, selbst wenn er gewollt hätte.

Der »Blaue Stern« schoß hoch. Pirx handelte sich eine

Funkwarnung ein. Starts mit vollem Schub waren verboten wegen zu hoher Radioaktivität. Die Gesellschaft wird Strafe zahlen müssen, sagte er sich. Sehr gut, soll sie doch, hol sie der Teufel . . . Er schnitt eine Grimasse. Ich könnte mich mit der Hafenbehörde auseinandersetzen, könnte darauf hinweisen, daß ich nur mit halber Kraft gestartet bin – aber wozu? Soll ich vielleicht landen, eine Kommission einberufen und eine protokollarische Abschrift der Notierungen in den Uranographen verlangen?

Pirx hatte andere Sorgen, ihn beschäftigte das Durchstoßen der Atmosphäre. Er hatte noch nie in seinem Leben in einem Raumschiff gesessen, das so zitterte. Etwas Ähnliches mochten wohl nur die Menschen im Kopfteil eines mittelalterlichen Sturmbocks empfunden haben, wenn sie Mauern zum Einsturz brachten. Alles hüpfte auf und nieder, die Männer wurden in den Gurten hin und her gerissen – die Seele drohte ihnen aus dem Leib zu springen. Der Schweremesser schien sich nicht entscheiden zu können, mal zeigte er 3,8 an, mal 4,9, dann kroch er schamlos bis 5, und schließlich fiel er erschrocken auf 3 zurück. Es war, als hätten sie Klöße in den Düsen! Nun hatten sie vollen Schub. Pirx preßte beide Hände um die Haube – anders konnte er die Stimme des Piloten nicht hören. Der »Blaue Stern« brüllte, aber es war beileibe kein ballistisches Triumphgebrüll, sondern ein Verzweiflungsschrei, ein Kampf mit der irdischen Schwerkraft auf Leben und Tod. Minutenlang schien das Schiff unbeweglich im Raum zu stehen und den Planeten mit Urgewalt zurückzustoßen – so fühlbar waren die qualvollen Bemühungen des »Sterns«! Die Konturen der Bleche und Fugen verschwammen in dem stetigen Vibrieren, Pirx glaubte schon das Bersten der Nähte zu vernehmen, aber es war eine Sinnestäuschung – in dieser Hölle hätte er nicht einmal die Trompeten des Jüngsten Gerichts gehört.

Die Temperatur der Spitzenpanzerung war der einzige Wert, der nicht schwankte, er ging nicht zurück, sprang nicht hoch, sondern kletterte langsam und gleichmäßig, als sei auf der Skala noch ein Meter Platz. Zweitausendfünfhundert, zweitausendachthundert – kaum ein paar Striche waren übrig. Dabei hatten sie noch nicht einmal die erste kosmische Geschwindigkeit! Alles, was sie herauszuholen vermochten, waren 6,6 km/sec, und das in der vierzehnten Flugminute! Pirx kam ein entsetzlicher Gedanke, ein Alptraum, wie er manchmal Piloten heimsucht: die Vorstellung, das Raumschiff habe sich überhaupt nicht von der Erde gelöst ... Vielleicht sind das gar nicht vorüberhuschende Wolken dort auf dem Bildschirm – vielleicht ist es Dampf aus geplatzten Kühlrohren! Aber so war es nicht: Sie flogen. Der Sanitäter lag kreidebleich da, er schien krank zu sein. Von ihm werden wir nicht viel Fürsorge erwarten können, dachte Pirx. Die Ingenieure hielten sich gut, Boman schwitzte nicht einmal – er war grau im Gesicht, hielt die Augen geschlossen, still und friedlich wie ein kleiner Junge. Unter den Sitzen spritzte Flüssigkeit aus den Amortisatoren, daß es nur so eine Art hatte – die Kolben stießen fast ganz durch. Bin neugierig, was geschieht, wenn sie wirklich durchstoßen, dachte Pirx.

Die altmodische Anordnung der Meßuhren war ihm ungewohnt, er wandte den Kopf stets nach der verkehrten Seite, wenn er Schub, Kühlung, Geschwindigkeit oder den Zustand der Panzerung kontrollieren wollte.

Der Pilot schrie – anders war es ihm nicht möglich, sich mit Pirx über Interkom zu verständigen. Er schien ein wenig die Übersicht verloren zu haben, denn der »Stern« wich vom Kurs ab. Es waren zwar nur geringe, ja winzige Abweichungen, aber beim Durchstoßen der Atmosphäre genügten sie, um die eine Flanke des Schiffes stärker zu erhitzen als die andere. So etwas führt zu ungeheuren thermischen Spannungen in der Panzerung und kann unter Umständen fatale Folgen haben. Pirx blieb nichts weiter übrig, als zu hoffen. Wenn die zottige Schale Hunderte solcher Starts ausgehalten hat, dann wird sie auch diesen überstehen, dachte er.

Der Thermodampfzeiger war inzwischen bis zum Skalenende vorgerückt – dreitausendfünfhundert Grad. Noch zehn Minuten diese Temperatur, und die Panzerung geht aus den Fugen, sagte sich Pirx. Selbst Karbide sind nicht unzerstörbar ... Wie dick mag der Panzer sein? Keine Angaben ... Jedenfalls ist er ordentlich angesengt ... Ihm wurde heiß, aber das war wohl mehr auf seine rege Phantasie zurückzuführen, denn innen zeigte das Thermometer siebenundzwanzig Grad an, wie beim Start. Sie hatten den sechzigsten Kilometer erreicht, die Atmosphäre lag praktisch unter ihnen, die Geschwindigkeit betrug 7,4 km/sec. Sie flogen etwas gleichmäßiger, aber immer noch unter dreifacher Belastung. Der »Stern« bewegte sich wie ein bleierner Klotz, es gab kein Mittel, ihn in Schwung zu bringen – nicht einmal im Vakuum. Pirx wußte nicht, woran es lag.

Eine halbe Stunde später nahmen sie bereits Kurs auf den Arbiter – erst hinter ihm, dem letzten der Satelliten, sollten sie auf die elliptische Bahn Erde–Mars einbiegen. Alle hatten sich aufgesetzt, Boman massierte sich das Gesicht. Pirx fühlte, daß auch seine Mundpartie geschwollen war, vor allem die Unterlippe. Die Männer hatten blutunterlaufene, trübe Augen, Heiserkeit plagte sie und trockener Husten. Aber das waren normale Symptome, gewöhnlich verschwanden sie nach einer Stunde.

Die Atomsäule arbeitete zufriedenstellend. Der Schub war nicht schwächer geworden, stärker allerdings auch nicht. Im Vakuum hätte er eigentlich zunehmen müssen, aber er tat es nicht – der »Stern« schien sich nicht einmal nach den elementarsten Gesetzen der Physik zu richten. Sie hatten nun elf Kilometer pro Sekunde, und es galt, normale Kuriergeschwindigkeit zu erreichen, weil sie sonst monatelang zum Mars hätten bummeln müssen. Vorerst jedoch visierten sie den Satelliten Arbiter an.

Pirx ging es wie allen Navigatoren, vom Arbiter erwartete er nichts als Unannehmlichkeiten – entweder Vorhaltungen wegen des unvorschriftsmäßig großen Triebstrahls oder die Behauptung, man dränge sich ihm auf, obwohl er, Arbiter, zuerst ein wichtigeres Raumfahrzeug durchlassen müsse, oder eine Rüge, weil die ionisierenden Entladungen in den Düsen den Funkempfang störten – aber diesmal geschah nichts dergleichen. Arbiter ließ sie anstandslos passieren. Das einzige, was sie von ihm hörten, war eine Meldung über »hohes Vakuum«. Pirx beantwortete den Funkspruch, und damit war der Austausch kosmischer Höflichkeiten beendet.

Sie steuerten nun direkten Kurs. Man konnte sich schon bewegen, konnte aufstehen und sich ein wenig die Beine vertreten. Der Funkmechaniker, der gleichzeitig als »Smutje« fungierte, ging zur Kombüse. Alle waren hungrig, vor allem Pirx, der noch gar nichts im Magen hatte.

Im Steuerraum begann die Temperatur zu steigen, die Glut der erhitzten Panzerung drang mit gewisser Verspätung ins Innere. Ein penetranter Geruch breitete sich aus – das Öl war aus der Hydraulik geflossen und bildete rings um die Sitze große Lachen.

Der Kernphysiker fuhr zur Säule hinunter, um nachzusehen, ob es Neutronenlecks gab. Pirx plauderte unterdessen mit dem Elektriker, es stellte sich heraus, daß sie gemeinsame Bekannte hatten. Er begann sich allmählich wohl zu fühlen, zum erstenmal, seit er an Bord war, regte sich in ihm so etwas wie Zufriedenheit. Wie der »Stern« auch immer beschaffen sein mag – neunzehntausend Tonnen, das will schon was heißen ..., sagte er sich. Es gehört schon etwas dazu, anstelle eines einfachen Frachters solch ein Riesenwrack zu steuern ... Erstens ist die Ehre größer, und zweitens ... Man kann nie genug Erfahrungen sammeln ...

Anderthalb Millionen Kilometer hinter dem Arbiter erlebten sie die erste Enttäuschung: Das Mittagessen war ungenießbar. Der Funkmechaniker fluchte in allen Tonarten, am meisten aber ereiferte sich der Sanitäter, der, wie sich herausstellte, magenkrank war. Kurz vor dem Start war es ihm gelungen, ein paar Hühner zu erstehen. Eines davon hatte er den Kochkünsten des Funkmechanikers anvertraut – das Ergebnis war eine Brühe voller Federn. Um die Beefsteaks für die anderen Besatzungsmitglieder war es nicht besser bestellt – man hätte sich zeitlebens mit ihnen befassen müssen.

»Gehärtet, wie?« fragte der zweite Pilot und bohrte die Gabel in seine Portion, daß das Fleisch vom Teller sprang.

Der Funkmechaniker war gegen Sticheleien unempfindlich, er riet dem Sanitäter, sich die Brühe durchzuseihen. Pirx besann sich auf seine Pflichten als Vorgesetzter. Er wollte Frieden stiften, wußte aber nicht, wie er das anstellen sollte. Es gelang ihm nur mit Mühe, ein Lachen zu unterdrücken.

Nach dem Mittagessen aus der Konservendose kehrte er in den Steuerraum zurück. Er befahl dem Piloten, einen Kontroll-Sternfix zu machen, und trug die Werte, die der Schweremesser zeigte, ins Logbuch ein. Als sein Blick auf die Zeiger der Atomsäule fiel, pfiff er vor Überraschung vor sich hin – das war keine Säule, sondern ein Vulkan. Achthundert Grad in der Ummantelung – und das nach erst vier Flugstunden! Die Kühlung kreiste unter einem maximalen Druck von zwanzig Atmosphären. Pirx überlegte. Das Schlimmste schienen sie überwunden zu haben. Die

Landung auf dem Mars war kein Problem – die Schwerkraft war um die Hälfte geringer, die Atmosphäre dünner. Irgendwie zurückkommen würden sie schon. Aber die Säule, die Säule – es mußte etwas geschehen . . . Er trat an den Kalkulator, stellte Berechnungen an, wollte wissen, wie lange sie noch mit diesem Schub fliegen müßten, um auf die Kurierlinie zu kommen. Bei einer Geschwindigkeit unter achtzig Kilometer pro Sekunde würden sie sich sehr verspäten.

»Noch achtundsiebzig Stunden«, antwortete der Kalkulator.

Achtundsiebzig Stunden? Das müßte die Säule sprengen! Wie ein Ei würde sie auseinanderfliegen – daran war nicht zu zweifeln. Pirx beschloß, die erforderliche Geschwindigkeit nicht auf einmal, sonder nach und nach zu entwickeln. Der Kurs würde sich dadurch ein wenig komplizieren, und man mußte auch Abschnitte ohne Schub fliegen, ohne Schwerkraft also, was nicht gerade zu den angenehmsten Dingen gehörte. Aber wie dem auch war – es gab keinen anderen Ausweg. Er schärfte dem Piloten ein, den Sternkompaß nicht aus den Augen zu lassen, und fuhr mit dem Fahrstuhl zum Reaktor hinunter. Als er den dunklen Korridor durchquerte, der von Laderäumen flankiert war, vernahm er ein dumpfes Dröhnen – es hörte sich an, als galoppiere eine Schar gepanzerter Reiter über Eisenplatten.

Pirx beschleunigte seinen Schritt, ein schwarzes Knäuel geriet ihm zwischen die Füße – die Katze. Sie jagte wie ein Blitz davon, gleichzeitig fiel irgendwo in der Nähe eine Tür ins Schloß, daß es krachte. Dann wurde es still. Pirx eilte weiter. Vor ihm öffnete sich wie ein Schlund der Hauptgang, der von schmutzigtrüben Lampen erhellt war, aber außer kahlen, geschwärzten Wänden war nichts zu sehen. Im Hintergrund brannte eine Glühbirne, das Kabel pendelte hin und her – irgend jemand hatte es in Schwingungen versetzt.

»Terminus!« rief Pirx aufs Geratewohl, aber nur das Echo antwortete ihm. Er wandte sich um, eilte in den Vorraum der Atomsäule, traf aber Boman, der vor ihm heruntergefahren war, nicht mehr an. Die Luft, trocken wie Sand, brannte in den Augen. Heißer Wind rauschte in den Trichtern der Ventilatoren, es herrschte ein Getöse wie in der Nähe eines Dampfkessels. Die Säule selbst arbeitete geräuschlos wie jede andere – der Lärm wurde von den Kühlaggregaten verursacht, die bis zum äußersten strapaziert waren. Die von einer Betonschicht umgebenen, kilometerlangen Rohrleitungen, durch die eiskalte Flüssigkeit strömte, gaben eigenartig klagende, stammelnde Laute von sich. Die Zeiger der Pumpen hinter den linsenartigen Gläsern waren ausnahmslos nach rechts gerichtet. Die wichtigste der Uhren – sie gab die Dichte des Neutronenstroms an – leuchtete wie ein Mond. Ihr Zeiger berührte fast die rote Grenze – ein Anblick, der jeden Kontrollinspekteur an den Rand eines Herzinfarkts gebracht hätte. Die felsenähnliche Betonwand, narbig und rauh von den vielen Zementflikken, strahlte tödliche Hitze aus. Die Bleche der Plattform vibrierten – es war ein unangenehmes, nervöses Beben, das sich dem ganzen Körper mitteilte. Das Lampenlicht spiegelte sich ölig in den blitzenden Scheiben der Ventilatoren, ein weißes Signallämpchen begann zu flackern und verlosch, statt dessen flammte ein rotes Warnlicht auf. Pirx trat unter die Plattform, um nach den Leitungsschaltern zu sehen, aber Boman war ihm zuvorgekommen, er hatte den Automaten bereits auf Unterbrechung der Kettenreaktion in vier Stunden geschaltet. Die Geigerzähler tickten ruhig, der Signalisator zeigte ein kleines Leck an – 0,3 Röntgen pro Stunde. Pirx warf noch einen Blick in die dunkle Ecke der Kammer. Sie war leer.

»Terminus!« rief er. »He, Terminus!«

Keine Antwort. Die Mäuse in ihren Käfigen huschten wie weiße Flecke hin und her – sie fühlten sich offenbar nicht sonderlich wohl in der subtropischen Hitze. Pirx verließ die Kammer und verriegelte hinter sich die Tür. Draußen, im kühlen Gang, befiel ihn ein Zittern, sein Hemd war schweißnaß. Ziellos und ohne zwingenden Grund wagte er sich in die immer enger werdenden Gänge des Hecks vor, in denen Halbdunkel herrschte, bis ihm eine blinde Wand den Weg versperrte. Er berührte sie. Sie war warm. Seufzend kehrte er um, fuhr zum vierten Deck hinauf, in den Navigationsraum, und ging daran, den Kurs aufzuzeichnen. Als er das erledigt hatte, sah er auf die Uhr und stutzte: Es war neun, die Zeit war wie im Fluge verstrichen. Er knipste das Licht aus und verließ den Raum.

Als er in den Fahrstuhl stieg, entglitt ihm sanft der Fußboden unter den Füßen. Der Automat hatte die Säule ausgeschaltet, es herrschte Schwerelosigkeit.

In dem von Nachtlämpchen schwach erhellten Korridor des Mittelschiffs summten die Ventilatoren ihr monotones Lied. Das schwache Licht in der Ferne flimmerte in den sich kreuzenden Luftströmungen. Pirx stieß sich von der Tür des Aufzuges ab und schwamm vor sich hin. Im bläulichen Dämmerlicht schwebte er an Türen vorbei, sie führten zu den Kajüten, in die er noch nicht hineingeschaut hatte. Die Trichter der Notausgänge, die durch rubinrote Lämpchen gekennzeichnet waren, klafften schwarz. Mit fließenden Bewegungen glitt er dicht unter der gewölbten Decke entlang, sein riesiger Schatten kroch langsam über den Boden.

Durch eine halboffene Tür gelangte Pirx in die große Messe, die nie benutzt worden war. Unter ihm, in dem Lichtstreifen, stand ein langer Tisch, flankiert von Sesselreihen. Pirx schwebte über den Möbeln, er glich einem Taucher in einem versunkenen Schiff. Die Lichtreflexe in den mattglänzenden Scheiben flimmerten, zerfielen in kleine bläuliche Flämmchen und verloschen. Hinter der Messe gähnte ein weiterer Raum, in dem es noch dunkler war. Pirx' Augen hatten sich an das Dämmerlicht gewöhnt, aber in dieser Finsternis versagten auch sie. Als er mit den Fingerspitzen eine elastische Fläche berührte, wußte er nicht, ob es die Decke war oder der Fußboden. Er stieß sich leicht ab, vollführte eine Wende wie ein Schwimmer und huschte lautlos weiter. In dem samtenen Schwarz schimmerten in einer Reihe längliche weiße Gebilde. Er ertastete eine kalte, glatte Oberfläche – es waren Waschbekken. Eines von ihnen war mit dunklen Flecken bedeckt. Blut?

Vorsichtig streckte er die Hand aus – es war nichts weiter.

Wieder eine Tür. Pirx öffnete sie, er hing schräg im Raum. Im trüben Dämmerlicht bot sich ihm ein seltsamer Anblick: Gleich einem Gespensterreigen zogen Papiere und Bücher an seinem Gesicht vorbei, sie raschelten leise und verschwanden in der Dunkelheit. Er stieß sich erneut ab – diesmal mit den Füßen –, schwamm in einer Staubwolke in den Korridor zurück und schleppte die Wolke wie einen rötlichen Schleier hinter sich her.

Die Nachtlichter brannten ruhig, sie wirkten wie eine lange, phosphoreszierende Schnur. Die Decks schienen überflutet zu sein, sie schimmerten blau. Eine Leine hing von der Decke herab. Pirx ergriff sie und hielt sich fest. Als er sie losließ, schlängelte sie sich träge – es war, als habe er sie zum Leben erweckt.

Irgendwo in der Nähe ertönten Klopfzeichen – jemand schien mit einem Hammer auf Metall zu schlagen. Pirx sah auf, lauschte und schwamm in die Richtung, aus der das

Geräusch zu ihm gedrungen war. Das Klopfen schwoll an, wurde schwächer. Pirx bewegte sich vorwärts, so schnell er es vermochte, er flog förmlich. In den Fußboden unter ihm waren rostige Schienen eingelassen – einst waren Loren für die Laderäume auf ihnen gerollt. Das Hämmern schwoll erneut an. Pirx' Blick fiel auf ein Rohr, das aus einem Quergang kam und unter der Decke entlanglief. Er berührte es und spürte, wie es zitterte. Die Klopfzeichen ertönten in Gruppen – jeweils zwei, drei Schläge auf einmal. Plötzlich hatte er begriffen: Jemand morste!

»A-c-h-t-u-n-g«, dröhnte es im Rohr. »B-i-n-h-i-n-t-e-r-d-e-m-s-p-a-n-t-e-n.« Pirx reihte die Buchstaben aneinander, eine Silbe nach der anderen.

»Ü-b-e-r-a-l-l-e-i-s . . .«

Eis . . .? Im ersten Augenblick begriff er gar nichts. Was für Eis? Was soll das? Wer . . .

»D-e-r-b-e-h-ä-l-t-e-r-g-e-s-p-r-u-n-g-e-n . . .«, tönte es. Pirx' Hand lag auf dem Rohr. Wer sendet da? fragte er sich. Und wo? Man müßte wissen, wohin die Rohrleitung führt . . . Sicherlich zum Heck, ein unbenutzter Strang mit Abzweigungen nach allen Decks . . . Irgend jemand übt sich im Morsen . . . Schnapsidee . . . Der Pilot vielleicht?

»P-r-a-t-t-a-n-t-w-o-r-t-e . . .«

Pause . . .

Pirx hielt den Atem an, der Name hatte ihn wie ein Schlag getroffen. Eine Sekunde lang starrte er mit geweiteten Augen auf die Leitung, dann warf er sich nach vorn. Der zweite Pilot! durchfuhr es ihn. Er erreichte die Kurve, stieße sich ab und schwamm auf den Steuerraum zu. Über ihm dröhnte das Rohr.

»W-a-y-n-e-h-i-e-r-s-i-m-o-n . . .«

Das Klopfen wurde schwächer, Pirx hatte das Rohr aus den Augen verloren. Er warf sich zur Seite, bog in den Quergang ein, stieß sich von der Wand ab und erblickte durch eine Staubwolke den verbogenen Stumpf des Rohres mit dem eingeschraubten rostigen Stopfen. Hier endet es . . ., überlegte er. Es führt also nicht zum Steuerraum. Dann kann das Klopfen nur vom Heck kommen . . . Aber da ist doch niemand . . .

»P-r-a-t-t-i-m-s-e-c-h-s-t-e-n-m-i-t-d-e-r-l-e-t-z-t-e-n . . .«, hämmerte es. Pirx hing an der Decke wie eine Fledermaus, die Finger umklammerten das Rohr, in den Schläfen pochte es wie wild. Eine Weile war es still, dann setzte das Morsen wieder ein.

»D-i-e-f-la-s-c-h-e-h-a-t-d-r-e-i-ß-i-g-m-i-n-u-s . . .«

Dreimaliges Klopfen . . .

»M-o-m-s-s-e-n-a-n-t-w-o-r-t-e – m-o-m-s-s-e-n . . .«

Stille . . .

Pirx sah sich um. Die Geräusche waren verstummt, nur die Jalousie des Ventilators schepperte leise. Ein Luftzug war zu spüren, er wirbelte flockigen Staub auf, kleine Schattensprenkel tanzten an der Decke wie große, unförmige Nachtfalter. Plötzlich hagelte es heftige Schläge.

»P-r-a-t-t-p-r-a-t-t – m-o-m-s-s-e-n-a-n-t-w-o-r-t-e-t-n-i-c-h-t – h-a-t-s-a-u-e-r-s-t-o-f-f-i-m-s-i-e-b-e-n-t-e-n – k-a-n-n-s-t-d-u-d-u-r-c-h-k-o-m-m-e-n – e-m-p-f-a-n-g . . .«

Erneut heftiges Hämmern, das Rohr zitterte noch lange danach. Pause. Dutzende unverständlicher Zeichen, dann eine schnelle Serie.

»G-e-h-t-s-c-h-w-a-c-h-g-e-h-t-s-c-h-w-a-c-h . . .«

Stille . . .

»P-r-a-t-t-a-n-t-w-o-r-t-e – p-r-a-t-t – e-m-p-f-a-n-g . . .«

Stille . . . oder?

Das Rohr bebte nur leicht. Wie aus weiter Ferne war ein leises Pochen zu hören – drei Striche, drei Punkte, drei Striche: SOS. Die Klopftöne wurden immer schwächer.

Noch zwei Striche . . . Noch einer, dann ein durchdringender, ersterbender Laut, als kratze oder schabe jemand am Rohr.

Pirx hangelte sich weiter, er glitt mit dem Kopf voran am Rohr entlang und folgte dem Strang um Ecken und Kurven, mal höher, mal tiefer schwebend. Da, der Schacht, er stand offen . . . Der schräge Gang . . . Die Wände rückten näher zusammen . . . Die erste, die zweite, die dritte Tür des Laderaums . . . Es wurde dunkler . . . Pirx tastete mit den Fingern über das Rohr, er wollte es nicht verlieren. Schwarzer, brandiger Staub hüllte wie ein Tuch seine Hände ein . . . Die Decks lagen nun hinter ihm, er schwamm in dem Raum zwischen dem Außenpanzer und den Laderäumen. An den Traversen hingen die geschwollenen Leiber der Reservetanks, hin und wieder durchschnitt ein Lichtstreifen voller Staub die Dunkelheit. Pirx schaute hinauf und erblickte in dem schwarzen Schacht zwei Lampenreihen. Ihr Licht war rostrot von dem Staub, den er in einer länglichen Wolke wie Qualm hinter sich herschleppte. Die Luft war muffig, stickig, es roch nach erhitztem Blech. Er schwebte inmitten der schwach erkennbaren Schatten der Eisenkonstruktion und hörte das Rohr hallen.

»P-r-a-t-t-p-r-a-t-t-a-n-t-w-o-r-t-e-n – p-r-a-t-t- . . .«

Die Leitung gabelte sich. Pirx preßte die Hände um beide Stränge, er wollte wissen, aus welcher Richtung die Geräusche kamen, aber es war vergebens. Auf gut Glück bog er links ab. Ein Eingang. Ein Tunnel, der enger wurde, schwarz wie Teer. Am Ende war ein Lichtschein zu erkennen. Pirx schwamm auf ihn zu, so rasch er konnte, und landete in der Vorkammer des Reaktors.

»H-i-e-r-w-a-y-n-e – p-r-a-t-t-a-n-t-w-o-r-t-e-t-n-i-c-h-t . . .«, dröhnte es im Rohr, als er die erste Tür öffnete. Heiße Luft schlug ihm ins Gesicht. Er zog sich an der

Plattform hoch, die Kompressoren heilten, warmer Wind zauste sein Haar. Er erblickte in verkürzter Perspektive die Betonwand des Reaktors, die Uhren leuchteten, die Signallichter zitterten wie rote Tropfen.

»S-i-m-o-n-a-n-w-a-y-n-e – h-ö-r-e-m-o-m-s-s-e-n-u-n-t-e-r-m-i-r . . .«, hämmerte es in unmittelbarer Nähe. Das Rohr verlief im Bogen nach unten, und dort, wo es in die Hauptleitung mündete, stand Terminus, der Automat. Er hatte sich breitbeinig hingestellt, seine Arme zuckten abwechselnd vor, er schien mit einem unsichtbaren Gegner zu kämpfen. Mit vollen Händen warf er Zementteig an die Wand, klatschte ihn breit, verbesserte, modellierte und wandte sich dem nächsten Abschnitt zu. Pirx verfolgte den Rhythmus der Bewegungen. Die Arme, die wie Kolben arbeiteten, trommelten: »H-i-e-r-w-a-y-n-e – m-o-m-s-s-e-n-a-n-t-w-o-r-t-e – m-o-m-s-s-e-n . . .«

»Terminus!« rief Pirx. Er starrte das metallene Gesicht an und dann die blitzenden stählernen Pranken. Das linke Auge des Roboters war schielend auf ihn gerichtet.

»Ich höre«, erwiderte der Automat monoton.

»Was . . . Was morst du da?«

»Ich plombiere das Leck«, antwortete die tiefe Stimme.

»S-i-m-o-n-a-n-w-a-y-n-e – p-o-t-t-e-r – p-r-a-t-t-h-a-t-n-u-l-l – m-o-m-s-s-e-n-a-n-t-w-o-r-t-e-t-n-i-c-h-t . . .« Das Eisen dröhnte unter der Gewalt der Schläge. Der schwere Zementteig troff herab, die stählernen Klauen rissen ihn hoch, hielten ihn fest, preßten ihn erneut an die Fläche. Einige Sekunden lang erstarrten die Arme in hocherhobener Stellung, dann bückte sich der Automat, schöpfte eine neue Portion metallischen Zements, und eine weitere Serie heftiger Hiebe folgte.

»M-o-m-s-s-e-n-m-o-m-s-s-e-n-a-n-t-w-o-r-t-e – m-o-m-s-s-e-n-m-o-m-s-s-e-n-m-o-m-s-s-e-n-m-o-m-s-s-e-n-m-o-m-s-s-e-n-m-o-m-s-s-e-n-m-o-m . . .« Der Rhythmus wurde obstinater, rasender, die Wasserleitung zitterte und stöhnte unter dem Hagel der Schläge – es war ein Schrei, der nicht enden wollte ...

»Terminus, hör auf!« Pirx warf sich nach vor, er versuchte, die öligen Handgelenke des Automaten zu packen, aber sie entglitten ihm. Terminus erstarrte in geduckter Haltung, hinter der Betonwand heulten die Pumpen. Pirx hatte den öltriefenden Körper nun unmittelbar vor sich, an den stockartigen Beinen floß das Öl nur so herunter. Er wich zurück.

»Terminus ...«, sagte er schwach. »Was hast ...« Er stockte. Der Roboter rieb sich die Stahlklauen rasselnd aneinander. Die angetrockneten Zementreste bröckelten ab, fielen aber nicht zu Boden, sondern tanzten in der Luft herum und flossen wie ein Rauchring auseinander.

»Was hast du getan?« fragte Pirx.

»Ich habe das Leck plombiert. Vier zehntel Röntgen in der Stunde. Darf ich weiterplombieren?«

»Du darfst ...«, sagte Pirx. Er betrachtete die großen Hände des Automaten, die sich allmählich entspannten. »Ja, du darfst.«

Er wartete. Terminus schien ihn nicht mehr zu sehen. Er schöpfte mit der linken Hand Zement, schleuderte ihn blitzschnell gegen die Wand, drückte ihn fest und glättete ihn: drei Schläge. Dann zuckte die Rechte vor und trommelte gegen das Rohr: P-r-a-t-t-l-i-e-g-t-i-m-s-e-c-h-s-t-e-n – m-o-m-s-s-e-n-a-n-t-w-o-r-t-e – a-n-t-w-o-r-t-e-m-o-m-s-s-e-n ...«

»Wo ist Pratt?« schrie Pirx voller Entsetzen.

Die Hände des Roboters blitzten im Licht. Er antwortete sofort: »Ich weiß nicht ...« Während er sprach, klopfte er mit solcher Geschwindigkeit, daß Pirx nur mit Mühe folgen konnte.

»P-r-a-t-t-a-n-t-w-o-r-t-e-t-n-i-c-h-t ...«

Dann geschah etwas Verblüffendes. Die rasende Serie der rechten Hand wurde von einer zweiten, schwächeren überlagert – die Finger der Linken pochten sie. Die einzelnen Zeichen vermischten sich, sekundenlang erbebte die Rohrleitung im Rhythmus eines zweifach gehämmerten, irren, allmählich leiser werdenden Wirbels: »K-l-t-h-a-n-d-k-a-n-n-i-m-e-h-r . . .«

»Terminus . . .«, kam es tonlos von Pirx' Lippen, während er zu der eisernen Treppe zurückwich. Der Automat beachtete ihn nicht mehr, sein ölglänzender Leib erzitterte im Rhythmus der Arbeit. Pirx brauchte nicht hinzuhören, er las die Zeichen an den Bewegungen der Arme ab, die im Dämmerlicht aufblitzten.

»M-o-m-s-s-e-n-a-n-t-w-o-r-t-e . . .«

II

Er lag auf dem Rücken, fand keinen Schlaf. Vor seinen Augen erstanden Bilder, sie zuckten auf wie Blitze und wurden durch neue verdrängt . . . Pratt hatte sich also weiter ins Schiffsinnere gewagt . . ., grübelte er. Der Sauerstoff war ihm ausgegangen . . . Die beiden anderen hatten ihm nicht helfen können . . . Und Momssen? Weshalb antwortete der nicht? Tot? . . . Nein, Simon hörte ihn . . . Er war also irgendwo in der Nähe, vielleicht hinter der Wand . . . Hinter der Wand? Dann muß dort Luft gewesen sein . . . Ja, sonst hätte er nicht gelebt . . . Simon hörte etwas – aber was? Schritte? Weshalb riefen sie Momssens Namen überhaupt . . .? Und weshalb antwortete er nicht . . .?

Eine Agonie . . . Eine Agonie in Punkten und Strichen . . . Dieser Terminus . . . Wie war das möglich? Man hatte ihn in der Kammer gefunden, unter einem Schutthaufen . . . Wahrscheinlich an der Stelle, wo die Rohrleitung nach außen führte. Er war verschüttet, konnte aber das Klopfen hören ... Wie lange mögen sie gemorst haben? Der Sauerstoffvorrat war beträchtlich, sicherlich hatte er Monate gereicht ... Der Lebensmittelvorrat ebenfalls ... Terminus lag also unter den Trümmern ... Halt, Moment mal – die Schwerkraft fehlte doch! Was hatte ihn stillgelegt? Die Kälte wohl ... Er konnte sich nicht bewegen, denn bei der niedrigen Temperatur gerann ihm das Öl in den Gelenken ... Die hydraulische Flüssigkeit gefror, sprengte die Leitungen ... Übrig blieb nur das Elektronengehirn, es hatte alles vernommen, hatte die Klopfzeichen, die immer schwächer wurden, festgehalten, hatte sich alles gemerkt, als ob es erst gestern geschehen wäre. Und Terminus selbst ... Ahnt er nichts? Wie das? Weiß er wirklich nicht, daß die Morsezeichen den Rhythmus seiner Arbeit bestimmen? Lügt er? Nein – Automaten lügen nicht ...

Die Müdigkeit überschwemmte Pirx wie schwarzes Wasser. Vielleicht sollte ich gar nicht hinhören, dachte er. Es war ihm unerträglich, immer wieder diesen Todeskampf mitzuerleben und jede furchtbare Einzelheit, jede Phase, jedes Signal zu analysieren, das Flehen um Sauerstoff, das Schreien. Man darf das nicht tun, wenn man nicht helfen kann ..., sagte er sich. Bleiern senkte sich der Schlaf auf ihn, er war keines Gedankens mehr fähig, nur seine Lippen formten stumm, als widerspräche er jemandem: »Nein ... Nein ... Nein ...«

Dann war nichts mehr.

In völliger Dunkelheit fuhr er hoch. Er wollte sich im Bett aufsetzen, aber die festgeschnallte Decke gab nicht nach. Tastend löste er die Gurte, schaltete das Licht ein.

Die Triebwerke arbeiteten. Pirx warf sich den Mantel über und machte ein paar Kniebeugen, um den Grad der Beschleunigung zu schätzen. Sein Körper wog gut hundert

Kilo. Anderthalb g etwa, konstatierte er. Die Rakete vollführte eine Wendung, deutlich war das Vibrieren zu spüren. Die Wandschränke knackten warnend, eine Tür öffnete sich mit ärgerlichem Krächzen, Kleidungsstücke, Schuhe – alle Gegenstände, die nicht befestigt waren, rutschten in Richtung Heck, urplötzlich belebt, als verbinde sie ein geheimes Streben.

Pirx trat an das Schränkchen des Interkoms und öffnete es. Drinnen stand ein Apparat, der einem altmodischen Telefon ähnelte.

»Steuerraum!« rief er in den Hörer. Die Kopfschmerzen waren so heftig, daß er beim Klang seiner Stimme zusammenzuckte.

»Erster. Was ist?«

»Kurskorrektur«, antwortete der Pilot wie aus weiter Ferne. »Wir haben eine kleine Abweichung.«

»Wie groß?«

»Sechs ... Nein, sieben Sekunden.«

»Was macht die Säule?« fragte Pirx vorsichtig.

»Sechshundertzwanzig im Mantel.«

»Und in den Laderäumen?«

»In den Bordräumen je zweiundfünfzig, in den Kielräumen siebenundvierzig, in den Heckräumen neunundzwanzig und fünfundfünfzig.«

»Welche Abweichungen hatten wir, Munro? Wieviel sagten Sie?«

»Sieben Sekunden.«

»Na schön.« Pirx warf den Hörer auf die Gabel. Er wußte, daß der Pilot log. Für eine Korrektur von sieben Sekunden hätte es nicht einer solchen Beschleunigung bedurft. Er schätzte die Kursabweichung auf mehrere Grad.

Diese Hitze in den Laderäumen ..., dachte er. Möchte wissen, was sie im Heck untergebracht haben ... Etwa Lebensmittel? Er setzte sich an den Schreibtisch.

»Blauer Stern« Terra-Mars an Kompo Erde – Erster Offizier an Reeder – Reaktor erhitzt Ladung – Bezeichnung des im Heck gefährdeten Ladeguts fehlt – Erbitte Hinweise – Pirx, Navigator – Ende.

Pirx schrieb noch, als die Triebwerke bereits verstummt waren und die Schwerkraft schwand. Er drückte mit dem Bleistift auf, und das genügte, um im wahrsten Sinne des Wortes in die Luft zu gehen. Verärgert stieß er sich von der Decke ab, landete wieder im Sessel und überflog noch einmal den Text des Funkspruches.

Er überlegte eine Weile, zerriß dann das Formular und stopfte die Fetzen in die Schublade. Die Müdigkeit hatte er verscheucht, die Kopfschmerzen waren geblieben. Anziehen wollte er sich nicht, denn das wäre bei der fehlenden Schwerkraft zu einer komplizierten Prozedur geworden, zu wankenden Sprüngen, zu einem Ringkampf mit den einzelnen Kleidungsstücken. So, wie er war, den Mantel über dem Pyjama, verließ er die Kajüte.

Im bläulichen Licht der Nachtlampen fiel einem der klägliche Zustand der Beschläge nicht so sehr ins Auge. Pirx hörte die Ventilatoren fauchen, er sah den Schmutz, der von den schwarzen Schlünden angesogen wurde wie von einem Strudel. Es war still im »Blauen Stern«, absolut still. Pirx hing nahezu regungslos über seinem eigenen Schatten, der sich schräg an der Wand abzeichnete, er lauschte und hielt die Augen geschlossen. Es kam vor, daß Menschen in dieser Haltung einschliefen, aber das war gefährlich, denn sie konnten auf den Fußboden oder gegen die Decke geschleudert werden, sobald die Triebwerke eingeschaltet wurden.

Pirx hörte die Ventilatoren nicht mehr, nicht einmal das Pochen seines Herzens. Ihm war, als könne er die nächtliche Stille, die im Raumschiff herrschte, von jeder anderen unterscheiden. Auf der Erde spürt man die Begrenztheit der Stille, ihre Endlichkeit, ihren Augenblickscharakter. Inmitten der Monddünen aber trägt der Mensch sein eigenes kleines Schweigen mit sich herum, das im Innern des Skaphanders gefangen ist. Jedes feine und feinste Geräusch schwillt ins Riesenhafte an – das Knirschen der Gurte, das Knacken der Gelenke, der Pulsschlag, ja sogar der Atem. Das Schiff verliert sich im eisigen Nichts der Finsternis.

Pirx führte die Uhr an die Augen – es war gegen drei.

Wenn das so weitergeht, mach ich schlapp, dachte er. Er stieß sich von der gewölbten Trennwand ab, breitete die Arme aus und landete wie ein Vogel, der seine Geschwindigkeit bremst, auf der Schwelle der Kajüte. Aus der Ferne erreichte ihn, wie aus einem eisernen Erdinnern, ein kaum spürbarer Laut.

Bang – bang – bang.

Drei Klopfzeichen.

Fluchend schlug er die Tür zu und warf gedankenlos den Mantel ab. Das Kleidungsstück bauschte sich auf und schwebte wie ein riesiges Gespenst davon. Er löschte das Licht, legte sich hin, bedeckte den Kopf mit einem Kissen und schloß die Augen. »Idiot! Verdammter eiserner Idiot!« murmelte er vor sich hin. Er zitterte vor Wut, konnte sich aber deren Ursache nicht erklären. Die Erschöpfung überwältigte ihn, im Nu war er eingeschlafen.

Als er die Augen aufschlug, war es gegen sieben. Benommen hob er die Hand – sie fiel nicht herab. Er zog sich an, stieß sich ab, schwebte hinaus. Draußen auf dem Gang lauschte er unwillkürlich. Es war still. Im Steuerraum herrschte Halbdunkel, grünliche Lichtreflexe spielten auf den Radarschirmen. Der Pilot lag weit zurückgelehnt im Sitz und rauchte, der Qualm hing in Schwaden vor den Bildschirmen und verfärbte sich in ihrem Licht. Ein leises Klimpern war zu hören, irgendeine irdische Melodie, die ab und zu von kosmischen Geräuschen übertönt wurde. Pirx ließ sich auf den Sitz hinter dem Piloten gleiten. Er hatte nicht einmal das Verlangen, die Werte des Schweremessers abzulesen.

»Wann geben Sie Schub?« erkundigte er sich.

Der Pilot erriet den Grund der Frage. »Um acht. Aber wenn Sie baden möchten, kann ich auch gleich anfangen – mir ist das einerlei.«

»Ach was. Halten wir uns lieber an das Programm.«

Sie schwiegen. Der Lautsprecher summte immer wieder dasselbe Motiv. Pirx kämpfte mit dem Schlaf. Hin und wieder schrak er auf, nickte aber gleich wieder ein. Große grüne Katzenaugen traten aus der Finsternis, er blinzelte – sie verwandelten sich in beleuchtete Skalen. So dämmerte er halb wachend, halb träumend vor sich hin, bis der Lautsprecher zu krächzen begann.

»Hier spricht Dejmos. Es ist sieben Uhr dreißig. Wir senden unser tägliches Meteoritenkommuniqué für die innere Zone. Unter dem Einfluß des Schwerefeldes des Mars ist im Schwarm der Drakoniden, der die Gürtelzone verlassen hat, eine Randstörung entstanden. Sie wird heute die Sektoren 83, 84 und 87 kreuzen. Von der Meteoritenstation des Mars wird die Wolke auf vierhunderttausend Kubikkilometer geschätzt. In diesem Zusammenhang werden die Sektoren 83, 84 und 87 bis auf Widerruf für alle Flüge gesperrt. Wir geben jetzt die Zusammensetzung der Wolke bekannt, wie sie von den ballistischen Sonden des Phobos übermittelt worden ist. Nach neuesten Meldungen besteht die Wolke aus Mikrometeoriten der Klasse X, XY, Z . . .«

»Betrifft uns nicht . . . Ein Glück!« sagte der Pilot. »Würde uns schlecht bekommen, wenn ich alles in die Düsen jagen müßte . . . Habe eben erst gefrühstückt!«

»Wieviel haben wir?« fragte Pirx. Er löste sich vom Sitz.

»Mehr als fünfzig.«

»Wirklich? Nicht übel.«

Pirx begab sich zur Messe. Vorher kontrollierte er noch rasch den Kurs, die Uranographen und die Intensität der Durchlässigkeit – sie war konstant. In der Messe drehte sich das Gespräch wider Erwarten nicht um den nächtlichen Lärm, sondern um Lottozahlen. Sims schien mit Ungeduld auf die nächste Ziehung zu warten, er wurde nicht müde, von angeblichen Gewinnen seiner Kollegen und Bekannten zu erzählen.

Nach dem Essen suchte Pirx den Navigationsraum auf und begann die bisher zurückgelegte Strecke einzuzeichnen. Plötzlich stutzte er und bohrte die Zirkelspitze ins Reißbrett. Er zog die Schublade auf, griff nach dem Logbuch und überflog die Liste der letzten Besatzung der »Koriolan«.

Offiziere: Pratt und Wayne . . . Piloten: Nolan und Potter . . . Mechaniker: Simon . . .

Eine Weile betrachtete er die schwungvollen Schriftzüge des Kommandanten, dann legte er das Buch wieder in die Schublade. Er vollendete die Zeichnung, steckte die Kopie ein und fuhr in den Steuerraum hinunter, wo er binnen einer halben Stunde den genauen Zeitpunkt der Marslandung errechnete. Als er auf dem Rückweg an der Messe vorbeikam, warf er einen Blick durch die Türscheibe. Die Offiziere spielten Schach, der Sanitäter saß vor dem Fernsehgerät mit einem elektrischen Heizkissen auf dem Bauch.

Pirx schloß sich in der Kajüte ein. Er sah die Funksprüche durch, die er vom Piloten bekommen hatte, und bei dieser Beschäftigung übermannte ihn im Handumdrehen der Schlaf . . . Hin und wieder fuhr er auf – ihm war, als höre er die Triebwerke arbeiten . . . Er bemühte sich, die Augen zu öffnen, aber es wollte und wollte ihm nicht gelingen – jedesmal überschwemmte ihn bleierne Müdigkeit. Im Traum sah er sich im Steuerraum – er war menschenleer. Auf der Suche nach den Männern kreiste er schwerelos im stockfinsteren Labyrinth der Heckkorridore umher, fand aber keinen... Als er schweißüberströmt erwachte, ärgerte er sich – er ahnte, daß er des Nachts keinen Schlaf finden würde.

Gegen Abend schaltete der Pilot die Triebwerke ein. Pirx nutzte die Gelegenheit und nahm ein heißes Bad. Angenehm belebt ging er in die Messe, trank einen Kaffee und erkundigte sich telefonisch nach der Temperatur des Reaktors. Sie betrug tausend Grad, und es war unerklärlich, daß sie den kritischen Punkt noch nicht überschritten hatte. Gegen zehn erhielt er einen Anruf aus dem Steuerraum – sie waren einem Raumschiff begegnet, das einen Kranken an Bord hatte. Als Pirx erfuhr, daß es sich um akute Blinddarmreizung handelte, empfahl er seinen Sanitäter nicht, zumal in einer Entfernung von höchstens drei Millionen Kilometer ein großes Passagierschiff flog, das ärztliche Hilfe anbot.

So schleppte sich der Tag dahin, träge und ereignislos. Um elf wurde das weiße Licht gelöscht, das auf allen Decks brannte, mit Ausnahme des Steuerraums und der Atomsäulenkammer. Die bläulichen Nachtlämpchen flammten auf, aber in der Messe blieb es noch bis Mitternacht hell – Sims saß am Schachbrett, er spielte gegen sich selbst. Pirx fuhr in die unteren Laderäume, um die Temperatur zu kontrollieren. Unterwegs begegnete er Boman, der gerade von der Säule kam. Der Ingenieur war guter Dinge – das Leck wurde nicht größer, und die Kühlung arbeitete zufriedenstellend.

Boman verabschiedete sich, Pirx blieb im leeren Gang zurück. Ein kühler Luftzug wehte, er brachte die Spinnwebenreste zum Zittern, die sich um die Öffnungen der Ventilatoren spannten. Beiderseits des schmalen Korridors erhoben sich, hoch wie Kirchenschiffe, die riesigen Laderäume. Pirx ging noch eine Weile auf und ab. Kurz nach Mitternacht verstummten die Triebwerke – Schwerelosigkeit trat ein.

Pirx vernahm Geräusche, schrille und gedämpfte, sie drangen aus verschiedenen Richtungen an sein Ohr und verebbten allmählich. Er wußte, daß der Lärm von unbefestigten Gegenständen verursacht wurde, die sich beim Eintritt der Schwerelosigkeit in Bewegung setzten, gegen Wände, Decken und Fußböden schlugen und ein vielstimmiges Echo erzeugten. Endlich verhallte das Getöse. Stille trat ein, nur noch das eintönige Rauschen der Ventilatoren war zu hören.

Pirx fiel ein, daß das Schreibtischschubfach im Navigationsraum klemmte. Auf der Suche nach einem Stemmeisen schwamm er einen langen, darmähnlichen Flur entlang, der zwischen dem Backbordladeraum und dem Kabeltunnel hindurchführte, und geriet in die Abstellkammer, den schmutzigsten Winkel des ganzen Schiffes. Der dichte Staub bedeckte nicht den Boden, sondern schwebte im Raum. Pirx wäre um ein Haar erstickt, mit Müh und Not fand er zur Tür zurück.

Als er sich dem Mittelschiff näherte, hörte er Schritte im Gang. Schritte bei Schwerelosigkeit? dachte er. Das kann nur der Automat sein ... Das Stampfen wurde lauter, die magnetischen Saugnäpfe an den Füßen des Roboters klickten. Pirx wartete. Am Ende des Flurs tauchte eine schwarze Silhouette auf, sie hob sich scharf vom schwach erhellten Hintergrund ab. Der Automat schwankte, ruderte mit den Armen.

»He, Terminus!« rief Pirx und glitt aus dem Schatten.

»Ich höre.«

Die dunkle Gestalt blieb stehen, der Körper rückte träge in die Senkrechte.

»Was tust du hier?«

»Die Mäuse . . .«, schnarrte es hinter dem Brustpanzer, ein heiserer Zwerg schien in der Rüstung zu stecken. ». . . die Mäuse schlafen unruhig . . . Sie wachen auf . . . Sie laufen umher . . . Sie haben Durst . . . Wenn sie Durst haben, muß man ihnen Wasser geben . . . Die Mäuse trinken viel bei hoher Temperatur . . .«

»Und was tust du?« fragte Pirx.

Der Automat geriet wieder ins Schwanken.

»Die Temperatur ist hoch . . . Ich bewege mich . . . Ich bewege mich immer bei hoher Temperatur . . . Ich gebe den Mäusen Wasser . . . Wenn sie es trinken und einschlafen, dann ist es gut . . . Durch zu hohe Temperatur können Störungen entstehen . . . Ich passe auf . . . Ich gehe zum Reaktor . . . Ich gebe den Mäusen Wasser . . .«

»Du bringst den Mäusen Wasser?« fragte Pirx.

»Ja . . . Terminus.«

»Wo hast du es?«

»Hohe Temperatur . . . Hohe Temperatur . . .«, sagte der Automat, als habe er die Frage nicht verstanden. Die ratlose Gebärde, mit der er seine Worte begleitete, wirkte so menschlich, daß Pirx stutzte. Der Roboter hob die Greifer und führte sie nacheinander an die Augen. Die gläsernen Pupillen bewegten sich, fixierten die leeren, metallischen Handflächen und erstarrten.

»Kein Wasser da . . . Terminus.«

»Wo ist es denn?« fragte Prix. Er beobachtete den Roboter unter halbgeschlossenen Lidern. Terminus, der ihn um Kopfeslänge überragte, gab mehrere unverständliche Laute von sich und sagte dann unverhofft in tiefem Baß: »Hab ver . . . gessen.«

Das klang so hilflos, daß Pirx nahe daran war, die Fassung zu verlieren. Eine Weile betrachtete er die schwankende Gestalt, dann sagte er: »Vergessen? Geh zum Reaktor. Aber komm wieder, hörst du?!«

»Ich höre.«

Terminus machte rasselnd kehrt und stapfte mit unsagbar steifen, greisenhaften Bewegungen davon. In der Perspektive des langgezogenen Korridors wirkte er viel kleiner als vorhin. Pirx sah, wie er über eine Stufe stolperte, mit den Armen ruderte, mühsam um Gleichgewicht rang und schließlich in einem Quergang verschwand. Es dauerte eine Weile, bis das Echo seiner Schritte verhallte.

Pirx wollte umkehren, aber er überlegte es sich anders. Dicht über dem Fußboden dahingleitend, erreichte er den sechsten Ventilationsraum. Er wußte, daß es auch bei abgeschalteten Triebwerken verboten war, sich in den Schächten zu bewegen, aber er scherte sich nicht darum. Kurzentschlossen stieß er sich vom Geländer ab und landete wenige Augenblicke danach im Heck – innerhalb zehn Sekunden hatte er sieben Etagen passiert. Die Atomkammer betrat er nicht. An der Wand, etwa in halber Höhe, entdeckte er einen länglichen Riegel. Er schwamm heran, schob den Riegel zurück, öffnete eine schmale Tür. Ein Fenster aus Bleiglas kam zum Vorschein, es war in Stahl gefaßt und bildete die Rückwand des Mäusekäfigs. Durch diese Scheibe konnte man die Tiere beobachten, ohne die Kammer betreten zu müssen. Pirx erblickte den Käfig – er war leer. Jenseits des Drahtgitters schimmerte im hellen Lampenschein der tropfnasse Rücken des Roboters, er hing fast senkrecht im Raum, die Arme bewegten sich träge. Terminus versuchte, die weißen Mäuse einzufangen, die sich auf seinem Metallrumpf häuslich niedergelassen hatten. Sie huschten über die Schulterbleche, krabbelten über den Brustpanzer, rotteten sich an den Vertiefungen des vielgliedrigen Bauches zusammen, wo sich Wasser angesammelt hatte, leckten es gierig auf, purzelten durcheinander . . . Terminus war eifrig damit beschäftigt, die Tierchen einzufangen, die ihm immer wieder durch die

Finger schlüpften. Ihre Schwänzchen verhedderten sich, ringelten sich zu wunderlichen Arabesken – all das war so eigenartig, so komisch, daß Pirx von einem unwiderstehlichen Lachreiz gepackt wurde.

Nach und nach gelang es Terminus, die Mäuse einzufangen. Jedesmal, wenn er ein paar von ihnen in den Käfig warf, näherte sich sein maskenhaftes Gesicht dem Fenster, aber er schien das Augenpaar hinter der Scheibe nicht zu bemerken. Zwei, drei Mäuse schwebten noch im Raum. Endlich wurde Terminus auch mit ihnen fertig, er verschloß den Käfig und entfernte sich. Pirx sah nur noch seinen übermenschlichen Schatten, der über die Betonwand des Reaktors glitt.

Vorsichtig schob er die kleine Tür zu und kehrte in die Kajüte zurück. Er zog sich aus, legte sich hin, fand aber keinen Schlaf. Unschlüssig griff er nach dem Tagebuch des Astronavigators Irving, legte es jedoch nach kurzem Blättern wieder beiseite – die Augen brannten ihm, als habe jemand feinen Sand hineingestreut. Hellwach, aber mit brummendem Schädel, dachte er verzweifelt an die vielen Stunden, die ihn noch vom Tage trennten. Er warf sich den Mantel um und verließ die Kajüte.

Dort, wo der Hauptkorridor den Bordgang kreuzte, hielt er inne – ein Stampfen drang aus dem Ventilationsschacht. Er preßte das Ohr ans Gitter und lauschte. Die Geräusche kamen von unten, sie waren verzerrt – der tiefe, brunnenartige Schacht erzeugte ein vielfaches Echo. Pirx stieß sich mit den Händen vom Gitter ab und glitt, mit den Füßen voran, zum Heck hinunter. Die Schritte erdröhnten nun in unmittelbarer Nähe, sie verstummten einen Augenblick, setzten wieder ein – der Automat kam zurück. Pirx wartete, er schwebte dicht unter der Decke, der Korridor war an dieser Stelle sehr hoch. Der Tritt der schweren Sohlen wurde lauter, dann herrschte plötzlich Stille. Pirx' Geduld wurde auf eine harte Probe gestellt . . . Endlich setzte das Stampfen wieder ein, und ein langer Schatten kroch über den Fußboden. Terminus stakste heran, Pirx hing so dicht über ihm, daß er das Pochen des hydraulischen Herzens hören konnte. Der Automat ging noch ein paar Schritte, dann blieb er stehen und stieß ein durchdringendes Zischen aus. Sein Körper schwankte hin und her, es sah aus, als wolle er sich vor den Eisenwänden verneigen. An einem finsteren Quergang unterbrach er erneut seinen Marsch und versuchte vergebens, den Kopf durch das Gitter eines Ventilationsschachts zu stecken. Zischend richtete er sich auf und stapfte weiter. Pirx hatte es satt.

»Terminus!« rief er.

Der Automat, der sich gerade bückte, hielt mitten in der Bewegung inne. »Ich höre.«

»Was suchst du hier schon wieder?« Pirx starrte den Roboter an. Er blickte in eine abgeflachte, ausdruckslose Larve, die nichts verriet, weil sie mit einem menschlichen Antlitz nichts gemein hatte.

»Ich suche . . . Ich suche die Katze . . .«, sagte der Automat.

»Waas?«

Terminus richtete sich zu voller Größe auf. Er tat es langsam, mit quietschenden Gelenken und träge herabhängenden Armen – in seiner Bewegung lag etwas Drohendes.

»Ich suche die Katze . . .«, wiederholte er.

»Wozu?«

Der Automat ließ sich Zeit, er stand regungslos da wie eine Metallsäule. »Weiß nicht . . .«, sagte er leise. Pirx war verwirrt. Es war totenstill. Schwacher Lampenschein erhellte die rostigen Gleise an den verschlossenen Türen. Der Korridor wirkte wie ein stillgelegter Bergwerksstollen.

»Genug!« sagte Pirx. »Gehe zum Reaktor zurück und rühr dich nicht vom Fleck, hörst du?«

»Ich höre.« Terminus wandte sich um und stapfte davon. Pirx blieb allein, er hing in halber Höhe zwischen Decke und Fußboden. Die Zugluft trug ihn mit sich fort, sie trieb ihn Zentimeter um Zentimeter dem Ventilator zu. Er stieß sich mit den Füßen von den Wänden ab, kam zum Fahrstuhl, schwebte nach oben, vorbei an den schwarzen Schlünden der Schächte, die vom stampfenden Marschtritt des Roboters widerhallten wie vom Pendelschlag einer gewaltigen Uhr.

III

In den folgenden Tagen nahm die Mathematik Pirx völlig in Anspruch. Jedesmal, wenn die Säule eingeschaltet wurde, erhitzte sie sich mehr, zugleich verringerte sich ihre Leistung. Boman vermutete, daß die Neutronenspiegel am Ende waren – die langsam, aber unerbittlich ansteigende radioaktive Durchlässigkeit zeuge davon. Durch komplizierte Berechnungen versuchte er, die Zeiten für Antrieb und Kühlung zu dosieren, wenn der Reaktor ruhte, leitete er die kühlende Flüssigkeit in die Heckräume, in denen tropische Temperaturen herrschten. Dieses Lavieren zwischen gegensätzlichen Größen erforderte Geduld. Boman saß am Kalkulator und suchte entsprechend der Fehlertheorie nach der besten Lösung. So legten sie dreiundvierzig Millionen Kilometer mit nur geringer Verspätung zurück. Am fünften Reisetag erreichten sie allen Unkenrufen Bomans zum Trotz den erforderlichen Geschwindigkeitsgrad. Pirx atmete auf und gab den Befehl, den Reaktor auszuschalten – er sollte sich noch vor der Landung abkühlen. Es war eigenartig: In solch einem Frachtschiff bekam man die Sterne seltener zu sehen als auf der Erde. Pirx war nicht neugierig darauf, nicht einmal auf die kupferrote Scheibe des Mars. Die Kursdiagramme genügten ihm.

Der letzte Reisetag neigte sich seinem Ende zu, das Nachtlicht flammte auf. Im trüben Schein der Lämpchen wirkten die Decks größer als sonst. Pirx fiel ein, daß er noch nicht ein einziges Mal die Laderäume besichtigt hatte, seit er an Bord war.

Er verließ die Messe – Sims und Boman spielten Schach, wie immer – und fuhr mit dem Lift ins Heck. Von Terminus hatte er seit der letzten Begegnung weder etwas gesehen noch gehört, ihm war nur aufgefallen, daß die Katze verschwunden war, als habe sie nie existiert.

Im schwach erhellten Mittelschiff summten die Ventilatoren ihr eintöniges Lied. Als Pirx die Tür des Laderaums öffnete, flammten die völlig verstaubten Lampen auf. Schwebend durchquerte er den Laderaum von einem Ende zum anderen, unter sich Berge von Kisten, die an einigen Stellen fast bis an die Decke reichten. Er überprüfte die Spannung der im Fußboden verankerten Stahlbänder, die den riesigen Stapel zusammenhielten. Zugluft drang zur Tür herein, ganze Wolken von Schmutz wirbelten schwerelos auf, Staubteilchen, Sägespäne von Holzwolle wogten sanft im Wind wie Entengrütze auf dem Wasser. Pirx war bereits im Korridor, als er plötzlich Laute vernahm, die sich in regelmäßigen Abständen wiederholten.

»A-c-h-t-u-n-g . . .«

Drei Schläge . . .

Er driftete eine Weile im Luftstrom, der ihn immer höher trug. Ob er wollte oder nicht – er mußte hinhören. Da verständigen sich zwei, sagte er sich. Die Signale waren schwach – die Morsenden schienen mit ihren Kräften hauszuhalten. Sie klopften mal langsamer, mal schneller, einer von ihnen irrte sich dauernd, als habe er das Morsealphabet vergessen. Hin und wieder schwiegen sie längere Zeit, dann wieder sendeten sie gleichzeitig. Der finstere Korridor mit den spärlichen Lampen wirkte endlos, er atmete eine grenzenlose Leere, wie der Wind, der in ihm wehte.

»S-i-m-o-n-h-ö-r-s-t-d-u-i-h-n ...«, tönte es langsam und stockend im Rohr.

»H-ö-r-e-n-i-c-h-t-s – h-ö-r-e-n-i-c-h-t-s ...«

Pirx stieß sich kräftig von der Wand ab, zog die Beine an und sauste wie ein Stein die Korridore entlang. Je weiter er kam, desto dunkler wurde es. An dem feinen rötlichen Staub, der die Lampen bedeckte, erkannte er, daß er sich dem Heck näherte. Die schwere Tür zur Atomkammer war nur angelehnt. Er warf einen Blick hinein.

Kühle Luft schlug ihm entgegen. Die Kompressoren schwiegen, sie wurden zur Nacht abgeschaltet. Ab und zu gluckste es in der Rohrleitung, die in der Betonwand verborgen war. Es hörte sich merkwürdig an – fast wie eine menschliche Stimme –, wenn sich die Gasblasen einen Weg durch die zäher werdende Flüssigkeit bahnten.

Terminus, von Kopf bis Fuß mit Zement bespritzt, war in seine Arbeit vertieft. Über seinem Schädel, der sich pendelartig bewegte, surrte ein Ventilator. Pirx hielt sich am Geländer fest und glitt die Treppe hinunter, ohne die Stufen zu berühren. Die stählernen Pranken des Roboters klirrten nicht allzu laut, wenn sie gegen die Wand prallten – die Schläge wurden durch die frische Betonschicht gedämpft.

»H-ö-r-e-n-i-c-h-t-s – E-m-p-f-a-n-g ...«

Das Klopfen wurde immer leiser und langsamer. Woran liegt das? fragte sich Pirx. Zufall ...? Er schwebte nun dicht neben Terminus. Jedesmal, wenn sich der Roboter bückte, griffen die Gliedsegmente des Bauches übereinander, sie erinnerten an eine gekerbte Insektenhülle. In den großen gläsernen Augen flackerten die Miniaturspiegelbilder der Lampen. Pirx starrte sie an und begriff, daß er allein war in dieser Kammer mit ihren nackten Wänden

– allein, ganz allein. Terminus wußte nicht, was er tat, er war eine Maschine, die festgehaltene Lautfolgen übermittelte, weiter nichts. Die Klopftöne wurden noch schwächer.

»S-i-m-o-n-a-n-t-w-o-r-t-e ...«, glaubte Pirx zu hören. Die einzelnen Zeichen ließen sich kaum noch entschlüsseln. Etwa einen halben Meter über dem Kopf des Automaten führte ein Rohr entlang. Pirx streckte die Hand aus, um es zu berühren, aber als er zugreifen wollte, schlugen seine Fingerknöchel gegen das Metall. Terminus erstarrte, die Lautfolge brach ab. Statt seiner begann nun Pirx zu morsen, er folgte einer plötzlichen Regung, es reizte ihn, sich in ein Gespräch einzumischen, das Jahre zuvor stattgefunden hatte.

»W-a-r-u-m-a-n-t-w-o-r-t-e-t-m-o-m-s-s-e-n-n-i-c-h-t – E-m-p-f-a-n-g ...«

Kaum hatte er die ersten Zeichen geklopft, als auch Terminus wieder zu hämmern begann. Beide Lautfolgen vermengten sich, aber der Automat schien Pirx' Frage verstanden zu haben, denn seine schaufelartige Hand hielt mitten in der Bewegung inne. Sekundenlang verharrte sie regungslos, dann fuhr sie fort, den Zement gegen die Wand zu klatschen.

»W-e-i-l-s-e-i-n-e-r-e-c-h ...«

Pause ... Terminus bückte sich, schöpfte frischen Zementbrei. Pirx hielt den Atem an. Wird er den Satz fortsetzen? fragte er sich. Der Automat richtete sich auf, schleuderte den Zement an die Wand und trommelte so ungestüm, daß es nur so dröhnte.

»S-i-m-o-n-b-i-s-t-d-u-e-s – W-e-r-s-p-r-i-c-h-t-w-e-r-s-p-r-i-c-h-t ...«

Er duckte sich, zog den Kopf ein, es hagelte Schläge.

»W-e-r-s-p-r-a-c-h-a-n-t-w-o-r-t-e-w-e-r-s-p-r-a-c-h-w-e-r-s-p-r-a-c-h-w-e-r-s-p-r-a-c-h-h-i-e-r-s-i-m-o-n-h-i-e-r-w-a-y-n-e-a-n-t-w-o-r-t-e ...«

»Hör auf, Terminus!« schrie Pirx. »Hör auf, hör auf!«

Der Lärm verstummte. Terminus richtete sich auf. Alles an ihm zuckte – die Schultern, die Arme, die Hände, der Rumpf. Ein teuflischer Schluckauf erschütterte den Roboter, ein Krampf, den Pirx entschlüsselte: »W-e-r-s-p-r-i-c-h-t – w-e-r – w-e-r . . .«

»Hör auf!« rief Pirx ein zweites Mal. Terminus hatte ihm die Seite zugewandt, sein schwerer Leib bebte noch immer im Rhythmus der Morsezeichen. Pirx las es an den Lichtreflexen ab, die auf dem Metall tanzten.

»W-e-r . . .«

Das Gewitter hatte sich ausgetobt. Terminus schien erschöpft, er rührte sich nicht mehr. Als er davonging, stieß er gegen ein Rohr und blieb daran hängen – es gab ein durchdringendes Geräusch. Der Roboter stand regungslos da, wie gefangen. Pirx blickte genauer hin, er sah, daß die leblos herabhängende Hand kaum merklich zitterte.

»W-e-r . . .«

Wie er hinausfand, wußte er selber nicht. Draußen im Gang fauchten die Ventilatoren. Er schwamm vor sich hin, gegen den kühlen, trockenen Wind, der von den oberen Decks wehte. Leuchtende Kreise glitten ihm übers Gesicht, wenn er an den Lämpchen vorbeischwebte.

Die Kajütentür war nur halb geschlossen. Auf dem Schreibtisch brannte die Lampe. Flache Lichtkeile erhellten die Wände. Die Decke war dunkel.

Wer war das? grübelte er. Wer hat so gerufen? Simon? Wayne? Ach was, die sind längst tot . . . Tot seit neunzehn Jahren!

Wer sonst – Terminus? Der dichtet doch nur die Rohrleitungen ab . . . Pirx wußte genau, was er zu hören bekommen würde, wollte er ihn ausfragen: Irgendein Geschwätz über Röntgenstrahlen, über Durchlässigkeit, über Plomben . . . Er ahnte nicht einmal, daß der Rhythmus seiner Arbeit ein gespenstisches Echo war.

Eines war sicher: Das Aufnahme- und Wiedergabevermögen des Automaten war nicht tot, die Registrierung – falls es sich um Registrierung handelte – funktionierte. Wer diese Menschen auch immer sein mochten, deren Stimmen, deren Klopfzeichen er hörte – man konnte mit ihnen sprechen. Nur Mut brauchte man, nur Mut ...

Er stieß sich von der Decke ab und schwamm zur gegenüberliegenden Wand. Verdammte Schwerelosigkeit! Er fühlte sich in den Drang, mit kräftigen Schritten auf und ab zu gehen, sein eigenes Gewicht zu spüren, die Faust auf den Tisch zu schlagen! Dieser scheinbar so bequeme Zustand, in dem sich der Körper in einen immateriellen Schatten verwandelte, wirkte auf die Dauer wie ein Alpdruck. Alles, was man berührte, schwamm weg, zögernd, ohne jeden Halt – alles war wesenlos, war bloßer Schein, Traum ...

Traum?

Moment mal ... Wenn ich von jemandem träume und ihm Fragen stelle, dann kenne ich die Antwort nicht, solange er sie nicht ausspricht. Dennoch existiert dieser geträumte Mensch nicht außerhalb meines Gehirns, er ist nur isolierter Teil von ihm, zeitweilig. Jeder spaltet sich fast täglich, das heißt nachts, auf diese Weise – und verwandelt sich in Pseudopersönlichkeiten, die nur für den Augenblick geschaffen sind, für einen Traum. Es können erdachte Wesen sein – oder solche, die der Wirklichkeit entnommen sind. Träumen wir nicht manchmal von Toten? Führen wir mit ihnen nicht manchmal Gespräche?

Sie waren tot.

Sollte Terminus ...

Pirx kreiste grübelnd in der Kajüte, er stieß sich von den harten Wänden ab, erreichte die Tür und starrte in den dunklen Gang. Ein schmaler Lichtstreif fiel in die Finsternis.

Zurückkehren und – fragen?

Es muß eine physikalische Erscheinung sein, komplizierter als eine gewöhnliche Registrierung . . . Ein Roboter ist schließlich keine Einrichtung zum Fixieren von Lauten . . . In Terminus muß eine Aufnahme entstanden sein, verbunden mit einer anatomischen Veränderung . . . Ein Automat, den man – es mag ein wenig verrückt klingen –, den man nur zu fragen braucht, um alles von ihm zu erfahren: Simons, Nolans und Potters Schicksal – und auch den Grund für dieses unbegreifliche, entsetzliche Schweigen des Kommandanten . . .

Gibt es eine andere Erklärung?

Kaum . . .

Pirx war überzeugt, daß es keine andere Erklärung gab, aber er verharrte schwebend an der Tür, als warte er auf eine Lösung.

Terminus . . . Was ist er schon? Ein Stromkreis in einem eisernen Kasten, weiter nichts . . . Ein lebendes Wesen wäre doch damals in dem finsternen, zerstörten Raumschiff zugrunde gegangen . . . Bestimmt, ganz bestimmt . . .

Soll ich vor seinen gläsernen Augen Fragen klopfen . . .? Sinnlos! Er würde mir keine geordnete Geschichte erzählen, sondern um Sauerstoff flehen, um Hilfe rufen . . . Und was könnte ich ihm antworten? Es gäbe keine Hilfe? All diese Männer seien nur Pseudopersönlichkeiten, isolierte Inseln eines Elektronenhirns, Traumprodukte, Schluckaufs? Soll ich ihm sagen, daß die Angst nur ein Echo sei und ihre Agonie, die sich jede Nacht wiederhole, so wertlos wie eine abgespielte Platte . . .? Pirx erinnerte sich mit Schrecken an das ungestüme Klopfen, das seine Frage ausgelöst hatte, an die Verblüffung, an die Schreie voller Hoffnung, an das endlose, hastige Flehen: »Antworte! Wer spricht? Antworte . . .«

Die Verzweiflung, die Hysterie dieser Klopfzeichen tönten ihm noch immer in den Ohren.

Sie lebten nicht mehr . . .? Wer hatte ihn dann gerufen, wer hatte um Hilfe gefleht? Fachleute würden für alles eine Erklärung parat haben, sie würden von Entladungen sprechen, von der Resonanz der zitternden Bleche. Pirx setzte sich an den Schreibtisch, zog die Schublade heraus, drückte ärgerlich die Papiere an, die sich raschelnd erhoben. Endlich fand er den Vordruck, den er suchte. Sorgfältig glätte er das Blatt – er wollte nicht, daß es zitterte, wenn sein Atem es traf. Dann begann er, die Spalten auszufüllen:

MODELL: *AST-Pm-105/0044*

TYP: *Allzweckgerät für Reparaturen*

BEZEICHNUNG: *Terminus*

ART DER BESCHÄDIGUNG: *Zerfall der Funktionen*

FOLGERUNGEN . . . Pirx zögerte, hielt die Feder ans Papier, zog sie wieder zurück. Er mußte an die Unschuld von Maschinen denken, die der Mensch der Vernunft beraubt und sie dadurch zu Teilnehmern seiner Wahnsinnstaten gemacht hatte. Er dachte daran, daß der Mythos von Golem, der rebellischen Maschine, die gegen den Menschen aufbegehrte, eine Lüge war – nur dazu ersonnen, damit jene, die für all das die Verantwortung trugen, ihre Schuld abwälzen konnten.

FOLGERUNGEN: *Zu verschrotten*

Unten auf das Blatt schrieb er mit unbewegtem Gesicht:

Pirx, Erster Navigator

Von Stanisław Lem
erschienen im Suhrkamp Verlag

Robotermärchen. *Bibliothek Suhrkamp* Band 366. 1973
Das Hohe Schloß. Prosa. *Bibliothek Suhrkamp* Band 405. 1974
Solaris. Roman. *suhrkamp taschenbuch* Band 226. 1975
Die Jagd. Neue Geschichten des Piloten Pirx. *suhrkamp taschenbuch* Band 302. 1976
Transfer. Roman. *suhrkamp taschenbuch* Band 324. 1976
Nacht und Schimmel. Erzählungen. *suhrkamp taschenbuch* Band 356. 1976
Der futurologische Kongreß. *Bibliothek Suhrkamp* Band 477. 1975 und *suhrkamp taschenbuch* Band 534. 1979
Die Maske. Herr F. Zwei Erzählungen. *Bibliothek Suhrkamp* Band 561. 1977
Die Untersuchung. Kriminalroman. *suhrkamp taschenbuch* Band 435. 1978
Die Astronauten. *suhrkamp taschenbuch* Band 441. 1978
Sterntagebücher. *suhrkamp taschenbuch* Band 459. 1978
Golem XIV und andere Prosa. *Bibliothek Suhrkamp* Band 603. 1978
Memoiren, gefunden in der Badewanne. *suhrkamp taschenbuch* Band 508. 1979
Der Schnupfen. Kriminalroman. *suhrkamp taschenbuch* Band 570. 1979
Dialoge. *edition suhrkamp* Band 1013. 1980
Mondnacht. Hör- und Fernsehspiele. *suhrkamp taschenbuch* Band 729. 1980
Imaginäre Größe. *suhrkamp taschenbuch* Band 658. 1981
Summa technologiae. *suhrkamp taschenbuch* Band 678. 1981
Die vollkommene Leere. *suhrkamp taschenbuch* Band 707. 1981
Provokation. Besprechung eines ungelesenen Buches. *Bibliothek Suhrkamp* Band 740. 1981

Über Stanisław Lem. *suhrkamp taschenbuch* Band 586. 1981

Von Stanisław Lem
erschienen im Insel Verlag

Sterntagebücher. 1973
Die vollkommene Leere. 15 fiktive Rezensionen. 1973
Die Astronauten. 1974
Der futurologische Kongreß. Aus Ijon Tichys Erinnerungen. 1974
Memoiren, gefunden in der Badewanne. 1974
Die Untersuchung. *Kriminalroman.* 1975
Das Hospital der Verklärung. *Roman.* 1975
Der Unbesiegbare. *Roman.* 1976
Summa technologiae. 1976
Imaginäre Größe. 1976
Der Schnupfen. *Kriminalroman.* 1977
Phantastik und Futurologie I. 1977
Mondnacht. Hör- und Fernsehspiele. 1977
Eden. Roman einer außerirdischen Zivilisation. 1978
Pilot Pirx. 1978
Erzählungen. 1979
Der phantastische Lem. 1980
Phantastik und Futurologie II. 1980
Essays. 1981
Die Stimme des Herrn. *Roman.* 1981
Dialoge. 1981
Mehr phantastische Erzählungen. 1981
Nacht und Schimmel. 1972 *(in dieser Ausgabe vergriffen)*
Die Jagd. 1973 *(in dieser Ausgabe vergriffen)*

In Anthologien

Die Ratte im Labyrinth. 1971
Polaris 1. *insel taschenbuch* Band 30. 1973
Phaïcon 1. *insel taschenbuch* Band 69. 1974
Phaïcon 2. *insel taschenbuch* Band 154. 1975
Blick vom anderen Ufer. Europäische Science-fiction. *suhrkamp taschenbuch* Band 359. 1977
Pfade ins Unendliche. Insel Almanach auf das Jahr 1972
Stanisław Lem. Der dialektische Weise aus Kraków. Insel Almanach auf das Jahr 1976
Wie der Teufel den Professor holte. *suhrkamp taschenbuch* Band 629. 1979
›Quarber Merkur‹. Aufsätze zur Science-fiction und Phantastischen Literatur. *suhrkamp taschenbuch* Band 571. 1979
Polaris 5. *suhrkamp taschenbuch* Band 713. 1981

Phantastische Bibliothek
in den suhrkamp taschenbüchern

Violetter Umschlag kennzeichnet die Bände der
»Phantastischen Bibliothek« innerhalb der *suhrkamp taschenbücher*

Band 1 Stanisław Lem, Nacht und Schimmel. Erzählungen. Aus dem Polnischen von I. Zimmermann-Göllheim. st 356

Band 2 H. P. Lovecraft, Das Ding auf der Schwelle. Unheimliche Geschichten. Deutsch von Rudolf Hermstein. st 357

Band 3 Herbert W. Franke. Ypsilon minus. st 358

Band 4 Blick vom anderen Ufer. Europäische Science-fiction. Herausgegeben von Franz Rottensteiner. st 359

Band 5 Gore Vidal, Messias. Roman. Deutsch von Helga und Peter von Tramin. st 390

Band 6 Ambrose Bierce, Das Spukhaus. Gespenstergeschichten. Deutsch von Gisela Günther, Anneliese Strauß und K. B. Leder. st 365

Band 7 Stanisław Lem, Transfer. Roman. Deutsch von Maria Kurecka. st 324

Band 8 H. P. Lovecraft, Der Fall Charles Dexter Ward. Zwei Horrorgeschichten. Aus dem Amerikanischen von Rudolf Hermstein. st 391

Band 9 Herbert W. Franke, Zarathustra kehrt zurück. st 410

Band 10 Algernon Blackwood, Besuch von Drüben. Gruselgeschichten. Aus dem Englischen von Friedrich Polakovics. st 411

Band 11 Stanisław Lem, Solaris. Roman. Aus dem Polnischen von I. Zimmermann-Göllheim. st 226

Band 12 Algernon Blackwood, Das leere Haus. Phantastische Geschichten. Deutsch von Friedrich Polakovics. st 30

Band 13 A. und B. Strugatzki, Die Schnecke am Hang. Aus dem Russischen von H. Földeak. Mit einem Nachwort von Darko Suvin. st 434

Band 14 Stanisław Lem, Die Untersuchung. Kriminalroman. Aus dem Polnischen von Jens Reuter und Hans Jürgen Mayer. st 435

Band 15 Philip K. Dick, UBIK. Science-fiction-Roman. Aus dem Amerikanischen von Renate Laux. st 440

Band 16 Stanisław Lem, Die Astronauten. Utopischer Roman. Aus dem Polnischen von Rudolf Pabel. st 441

Band 17 Phaïcon 3. Almanach der phantastischen Literatur. Herausgegeben von Rein A. Zondergeld. st 443

Band 18 Stanisław Lem, Die Jagd. Neue Geschichten des Piloten Pirx. Aus dem Polnischen von Roswitha Buschmann, Kurt Kelm, Barbara Sparing. st 302

Band 19 H. P. Lovecraft, Cthulhu. Geistergeschichten. Deutsch von H. C. Artmann. Vorwort von Giorgio Manganelli. st 29

Band 20 Stanisław Lem, Sterntagebücher. Aus dem Polnischen von Caesar Rymarowicz. Mit Zeichnungen des Autors. st 459

Band 21 Polaris 4. Ein Science-fiction-Almanach von Franz Rottensteiner. st 460

Band 22 Das unsichtbare Auge. Eine Sammlung von Phantomen und anderen unheimlichen Erscheinungen. Erzählungen. Herausgegeben von Kalju Kirde. st 477

Band 23 Stefan Grabiński, Das Abstellgleis und andere Erzählungen. Mit einem Nachwort von Stanisław Lem. Aus dem Polnischen von Klaus Staemmler. st 478

Band 24 H. P. Lovecraft, Berge des Wahnsinns. Zwei Horrorgeschichten. Deutsch von Rudolf Hermstein. st 220

Band 25 Stanisław Lem, Memoiren, gefunden in der Badewanne. Aus dem Polnischen von Walter Tiel. Mit einer Einleitung des Autors. st 508

Band 26 Gerd Maximovič, Die Erforschung des Omega-Planeten. Erzählungen. st 509

Band 27 Edgar Allan Poe, Der Fall des Hauses Ascher. Aus dem Amerikanischen von Arno Schmidt und Hans Wollschläger. st 517

Band 28 Algernon Blackwood, Der Griff aus dem Dunkel. Gespenstergeschichten. Deutsch von Friedrich Polakovics. st 518

Band 29 Stanisław Lem, Der futurologische Kongreß. Aus dem Polnischen von I. Zimmermann-Göllheim. st 534

Band 30 Herbert W. Franke, Sirius Transit. Roman. st 535

Band 31 Darko Suvin, Poetik der Science-fiction. Zur Theorie und Geschichte einer literarischen Gattung. Deutsch von Franz Rottensteiner. st 539

Band 32 M. R. James, Der Schatz des Abtes Thomas. Zehn Geistergeschichten. Aus dem Englischen von Friedrich Polakovics. st 540

Band 33 Stanisław Lem, Der Schnupfen. Kriminalroman. Autorisierte Übersetzung aus dem Polnischen von Klaus Staemmler. st 570

Band 34 Franz Rottensteiner (Hrsg.), ›Quarber Merkur‹. Aufsätze zur Science-fiction und Phantastischen Literatur. st 571

Band 35 Herbert W. Franke, Zone Null. Science-fiction-Roman. st 586

Band 36 Über Stanisław Lem. Herausgegeben von Werner Berthel. st 587 (erscheint im 2. Halbjahr 1981)

Band 37 Wie der Teufel den Professor holte. Science-fiction-Erzählungen aus Polaris 1. st 629

Band 38 Das Mädchen am Abhang. Science-fiction-Erzählungen aus Polaris 2. st 630

Band 39 Der Weltraumfriseur. Science-fiction-Erzählungen aus Polaris 3. st 631

Band 40 Die Büßerinnen aus dem Gnadenkloster. Phantastische Erzählungen aus Phaïcon 2. Herausgegeben und mit einem Vorwort von Rein A. Zondergeld. st 632

Band 41 Herbert W. Franke, Einsteins Erben. Science-fiction-Geschichten. st 603

Band 42 Edward Bulwer Lytton, Das kommende Geschlecht. Aus dem Englischen übersetzt von Michael Walter. st 609

Band 43 H. P. Lovecraft, Die Katzen von Ulthar und andere Erzählungen. Deutsch von Michael Walter. st 625

Band 44 Phaïcon 4. Almanach der phantastischen Literatur. Herausgegeben von Rein A. Zondergeld. st 636

Band 45 Johanna Braun, Günter Braun, Unheimliche Erscheinungsformen auf Omega XI. Utopischer Roman. st 646

Band 46 Bernd Ulbrich, Der unsichtbare Kreis. Utopische Erzählungen. st 652

Band 47 Stanisław Lem, Imaginäre Größe. Aus dem Polnischen von Caesar Rymarowicz. st 652

Band 48 H. W. Franke, Paradies 3000. Science-fiction-Erzählungen. st 664

Band 49 Arkadi und Boris Strugatzki, Picknick am Wegesrand. Utopische Erzählung. Aus dem Russischen übersetzt von Aljonna Möckel. Mit einem Nachwort von Stanisław Lem. st 670 (erscheint im März 1981)

Band 50 Louis-Sébastien Mercier, Das Jahr 2440. Deutsch von Christian Felix Weiße (1771). Herausgegeben, mit Erläuterungen und einem Nachwort versehen von Herbert Jaumann. st 676 (erscheint im April 1981)

Band 51 Johanna Braun, Günter Braun, Der Fehlfaktor. Utopisch-phantastische Erzählungen. st 687 (erscheint im Mai 1981)

Band 52 H. P. Lovecraft, Stadt ohne Namen. Gespenstergeschichten. Aus dem Amerikanischen von Charlotte Gräfin von Klinckowstroem. Mit einem Nachwort von Dirk W. Mosig. st 694 (erscheint im Juni 1981)

Band 53 Leo Szilard, Die Stimme der Delphine. Utopische Science-fiction-Erzählungen. Mit einem Vorwort von Carl Friedrich von Weizsäcker. st 703 (erscheint im Juli 1981)

Band 54 Polaris 5. Ein Science-fiction-Almanach. Herausgegeben von Franz Rottensteiner. st 713 (erscheint im August 1981)

Band 55 Arthur Machen, Die leuchtende Pyramide und andere Geschichten des Schreckens. Aus dem Englischen von Herbert Preissler. st 720 (September 1981)

Band 56 J. G. Ballard, Der ewige Tag und andere Erzählungen. Deutsch von Michael Walter. st 727 (Oktober 1981)

Band 57 Stanisław Lem, Mondnacht. Hör- und Fernsehspiele. Aus dem Polnischen übersetzt von Klaus Staemmler, Charlotte Eckert, Jutta Janke und I. Zimmermann-Göllheim. st 729

Band 58 Herbert W. Franke. Schule für Übermenschen. st 730

Band 59 Joseph Sheridan Le Fanu, Der besessene Baronet und andere Geistergeschichten. Deutsch von Friedrich Polakovics. Mit einem Nachwort von Jörg Krichbaum. st 731

Band 60 Philip K. Dick, LSD-Astronauten. Deutsch von Anneliese Strauß. st 732

Band 61 Stanisław Lem, Terminus und andere Geschichten des Piloten Pirx. Aus dem Polnischen von Caesar Rymarowicz. st 740 (November 1981)

Band 62 Herbert W. Franke, Keine Spur von Leben. *Hörspiele.* st 741 (November 1981)

Band 63 Johanna Braun, Günter Braun, Couviva ludibundus. Utopischer Roman. st 748 (Dezember 1981)

Band 64 William Hope Hodgson, Stimme in der Nacht. Unheimliche Seegeschichten. Deutsch von Wulf Teichmann. st 749 (Dezember 1981)

Band 65 Kōbō Abe, Die vierte Zwischeneiszeit. Aus dem Japanischen von S. Schaarschmidt. st 756 (Januar 1982)

Band 66 Die andere Zukunft. Phantastische Erzählungen aus der DDR. Herausgegeben von Franz Rottensteiner. st 757 (Januar 1982)

Band 67 Michael Weisser, SYN-CODE-7. Science-fiction-Roman. st 764 (Februar 1982)

Band 68 C. A. Smith, Saat aus dem Grabe. Phantastische Geschichten. Aus dem Amerikanischen von Friedrich Polakovics. st 765 (Februar 1982)

Band 69 Herbert W. Franke, Tod eines Unsterblichen. Science-fiction-Roman. st 772 (März 1982)

Band 70 Philip K. Dick. Mozart für Marsianer. Science-fiction-Roman. Aus dem Amerikanischen von Renate Laux. st 773 (März 1982)

Band 71 H. P. Lovecraft, In der Gruft und andere makabre Geschichten. Deutsch von Michael Walter. st 779 (April 1982)

Band 72 A. und B. Strugatzki, Montag beginnt am Samstag. Utopisch-phantastischer Roman. Aus dem Russischen von Hermann Buchner. st 780 (April 1982)

Alphabetisches Gesamtverzeichnis der suhrkamp taschenbücher